Klosterkind

Roman

von Anna Castronovo

Bibliografische Information der Deutschen Nationalbibliothek: Die Deutsche Nationalbibliothek verzeichnet diese Publikation in der Deutschen Nationalbibliografie. Detaillierte bibliografische Daten sind im Internet über dnb.dnb.de abrufbar.

© 2022 Anna Castronovo
www.anna-castronovo.de
Lektorat: Christian Strzoda
Covergestaltung: Giusy Amè, www.magicalcover.de
Bildquelle: Depositphoto/Pixabay
Herstellung und Verlag:
BoD – Books on Demand
Norderstedt

ISBN: 978-3-752-82109-3

Danke an alle Frauen, die mir von ihrer Zeit im
Kloster *Monastero del SS. Rosario delle Benedettine*
in Palma di Montechiaro / Sizilien berichtet haben.

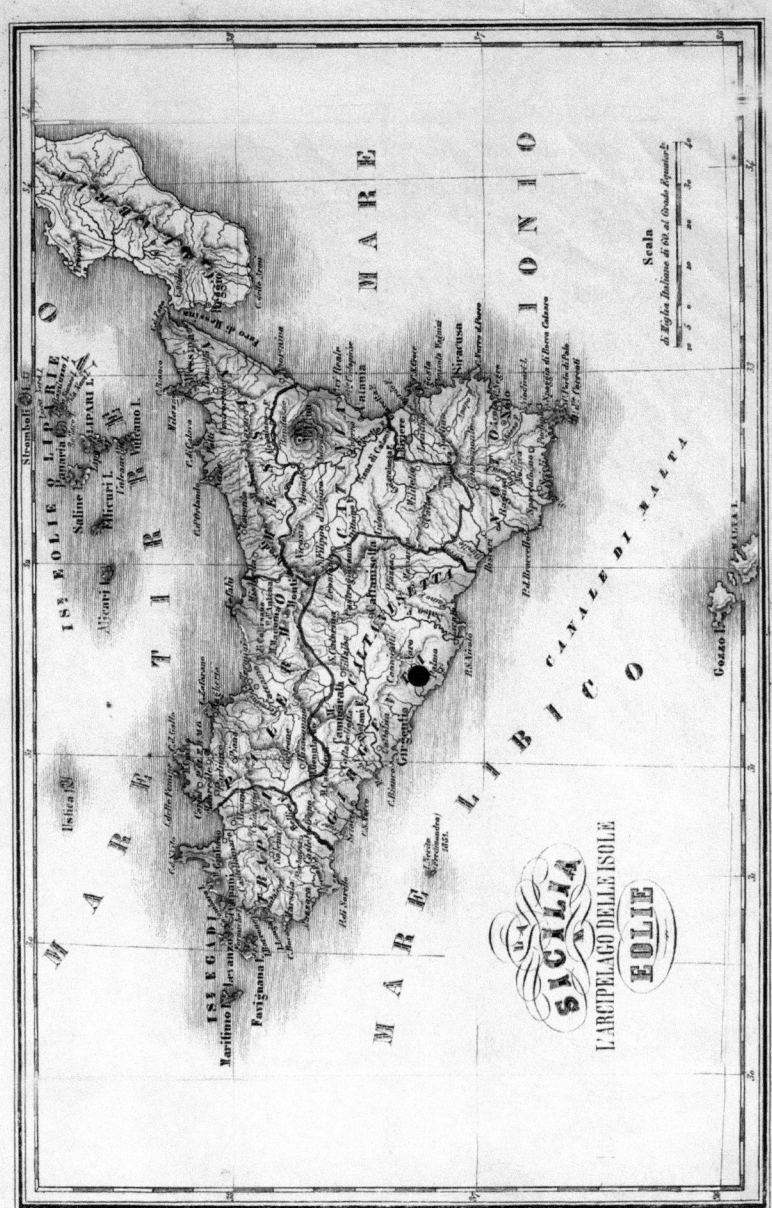

SICILIA

L'ARCIPELAGO DELLE ISOLE EOLIE

Prolog

11. August 1676

Äbtissin Serafica schrie auf, als sie die Zellentür von Maria Crocifissa della Concezione öffnete. Im gleichen Moment presste sie sich die Hand vor den Mund, denn im Kloster waren laute Geräusche verboten. Trotzdem hatten die anderen Nonnen den erstickten Laut gehört und eilten durch den Gang herbei. Dabei erfüllten sie die drückend heiße Luft mit dem Geraschel ihrer Gewänder und dem Trippeln ihrer Füße. Die erste Nonne, welche die Zellentür erreichte, war Lanceata.

»Was ist passiert?« Sie schob sich an der Äbtissin vorbei, um einen Blick in Crocifissas Zelle zu werfen.

Ihre Schwester saß zusammengesunken auf dem Boden, bleich und schwer atmend. Sie stützte sich mit beiden Armen ab, als hätte sie vergeblich versucht aufzustehen. Ihr Kopf hing herab und ihr Blick war starr auf den Boden gerichtet. Neben ihr lag ein umgekipptes Tintenfass, aus dem eine schwarze Pfütze sickerte und sich um Crocifissas Schreibfeder sammelte.

»Was ist mit dir?«, flüsterte Lanceata und näherte sich der Nonne vorsichtig. Sie kniete sich hinter ihre ältere Schwester und berührte sanft ihre Schulter. Sie wusste, wenn Crocifissa einen ihrer Zustände hatte, durfte man sie nicht aufschrecken.

Die Nonne antwortete nicht. Nur ein kaum hörbares Ächzen kam über ihre Lippen. Lanceata sah, dass sich die Schweißperlen, die unter ihrem weißen Schleier hervortraten, kurz vor ihrem rechten Ohr zu einem Rinnsal sammelten.

»Sie ist nicht bei Sinnen«, flüsterte Lanceata den anderen Frauen zu, die sich vor der Tür drängten. »Sie hat wieder eine ihrer Visionen.«

»Hoffentlich haben sie ihr diesmal nicht allzu übel mitgespielt«, murmelte die Äbtissin und bekreuzigte sich.

Ruckartig richtete Crocifissa ihren Oberkörper auf, hob den Kopf und schaute ihre Schwester mit stierem Blick an. Lanceata zuckte zurück. Crocifissas linke Gesichtshälfte war mit schwarzer Tinte verschmiert.

Nun streckte die Nonne ihrer Schwester wortlos ein Stück Papier entgegen. Lanceata konnte die merkwürdigen Zeichen darauf nicht entziffern.

»Was ist das?«

Das Blut unter Crocifissas wächserner Haut schien langsamer zu fließen und kälter zu sein als sonst. »Das ist der Brief des Teufels«, wisperte sie.

Drei Riegel

Nein. Ich hasse meine Mutter nicht für das, was sie mir angetan hat. Auch damals, als sich am 7. Januar 1981 die mächtige Holztür hinter mir schloss und mich zwischen den düsteren Mauern des Klosters einsperrte, empfand ich weder Wut noch Hass. Nur eine abgrundtiefe Verzweiflung. Was hatte ich ihr bloß getan? Warum wollte sie mich nicht mehr haben? Ich war doch erst sieben Jahre alt.

Wir waren die steinernen Stufen von der Piazza heraufgestiegen und standen nun auf dem Treppenabsatz des Klosters. Meine Mutter hatte Mühe, den schweren Türklopfer anzuheben, so klein und zierlich war sie. Mit der linken Hand drückte ich meine Puppe Bella fest an mich, mit der rechten klammerte ich mich an die Hand meiner Mutter. Bella hatte blondes, lockiges Haar und blaue Augen. Mama hatte ihr eigens ein neues Kleid genäht, bevor sie uns hierher brachte. Auch ich hatte mein bestes Kleidchen an, und meine störrischen Haare waren zu einem Zopf gebunden.

Die raue Klostermauer ragte schier endlos in den dunkelblauen Winterhimmel. Als ich gerade die Rosetten auf den vierzehn quadratischen Platten der Tür betrachtete, öffnete sie sich mit einem Quietschen. Ein finsterer Spalt tat sich auf, ein Schlund, der mich verschlucken wollte. Meine Mutter gab mir einen Stoß gegen die Schulter.

»Los, geh schon«, sagte sie. Ich schüttelte stumm den Kopf und stemmte die Füße fest in den Steinboden. Was sollte ich hier? Meine Mutter versuchte, mich vorwärts zu schieben. Ich sah sie mit weit aufgerissenen Augen an, die sich nun mit Tränen füllten.

»Heul doch nicht«, fuhr sie mich an und kniff die Lippen zusammen. Mein Entsetzen war so immens, dass sich die Tränen gleich wieder hinter meine Augäpfel zurückzogen und auch die nächsten Monate nicht wieder zum Vorschein kommen würden.

Den Nonnen war es strengstens verboten, das Kloster zu verlassen, doch nun erschien ein Kopf im Türspalt. Er gehörte zu einer Greisin in einem schwarzen Gewand, die mich anwies, die warme und leicht feuchte Hand meiner Mutter loszulassen. Ich sah erschrocken zwischen den beiden Frauen hin und her, die sich einen einvernehmlichen Blick zuwarfen. Dann schüttelte meine Mutter mich ab. Im selben Moment ergriff die Nonne meinen Unterarm, um mich hinter sich her zu ziehen.

Starr vor Schreck sah ich über die Schulter, zurück zu meiner Mutter, die sich schon umgedreht hatte und fortging. Sie ging einfach weg und ließ mich hier, bei dieser Fremden, die fahle, faltige Haut hatte und nach Gemüsesuppe roch. Dann fiel die Tür mit einem dumpfen Knall ins Schloss.

Die Nonne hatte mich sofort wieder losgelassen, sobald der Weg zurück versperrt war. Vielleicht dachte sie, es sei besser, wenn ich mich gleich daran gewöhnen würde, von nun an auf mich allein gestellt zu sein. Ich zögerte kurz, doch dann trottete ich hinter ihr her. Was hätte ich sonst auch tun sollen? Bestimmt gab es irgendeine Erklärung dafür, warum mich Mama hierher gebracht hatte. Meine Fingerknöchel waren so fest um Bellas Arm geschlossen, dass sie weiß leuchteten.

Wir gingen durch den Sprechraum, der für die Öffentlichkeit zugänglich war. Hier war ich schon einige Male gewesen, um zusammen mit meiner Mutter Mandelkekse zu holen, welche die Nonnen buken und zugunsten des Klosters verkauften. Durch ein engmaschiges, blickdichtes Gitter gaben die Besucher von draußen ihre Bestellung auf und deponierten Geld in einem Drehregal. Die Nonnen legten das Gebäck auf der anderen Seite hinein, es wurde gedreht, das Geschäft war vollzogen. Ohne weitere Worte, ohne Blicke, ohne Berührungen.

Mama hatte mir einmal erzählt, dass früher manche Mütter ihre Babys heimlich in dieses Drehregal gelegt hatten. Die Nonnen hörten nachts ihr Wimmern durch das stille Kloster hallen und nahmen die Kinder, die keiner haben wollte, zu sich. Die Kinder, die niemandem gehörten. War ich jetzt auch so ein Kind?

Die Nonne drehte sich zu mir um. »Du bist also Filomena. Und ich bin Suor Immacolata.« Die Stimme der Greisin war für eine Frau erstaunlich tief und krächzte altersschwach. »Aber alle Mädchen nennen mich *Matri me*«. Sie blickte mich prüfend an, doch ich schob nur trotzig das Kinn vor und blieb ihr eine Antwort schuldig. Niemals würde ich eine fremde Frau als *meine Mutter* bezeichnen. Das wäre mir wie ein Verrat an Mama vorgekommen. Ich hatte nur eine Mutter, und damit basta.

Die Ordensschwester zog missbilligend eine ihrer buschigen Augenbrauen hoch, drehte sich ohne ein weiteres Wort um und schritt durch einen Innenhof, der von

Terracotta-Töpfen gesäumt war. Es roch durchdringend nach Basilikum und Oregano. Mir gefiel das Durcheinander der Gefäße, die alle verschiedene Formen hatten und unterschiedliche Kräuter enthielten.

Ungeduldig blickte sich Suor Immacolata um, als ich die Pflanzen betrachtete. »Los, komm jetzt«, drängte sie. Sie bedeutete mir, ihr durch jene niedrige Holztür zu folgen, die dem weltlichen Leben verschlossen blieb. Als ich die Schwelle überschritten hatte und in das Innere des Klosters eintauchte, legte sie hinter uns drei Riegel vor. Klack. Klack. Klack. Das metallische Geräusch hallte von den Mauern wieder und meine Augen brauchten einen Moment, um sich an das Dämmerlicht zu gewöhnen.

Die Nonne führte mich durch einen Korridor, in dem zu beiden Seiten Porträts von Ordensschwestern hingen, die mich mit strengen Mienen musterten. Sie trugen alle den Habit der Benediktinerinnen, genau wie die Greisin. Ein schwarzes, bodenlanges Gewand, eine weiße Haube, welche die Haare verdeckte, und darüber einen schwarzen Schleier.

Ich beeilte mich, um nicht hinter Suor Immacolata zurückzubleiben, die trotz ihres Alters forsch voranschritt. Wir stiegen eine Treppe hinauf in den ersten Stock, deren Stufen so schräg waren, dass ich nach hinten zu kippen drohte. Die Nonne sah wohl aus dem Augenwinkel, dass ich kurz strauchelte und meinen Oberkörper nach vorne reckte, um das Gleichgewicht nicht zu verlieren, denn sie hielt inne und blickte zu mir zurück. Groß und dunkel stand sie über mir und richtete ihren Zeigefinger auf mich. »Diese Treppe wurde absichtlich so gebaut, um uns Sünder jeden Tag daran zu erinnern, wie schwer der Weg hinauf in den Himmel ist«, sagte sie mit ihrer krächzenden Stimme. Dann bekreuzigte sie sich und marschierte weiter, Stufe um Stufe nach oben.

Vom Treppenabsatz aus erstreckten sich drei Flure. Einer führte in den Komplex, in dem die Nonnen lebten. Türen und Türen und Türen reihten sich hier in engen Abständen aneinander. Am Ende des zweiten Gangs hingen dicke Seile, mit denen die Kirchenglocken geläutet wurden. Wir nahmen den dritten Korridor, gingen an einem Speisesaal vorbei, dann am Schlafsaal der älteren Kinder, welche die Mittelstufe besuchten.

An den Wänden hingen riesenhafte, düstere Gemälde, die überhaupt nicht schön waren, sondern etwas Beunruhigendes hatten. Ich mochte gerne Bilder von hellen, bunten Landschaften, doch diese hier waren in dunklen Farben gehalten und zeigten nur ernste Gesichter. Vielleicht machten sie mich auch deshalb nervös, weil ich sie nicht genau erkennen konnte. Hier oben war das Licht nämlich genauso diffus wie im Erdgeschoss. Verwirrt sah ich mich um. Dann wurde mir klar, warum es auch hier so dämmerig war. Alle Fenster waren mit dichten Gittern überzogen, um uns den Blick nach draußen auf die Welt zu verwehren. Auf die Draußenwelt.

Am Ende des Flurs führte eine weitere Treppe hinauf in den zweiten Stock, wo die Grundschulkinder untergebracht waren. Der Schlafsaal war lang und schmal, etwa sechzig Betten wechselten sich mit der gleichen Anzahl an Kommoden ab. Hier gibt es bestimmt ein Echo, dachte ich, weil er so riesig war.

Suor Immacolata teilte mir das erste Bett auf der linken Seite zu, das direkt neben dem winzigen Abteil stand, das mit Vorhängen für sie selbst abgetrennt war. Sollte ich etwa hier übernachten?

Die Nonne zeigte mir einen Spind auf dem Flur. »Zieh die Schuluniform an«, sagte sie.

Ich drückte Bellas Arm noch fester. »Warum?«

Suor Immacolata zog ihre rechte Augenbraue hoch. »Du gehst jetzt hier zur Schule. Hat dir das deine Mutter nicht gesagt?«

Ich starrte die Nonne an und schüttelte den Kopf. Das konnte nicht wahr sein. Bestimmt wollte Mama mich nur erschrecken oder für irgendetwas bestrafen und würde mich nach ein paar Tagen wieder abholen. Ich musste brav sein. Ich musste mich zusammennehmen und beweisen, dass ich ein artiges Mädchen war.

»Na los, zieh dich um«, sagte die Alte.

Ich hängte mein gutes Kleid in den Schrank und zog mir dafür die knisternde Strumpfhose aus Polyester an, die im untersten Regal lag. Dann streifte ich mir eine schwarze Schuluniform mit dem Aufdruck *SCPB* über – das stand für *Santa Croce Padre Benedetto*. Ich war Nummer 54. In jedes meiner neuen Kleidungsstücke, die in dem Spind lagen, war ein Stoffstück mit diesen Ziffern eingenäht.

Die Nonne ließ mir kaum Zeit, die Knöpfe zu schließen, sondern marschierte gleich weiter zum Ende des Flurs. Dort führten schon wieder Stufen hinauf, diesmal in den dritten Stock. Die vielen Korridore und Treppen verwirrten mich. »Hier ist das Studierzimmer, und dort ein Raum, in dem ihr spielen könnt.« Suor Immacolata zeigte auf die einzelnen Türen. Dann traten wir auf eine kahle Terrasse hinaus.

Eine Horde Kinder umringte mich. Sie redeten wild durcheinander und schubsten sich gegenseitig weg, um einen Blick auf mich, die Neue, zu werfen. Bella wurde immer schwerer in meiner Hand. Ich versuchte, dieser Bedrängnis zumindest mit den Augen auszuweichen, doch wohin ich auch sah, mein Blick prallte immer nur gegen Mauern. Vor mir, neben mir, hinter mir. Nur oben, genau über mir, wenn ich den Kopf ganz weit in den Nacken legte, fand ich ein Stück Winterhimmel. In diesem Moment begriff ich zum ersten Mal, was es hieß, meine Freiheit zu verlieren.

Die anderen Mädchen redeten auf mich ein und stellten mir eine Frage nach der anderen, doch ich drückte nur weiter die Puppe an mich und wusste nicht, wem ich zuerst antworten sollte, und was ich überhaupt sagen sollte. Deshalb sagte ich lieber gar nichts.

Irgendwann verloren sie das Interesse an mir, zuckten die Schultern und vertieften sich wieder in ihr Spiel. Ich stand unbeholfen herum, bis uns Suor Immacolata zum Abendessen rief. Es gab Minestrone. Ich mochte Gemüsesuppe, doch diese hier schmeckte überhaupt nicht so lecker wie der Eintopf, den Mama kochte.

Ich seufzte und dachte an daheim. Wir lebten ganz am Ende des Dorfes. Hier wehte selbst in den endlosen Sommernächten, in denen die Hitze uns erdrücken wollte, ein laues Lüftchen, sodass der Gestank nach Fäkalien und fauligem Brackwasser, der aus der offenen Kanalisation aufstieg, nicht zu uns hereinwaberte. Wenn es nachts über dreißig Grad hatte, schliefen wir mit weit geöffneten Fenstern. Die Matratzen speicherten die Wärme des Tages und ihr Stoff brachte uns noch mehr zum Schwitzen. Deshalb legten wir jeder ein Leintuch auf den Boden und streckten uns flach auf den kühlen Steinfliesen aus.

Das Trinkwasser zog Mama in einem Eimer aus unserem eigenen Brunnen herauf. Das war aber auch schon der einzige Luxus, den wir hatten. Die anderen Dorfbewohner beneideten uns darum, denn sie mussten ihr Wasser aus einer Quelle holen, die ein steinernes Becken auf der Piazza Fontana speiste. Ansonsten besaßen wir aber nicht viel, was man uns hätte neiden können.

Mama baute ihr eigenes Gemüse im Garten an. Dort standen auch ein Zitronen-, ein Pfirsich- und ein Olivenbaum, dessen silbrig glänzende Blätter an der Mauer unter meinem Fenster entlangstrichen, wenn der Schirokko blies. Wir hatten eine Ziege, die ich heimlich Emma nannte, und deren lauwarme Milch ich jeden Morgen trank. Unserer Hündin hatte ich den Namen Romina gegeben, wie die Sängerin von Albano & Romina Power, die ich einmal im Fernsehen gesehen hatte. Sie war wunderschön.

Wir hatten weder einen eigenen Fernseher noch ein Telefon. Wenn Papa aus Deutschland anrief, wählte er die Nummer unserer Nachbarn. Lillo rief über die Straße: »Marinellaaaa! Teeelefooon!« Dann ließ Mama alles stehen und liegen, nahm meine beiden jüngeren Schwestern an der Hand, und zusammen flitzten wir los. Die Nachbarn steckten die Köpfe aus den Fenstern, um zu hören, was es Neues aus Deutschland zu berichten gab. »Grüß deinen Mann von mir«, rief der alte Totò jedes Mal, wenn wir unter seinem Balkon vorbeirannten.

Schließlich drängten wir uns alle bei Lillo und Crocetta im Flur, Mama wischte sich die schwitzige Hand am

Rock ab und nahm den Hörer. Dann redete sie mit Papa, während wir Kinder durch die Wohnzimmertür linsten, um ein wenig fernzuschauen. Und dabei hatte ich zum ersten Mal Romina Power gesehen.

Mama mochte es nicht, wenn ich Tieren einen Namen gab. »Tiere sind Tiere, und Menschen sind Menschen. Tiere sind nur da, um dem Menschen zu dienen«, sagte sie immer. »Die Ziege gibt uns Milch und Fleisch, der Hund bewacht den Hof. Und damit basta.« Sie verbot mir auch, mit Romina durch die Obstplantagen hinter unserem Haus zu streifen. Wenn sie mich dabei erwischte, haute sie mir zwei Ohrfeigen herunter. Obwohl sie so zart war, brannten sie ordentlich, und sie keifte erstaunlich laut: »Ein Mädchen darf nicht draußen herumstreunen wie ein Hund, und alleine schon gleich gar nicht!« Sie hob die Hände zum Olivenbaum. »Madonna mia, was soll ich nur mit dir anfangen? Es wird Zeit, dass du in die Schule gehst.«

Als Strafe gab sie mir Hausarbeiten auf, Geschirr spülen und Wäsche aufhängen. Doch sobald sie mit meinen beiden kleinen Schwestern beschäftigt war, bemerkte sie nicht, dass ich wieder draußen mit Romina spielte.

Sie war eine hellbraune Mischlingshündin mit weißer Brust und weißen Pfoten. Wenn sie herumsprang oder auf mich zulief, hüpften ihre Ohren lustig auf und ab. Dann musste ich lachen, und sie bremste vor mir ab, legte den Kopf schief und ihre Zunge hing seitlich aus dem Maul. Das sah so komisch aus, dass ich noch lauter lachen musste, und Romina bellte hell und freudig dazu.

Es machte mir überhaupt nichts aus, dass wir kaum Geld hatten, und es war mir auch egal, dass Mama sich ständig nur um Graziella und Nunzia kümmerte. Ich war glücklich, wenn ich draußen im Schatten unserer Obstbäume im Hof saß und Romina Kunststücke beibrachte. Mit Emma hatte ich das auch probiert, doch die hatte mich nur ratlos angesehen und einfältig gemeckert.

Meine Tiere fehlten mir hier im Kloster genauso wie Mama. Ein dicker Kloß stieg meinen Hals hinauf, den ich aber zusammen mit dem letzten Löffel Minestrone wieder hinunterschluckte.

Nach dem Essen hatten die anderen Kinder Spielzeit, aber ich wollte lieber allein im Schlafsaal bleiben. Ich schlenderte zum Fenster, drückte mein Gesicht so fest ich konnte an das Gitternetz und versuchte, Luft von draußen zu atmen. Ich sah Schemen von Tauben vorbeifliegen und lauschte ihrem Gurren. Das war ein schönes Geräusch. Auf jeden Fall schöner als das Geschrei und die Schüsse, die spätabends manchmal von der Piazza herüberwehten. Mama hatte einmal gesagt, es sei eine Schande, dass in einem Ort, der von Heiligen gegründet wurde, nun die Mafia regierte. Aber so etwas sagte sie immer nur ganz leise.

Hier im Kloster würde man die Schüsse bestimmt lauter hören als bei uns zuhause, es lag ja direkt am Hauptplatz. Doch heute Abend war alles ruhig und ich konnte den Tauben lauschen. Ich stellte mir vor, wie sie auf den Dächern saßen. Wo Dächer waren, da waren auch Häuser. Und wo Häuser waren, da gab es auch Straßen. Auf denen man weglaufen könnte. In die Freiheit. Von hier, aus der Drinnenwelt, sah ich nur Gitter, die hohen Mauern des Klosters und den Winterhimmel. Kein Zeichen vom Leben dort draußen.

Immer und immer wieder fragte ich mich, wofür Mama mich bestrafen wollte. Hatte ich etwa mein Sonntagskleid dreckig gemacht? Wiedermal ein Schimpfwort gesagt? Oder hatte sie entdeckt, dass ich mit ihrem einzigen Lippenstift heimlich Bella geschminkt hatte? Ich wusste es nicht. Aus der tiefsten Tiefe meiner Seele bahnte sich ein Seufzer seinen Weg nach oben und ich drückte Bellas weichen Körper fest an mich.

Das Trappeln von Kinderfüßen riss mich aus meinen Gedanken. Die anderen Mädchen kamen den Gang entlang, um sich zum Schlafen fertigzumachen. Manche Kinder betrachteten mich neugierig, andere verstohlen und einige misstrauisch.

Mein Blick blieb an einem Mädchen hängen, das mich abschätzig musterte. Sie war hoch aufgeschossen, hatte Froschaugen und verschränkte die Arme vor der Brust. Die Anderen begegneten ihr mit scheuem Respekt, oder sogar mit unverhohlener Bewunderung. Mir war sofort klar, dass ich mich vor ihr in Acht nehmen musste.

Ich verschränkte die Arme ebenfalls, reckte das Kinn vor und machte mich so groß, wie ich nur konnte. Mit der Zungenspitze pulte ich in einer frischen Zahnlücke herum, bis sie nach Blut schmeckte.

Ein amüsiertes Lächeln spielte um die Lippen des Mädchens. »Ach wie süß. Die Kleine spielt noch mit Puppen«, feixte sie. Dann winkte sie ab, so als würde sie mich nicht ernst nehmen. Die anderen Kinder kicherten.

Wut brodelte in mir hoch. Ich war vielleicht klein, aber ich war auch zäh und drahtig. Vor allem aber war ich nicht süß. Das würde sie schon noch merken. Ich ballte die Fäuste, doch ich schwieg. Ich wusste, dass ich hier drinnen niemanden hatte, der mir bei einer Auseinandersetzung helfen würde.

Nachdem sich die Anführerin von mir abgewendet hatte, um sich umzuziehen, verloren auch die anderen Kinder schlagartig das Interesse an mir, und ich konnte unbehelligt in das Nachthemd aus weißem Leinen schlüpfen. Der Stoff kratzte auf meiner Haut.

Im Waschraum wartete ich, bis sich die ersten Mädchen, die sich um die Waschbecken drängten, gebürstet und ihre Zähne geputzt hatten. Es gab nur einen milchigen Spiegel, denn wir sollten uns nicht zu lange selbst betrachten. Eitelkeit war eine Sünde. Als sich das Gedränge auflöste und ein Platz frei wurde, war ich an der Reihe. Ich öffnete meinen Zopf, die winzigen Locken schnellten hervor und standen nun ungebändigt von meinem Kopf ab.

»Du siehst ja aus wie eine Negerin«, rief das hochgewachsene Mädchen absichtlich laut herüber. Die anderen Kinder verstummten und glotzten mich an.

Mir schoss das Blut ins Gesicht. Sie hielt sich hier drin wohl für die Königin. Ich hatte jedenfalls lieber krauses Haar als so vorstehende Augen wie sie. Ich atmete tief durch und reagierte nicht auf ihre Beleidigung. Stattdessen bemühte ich mich weiter, meine Locken zu entwirren. Die Bürste verhedderte sich immer wieder.

»Die kann sich ja noch nicht mal kämmen«, höhnte die Froschaugen-Königin weiter, und die anderen Mädchen quakten wichtigtuerisch im Chor, als wären sie ihr grässliches Krötenvolk.

Zuhause bürstete mich immer Mama und fuhr mir dabei mit langen Strichen über den Kopf, was mich ganz schläfrig machte. Jetzt trieb mir der ziehende Schmerz die Tränen in die Augen, wenn ich ungeduldig an meinen Haaren riss, und ich hätte am liebsten losgeweint. Doch ich biss die Zähne zusammen. Würde ich jetzt anfangen zu heulen, dann hätte ich endgültig verloren.

Also kroch ich still in mein Bett und zog mir die Decke bis zur Nasenspitze. Bella lag neben mir auf dem Kopfkissen. Ich war es nicht gewohnt, mit so vielen Kindern in einem Raum zu liegen. Ihr Atmen, Rascheln und Schnarchen störte mich. Aber es war auch tröstlich. Zumindest war ich nicht allein. Trotzdem fühlte ich mich schrecklich einsam.

Ich strich mit meinen Fingern durch Bellas lockiges Haar. Ja. Ganz bestimmt würde Mama mich bald wieder abholen, wenn ich nur brav war. Um nicht zu weinen, drückte ich mein Gesicht fest an den weichen Bauch der Puppe, bis ich irgendwann in einen unruhigen Schlaf fiel.

Heimweh

Mein Blick fiel auf das mächtige Kreuz, das an der gegenüberliegenden Wand hing. Erst sah ich es verschwommen, dann blinzelte ich und rieb mir den Schlaf aus den Augen. Ja richtig, ich war im Klosterinternat. Ich seufzte und schloss die Augen lieber wieder.

Als Suor Immacolata knallend in die Hände klatschte, fuhr ich hoch. Sie klatschte so lange, bis sich alle Kinder unter ihren Decken rührten, und ich fragte mich, wie sie es bloß schaffte, mit ihren faltigen Händen ein Geräusch wie Pistolenschüsse zu erzeugen. Ich beobachtete, was die anderen Mädchen machten, um es ihnen gleichzutun.

Um punkt sieben Uhr knieten wir zum Morgengebet neben unseren Betten nieder. Dann wuschen wir uns, zogen uns an und ordneten unser Bettzeug. Es fiel mir schwer, das Leintuch ganz glatt zu streichen und um die Matratze zu schlingen. Immer wieder ging ich um das Bett herum, zog hier und zerrte da. Ich brauchte länger als die anderen Mädchen, die sich schon vor der Tür gesammelt hatten. Die Froschaugen-Königin beobachtete meine ungeschickten Bemühungen und grinste hämisch.

Als Suor Immacolata wieder in der Tür erschien, stellte ich mich eilig zu den anderen Kindern. In einer schweigenden Zweierreihe marschierten wir erst durch düstere Flure. Dann stiegen wir Treppen hinunter und andere wieder hinauf, die so hoch waren, als würden sie bis in den Himmel ragen. Schließlich standen wir im Chor der Kirche. Hier wohnten wir der heiligen Messe bei, die der Pfarrer jeden Morgen las.

Ungefähr fünfzig Kinder drängten sich entlang des Gitters, das uns vor den Kirchenbesuchern aus der Draußenwelt verbarg. Ich schlüpfte bis ganz nach vorne durch. Hier oben im Chor war das Netz grobmaschiger als vor den Fenstern. Wenn ich die Nase an das rötlichbraune Holz drückte und durch eines der winzigen Löcher blickte, sah ich den glitzernden Kronleuchter, der in der Mitte des Kirchenschiffs baumelte. Ich hörte dem Pfarrer nicht zu, sondern machte den anderen Mädchen einfach alles nach: hinknien, bekreuzigen, Hände falten, beten, wieder aufstehen.

Nachdem die letzten Orgelklänge verweht waren, murmelten wir *Amen* und schlugen noch einmal das Kreuzzeichen. Dann marschierten wir zurück zum Speisesaal, wo es für jedes Kind ein Brötchen mit einer Tasse lauwarmer Milch zum Frühstück gab. An der Oberfläche hatte sich eine faltige Haut gebildet. Ich versuchte, sie an den Rand zu befördern, indem ich die Tasse unauffällig schwenkte. Endlich blieb die schmierige Masse am Porzellan kleben, und ich konnte meine Milch trinken. Sie schmeckte nach gar nichts. Die Ziegenmilch von Emma war viel kräftiger und würziger als diese fade Kuhmilch. Ich seufzte. Hoffentlich kam Mama heute, um mich wieder abzuholen.

Um Punkt neun Uhr läutete die Glocke zum Unterricht. Wir drängten uns durch die Holztür, die direkt neben dem Speisesaal lag und das Kloster mit der öffentlichen Schule verband. Drei Treppenstufen führten hinunter in den Flur, von dem die verschiedenen Klassenzimmer abgingen. Das hatten die Nonnen ja geschickt eingefädelt, dachte ich. Die Mädchen, die im Kloster lebten, mussten das Gebäude überhaupt nicht verlassen, da die beiden oberen Stockwerke direkt miteinander verbunden waren. Das bedeutete allerdings auch, dass der Schulweg keine Gelegenheit bot, hier herauszukommen.

Im Zimmer der ersten Klasse saßen etwa zwanzig Kinder, die mich neugierig anstarrten. Schon wieder so viele Augen, die auf mich gerichtet waren. Ich setzte mich ganz außen auf einen freien Platz in der hölzernen Schulbank und achtete darauf, das Mädchen neben mir weder an der Schulter noch am Oberschenkel zu berühren. Es roch nach Kreide und klebrigen Fingern.

Als die Lehrerin das Klassenzimmer betrat, standen alle Kinder auf und leierten im Chor: »Guten Morgen, Signorina Sambito.« Sie setzten sich gleichzeitig wieder, dann verstummte ihr Geklapper auf dem Holz der Schulbänke. Der Blick der Lehrerin fiel auf mich und trieb mir das Blut langsam aber unaufhörlich ins Gesicht.

»Du bist also die neue Klosterschülerin.«

Wie gelähmt saß ich da und starrte auf den Boden. Die Blicke der anderen Kinder piksten auf meiner Haut wie spitzige Nadeln.

Signorina Sambito schob sich ihre Brille bis zur Nasenspitze herunter und sah mich über den Rand hinweg scharf an. »Würdest du vielleicht aufstehen, wenn ich mit dir spreche?«

Erschrocken fuhr ich hoch und stellte mich neben die Bank, die Hände artig hinter dem Rücken verschränkt.

»Wie heißt du?«

Ich brachte kein Wort heraus. Wie durch eine Glasglocke hindurch hörte ich meine Mitschülerinnen kichern.

»Sie spricht nicht«, sagte ein Mädchen, das ziemlich weit hinten saß und auch im Kloster wohnte. »Seit sie gestern angekommen ist, hat sie noch kein Wort gesagt.«

Die Lehrerin seufzte und blickte auf ein Blatt Papier. »Also gut. Du heißt Filomena«, stellte sie fest. »Schon sieben Jahre alt. Und heute ist dein erster Schultag?« Sie musterte mich skeptisch.

Die Kinder kicherten wieder, denn die meisten von ihnen waren mit fünf oder spätestens sechs Jahren in die Schule gekommen. Ich war eindeutig zu alt für die erste Klasse. Immerhin schaffte ich es jetzt, zu nicken.

Signorina Sambito seufzte noch einmal. »Na gut, setz dich«, sagte sie endlich und rief ein anderes Mädchen auf, das die Hausaufgaben an der Tafel anschrieb.

Zum Glück sprach mich die Lehrerin den restlichen Vormittag über nicht mehr an, und ich versuchte, dem Unterricht zu folgen. Das fiel mir schwer, denn die anderen Kinder hatten schon vier Monate Vorsprung. Sie lernten schon seit September Buchstaben und rechneten. Jetzt war Januar, und ich konnte noch überhaupt nichts. Wie sollte ich das bloß aufholen?

Nach Schulschluss erwartete uns Suor Immacolata im Speisesaal. Heute gab es Pasta mit Broccoli aus gewaltigen Töpfen. Unter ihrem Gewicht knickten die Kinder, welche sie die Treppen von der Küche zum Speisesaal hinauftragen mussten, fast ein.

Ich hasste Broccoli. Suor Immacolata beobachtete mit säuerlichem Gesichtsausdruck, wie ich in meinen Fusilli herumstocherte, und klopfte ungeduldig mit ihrem Zeigefinger auf die Tischplatte. Als auch die letzten Mädchen in die Küche hinuntergegangen waren, um Geschirr zu spülen, kam sie zu mir.

»Was ist mit dir los, Filomena?« Sie klang verärgert. »Warum sprichst du nicht mit den anderen Kindern?«

Ich zuckte die Schultern und kratzte mit der Gabel über meinen Teller.

»Sag schon! Und iss!«

»Ich mag keinen Broccoli.« Meine Stimme klang rau, denn das war der erste ganze Satz gewesen, den ich seit meiner Ankunft im Kloster gesprochen hatte.

Die Nonne schnaubte durch die Nase. »Sei froh, dass du genug zu essen hast und danke dem Herrn dafür. Eines sage ich dir. Wer nicht aufisst, steht nicht vom Tisch auf. Merk dir das.«

Ich senkte den Blick und würgte den Broccoli hinunter.

Suor Immacolata nickte zufrieden. »Schon besser. Also? Warum sprichst du nicht mit den anderen Mädchen?«

»Ich will nach Hause«, flüsterte ich. Dann versank ich wieder in Schweigen, denn das war das Einzige, was ich sagen wollte, weil es das Einzige war, was ich fühlte.

»Am Anfang wollen alle wieder nach Hause. Du wirst dich schon noch eingewöhnen.« Die alte Nonne hatte bestimmt schon hunderte Male erlebt, dass die Neuankömmlinge vor Heimweh vergingen.

»Eingewöhnen?« Ich hob den Kopf, sah ihr direkt in die Augen und wiederholte, diesmal mit fester, klarer Stimme: »Aber ich will *wirklich* wieder nach Hause.«

Suor Immacolata schüttelte den Kopf. »Du wirst nicht nach Hause zurückkehren. Du lebst jetzt hier im Internat. Besser du findest dich gleich damit ab.«

Der letzte Bissen Broccoli blieb mir fast im Hals stecken. »Nein!«, presste ich zwischen zwei Hustern hervor. »Ich bleibe nicht hier. Auf keinen Fall.«

Die Nonne musterte mich einen Moment lang. »Komm mit«, sagte sie dann und marschierte auch schon los.

Ich schnellte von meinem Stuhl hoch und eilte ihr hinterher. Wohin brachte sie mich?

Wir stiegen hinab ins Erdgeschoss und schritten durch den langen Gang, durch den ich gestern hereingekommen war. Kein Zweifel. Hier ging es zum Ausgang. Mein Mund wurde trocken. Durfte ich etwa nach Hause zurück? Hatte Mama mich tatsächlich nur erschrecken wollen, damit ich in Zukunft folgsamer war? Mein Herz klopfte voller Hoffnung.

Suor Immacolata blieb abrupt stehen und erklärte mit einer weit ausholenden Geste: »Das hier sind die Porträts der Familie Tomasi. Graf Giulio hat dieses Kloster vor dreihundert Jahren erbaut, um aus unserem Dorf ein neues, himmlisches Jerusalem zu machen.«

Ich atmete enttäuscht aus. Was interessierten mich diese alten Bilder? Ich wollte hier raus!

Suor Immacolata ging ein Stück weiter und blieb vor dem Gemälde einer Nonne stehen, neben dem eine goldene Plakette mit dem Namen *Maria Crocifissa della Concezione* angebracht war. Vor dem Bild flackerte eine Kerze und Suor Immacolata bekreuzigte sich. Das war sicher gut, dachte ich, denn diese Gestalt hier sah tatsächlich am elendsten von allen aus.

»Ich will dir die Geschichte von Isabella Tomasi erzählen«, hob Suor Immacolata an. Dabei richtete sie sich auf und ihre Stimme wurde heller. »Sie war die Tochter unseres Stadtgründers, des Grafen Giulio Tomasi di Lampedusa. Und sie überzeugte ihren Vater im Alter von elf Jahren davon, seinen gräflichen Palast in ein Kloster umzuwandeln, in dem sie selbst in strenger Klausur leben wollte.«

Ich starrte die alte Nonne ungläubig an. »Echt? Sie wollte freiwillig ins Kloster? Als Kind?«

Suor Immacolata ließ ihre Augenbrauen tanzen. »Aber ja! Schon während der Bauarbeiten trieb die kleine Isabella die Maurer an, weil sie es kaum noch erwarten konnte, ihr Leben endlich Gott dem Herrn zu widmen.«

Ich rümpfte heimlich die Nase.

»Die Tomasis hatten acht Kinder, von denen zwei bereits als Babys starben.« Sie bekreuzigte sich schon wieder. »Die religiöse Erziehung seiner anderen sechs Söhne und Töchter übernahm Graf Giulio persönlich. Jeden Abend rief er sie zu einer Bibelstunde zusammen, während der er in Spanisch aus der Heiligen Schrift vorlas. Anschließend übersetzte die Familie gemeinsam die gelesenen Passagen. Einmal verkündete er bei der täglichen Lesung lautstark: *Wenn ich wüsste, dass eines von euch Gott nicht liebt, würde ich es nicht als mein Kind anerkennen!*« Zu diesen Worten schwang Suor Immacolata ihren Zeigefinger, so als wäre sie Graf Giulio und ich ihre Tochter. Da hatte ich ja nochmal Glück gehabt, dachte ich.

»Alle Familienmitglieder unterzogen sich Selbstgeißelungen und Bußen, und zwar regelmäßig.« Jetzt zog sie den Kopf ein und krümmte ihre Schultern ein wenig, nur um dann wieder aus dieser gebückten Haltung hervorzuschnellen wie ein Schachtelteufelchen. »Welche Freude, als der Vater einmal ein Geschenk aus Palermo schickte.

Eine Kiste voller neuer, heiliger Instrumente. Die Augen der Kinder leuchteten auf, als sie den hölzernen Deckel öffneten und enge Bußgürtel fanden, gezackte Armbänder und auch Dornenkreuze, deren Stacheln man auf der Brust trug. Ja, damit ließ es sich gut büßen. Sie liefen gleich los, um die neuen Stücke für ihre Sammlung in das Zimmer zu tragen, das die Familie eigens zu diesem Zweck eingerichtet hatte.« Auch Suor Immacolatas Augen leuchteten jetzt. »Und das erfüllte sie mit Vorfreude, denn die Erziehung der Tomasis war von dem festen Willen geprägt, lieber den Tod in Kauf zu nehmen, als zu sündigen. Halleluja!«

Ich starrte die Nonne an. Hatte ich richtig gehört? Die ganze Familie, mitsamt den Kindern, fügte sich selbst Schmerzen zu? Ich hatte keine Zeit nachzufragen, denn genauso schnell, wie Suor Immacolata durch die Gänge des Klosters schritt, redete sie auch.

»Doch damit nicht genug. Graf Giulio und seine Frau waren glühende Marien-Verehrer. Er trug sein Leben lang zu Ehren der Madonna ein eisernes Armband mit der Gravur *Totus tuus – ganz dein*. Und Rosalia Traina hatte sich selbst auf der linken Brust mit einem Messer *Mariae sum, noli me tangere – Ich gehöre Maria, berühre mich nicht* eingeritzt. Schau.« Suor Immacolata zeigte auf eines der Porträts, das eine Frau mit schiefgelegtem Kopf, leicht geöffneten Lippen und entrücktem Blick zeigte. Mit der linken Hand öffnete sie ihren Habit über der Brust, und in der rechten hielt sie ein Messer.

Als ich mir vorstellte, wie die geschwungene Klinge ihre Haut durchschnitt, fuhr mir ein schmerzhaftes Ziehen durch die Eingeweide. Doch zum Glück holte mich

Suor Immacolatas Stimme gleich wieder aus diesen Fantasien zurück.

»Selbst wenn die Tomasi-Kinder spielten, taten sie nichts anderes, als Altare und Zellen aus Holzbrettern und Steinen zu errichten. Sie zogen Gitter ein und bauten ganze Klöster, in denen sie sich gegenseitig einsperrten. Die Mädchen waren entweder Äbtissin oder Nonne, die Buben gaben den Kaplan und den Küster. Jeden Abend kamen die Kinder zusammen, um die Sünden ihres Tages zu beichten.«

Ich verdrehte die Augen. Das war vielleicht ein blödes Spiel. Zum Glück war Suor Immacolata so in ihrem Redefluss gefangen, dass sie es nicht bemerkte.

»Das Schlimmste, was Crocifissa dabei je beichtete war, dass sie einem Banditen zur Flucht verholfen hatte. Eines Tages hörte sie, dass ihr Vater einen Schurken verhaften lassen wollte, der sich gerade im gräflichen Palast befand. Aus lauter Mitgefühl warnte sie ihn, worauf der das Weite suchte.«

Über mein Gesicht huschte ein leises Grinsen. Das war endlich einmal etwas richtig Unvernünftiges. So wie es normale Kinder eben tun.

»Isabellas Lieblingsbeschäftigung war es, zusammen mit der ganzen Familie den Rosenkranz zu beten. Das gefiel ihrem Vater, denn der Graf legte allerhöchsten Wert auf das gemeinsame Gebet. Oft sagte er: *Eine Familie, die zusammen betet, bleibt für immer geeint.*« Suor Immacolata sah mich streng an. »Und er hatte recht! Nicht wahr?«

Eilig nickte ich.

»Eine von Isabellas stärksten Kindheitserinnerungen waren die Freitage, an denen die ganze Familie gemeinsam den Kalvarienberg bestieg. Graf Giulio ließ auf dem Hügel hinter dem Dorf die Kirche Santa Maria della Luce errichten und legte einen Kreuzweg an, der den Leidensweg Jesu nach Golgota nachstellte. Die Grafenfamilie trug ein schweres Holzkreuz mit sich, wenn sie jede Woche den steinigen, steilen Weg hinaufkletterte. Der Fußmarsch war eine Meile lang, doch Isabella ging ihn mit Freuden. Die Kirche oben auf dem Berg war ihr Lieblingsort – die Kirche des Lichts. Sie war eine Pilgerstätte, denn dort wurde die Kopie des Turiner Grabtuchs aufbewahrt, die sich jeden Freitag im März blutrot färbte. Graf Giulio richtete sich dort oben einen Ort der Stille ein, mit Zellen, in die sich Gläubige zurückziehen konnten, um zu beten und sich selbst zu geißeln.« Suor Immacolata zog ihre linke Augenbraue hoch. »Du weißt ja sicher, wo der Kalvarienberg ist, oder?«

Ich nickte, denn ich kannte diesen Ort nur allzu gut. Von unserem Haus aus führte ein Feldweg auf den Hügel, den ich oft heimlich mit Romina gegangen war. Es war gruselig schön, zwischen den Ruinen herumzustreunen. Mama hatte mir eigentlich verboten, zu dem alten Gemäuer zu gehen, denn es war ein gefährlicher Ort. »Geh da nicht hin«, hatte sie mich gewarnt. »Während der Pest-Epidemie wurden die Kranken zum Sterben auf den Kalvarienberg gebracht. Sie lagen in den Zellen und warteten auf den sicheren Tod. Sie zu pflegen war unnötig, denn es war ohnehin nur eine Frage der Zeit, bis sie ihren letzten gequälten Atemzug tun würden. Deshalb waren, wenn sie dann endlich starben, ihre Fingernägel ganz lang. Und im Tod, wenn der Körper austrocknete, erschienen sie noch länger.«

An dieser Stelle ihrer Geschichte zeigte mir Mama jedes Mal an, wie lang genau die Nägel waren, nämlich ungefähr drei Zentimeter. »Später wurden zwischen den Ruinen überall Hände mit langen Fingernägeln gefunden«, fuhr sie fort. »Seitdem wird dieser Ort auch die Kirche der langen Fingernägel genannt.« Sie machte eine bedeutungsschwangere Pause. »Und noch etwas. Nachts hört man da oben den Hufschlag eines Pferdes. Und manchmal sieht man eine finstere Gestalt um die Mauern schleichen. Geh dort nicht hin, Filomena! Dort weht der Wind des Todes.«

Doch ich liebte die verfallene Kirche, zumindest bei Sonnenschein und am helllichten Tag, mit Romina als Beschützerin. Schon oft war ich auf umgestürzte Säulen und die größten Gesteinsbrocken geklettert, die vom Dach heruntergebrochen waren. Die Aussicht von hier oben bis zum Meer war fantastisch.

In dieser Ruine musste auch irgendwo der Eingang zum Tunnel mit den sieben Pforten sein. Mama hatte mir erzählt, dass die Familie Tomasi einst einen unterirdischen Gang in den Berg geschlagen hatte. Er führte in die eine Richtung bis ans Meer, zur Chiaramonte-Burg. Und in die andere Richtung in die Stadt hinein, bis zum Grafenpalast. Dann weiter zur Kirche der Santa Rosalia, zum Dom und schließlich ins Kloster.

Ich hatte in den Gesteinsbrocken oft nach dem Geheimgang gesucht und war in den Spalten und Höhlen herumgekrochen, die sich überall zwischen den porösen Felsen auftaten. Doch gefunden hatte ich ihn nie.

Ach wäre es schön, jetzt nicht hier in diesem düsteren Flur zu stehen, sondern oben auf dem Hügel, und mir vom Wind die widerspenstigen Haare noch mehr zerzausen zu lassen.

Dass dieser mystische Ort auch Isabellas Lieblingsplatz gewesen war, machte sie mir etwas sympathischer. Trotzdem konnte ich mir einfach nicht vorstellen, dass Kinder lieber den Rosenkranz beten wollten, als zu spielen.

»Hörst du mir überhaupt zu?« Suor Immacolata holte mich jäh wieder zurück zwischen die Klostermauern.

»Klar.« Ich war neugierig geworden, wie die Geschichte weiterging.

»Isabella war ein sehr sensibles Kind und von klein auf krank. Sie litt sehr darunter, dass sie deshalb nicht, wie alle anderen Familienmitglieder, fasten durfte. Graf Giulio erlaubte ihr nicht, gänzlich auf das Essen zu verzichten, denn das hätte ihren Gesundheitszustand weiter verschlechtert. Doch sie bettelte und bat, und irgendwann hatte er ein Einsehen mit seiner Tochter. Sie durfte sich auf ein einziges Lebensmittel beschränken.« Suor Immacolata nickte zufrieden ob der Gnade des Vaters, und ich dachte nur eins: Wie lecker eine Wurst vom Grill schmeckte, und dass ich nie freiwillig darauf verzichten würde.

»Weißt du, die Menschen waren damals bettelarm. Unser Dorf war über den Landweg kaum zu erreichen, es war nahezu isoliert, die Lebensmittelzufuhr war desolat, und das mörderische Klima trug auch noch seinen Teil zu Krankheit und Armut bei. Doch Familie Tomasi kümmerte sich aufopfernd um die Bevölkerung.«

»Und wie?«

»Gräfin Rosalia Traina lud an jedem Madonnen-Feiertag sieben arme Frauen ein, denen sie selbst die Füße wusch, während die Töchter ihnen Essen servierten. Graf Giulio gründete ein Leihhaus, um Zinswucher zu bekämpfen. Arbeitslose bekamen eine Ausgleichszahlung, und der Graf finanzierte jedes Jahr einer Gruppe bedürftiger Mädchen ihre Hochzeit. Er ließ ein Frauenhaus, ein Waisenhaus und ein Erziehungsheim erbauen. In dem Krankenhaus, das er errichtete, kümmerte er sich jeden Freitag persönlich um die Patienten. Nicht umsonst wurde er der heilige Graf genannt. Gott hab ihn selig.«

Die Nonne knickste in Richtung eines Porträts, das einen vornehmen Herrn mit Backenbart und einer merkwürdigen Frisur zeigte. Seine Haare waren in der Mitte gescheitelt und bildeten zwei Tollen nach links und rechts. Seine Unterlippe war wulstig und die Oberlippe wurde durch einen mächtigen Schnurrbart verdeckt. Er sah gar nicht aus wie ein liebender Vater und ein treusorgender Graf, sondern streng und unerbittlich.

»Als Isabella elf Jahre alt war, schmiedete Graf Giulio erste Heiratspläne für sie.«

»Aber da war sie doch noch ein Kind!«, rief ich empört.

Suor Immacolata zuckte die Schultern. »Im Siebzehnten Jahrhundert war das eben so. Auch Gräfin Rosalia Traina wurde mit Carlo verlobt, als sie zwölf Jahre alt war.«

»Carlo? Hieß Isabellas Vater nicht Giulio?« Bei den vielen Namen kam ich ganz durcheinander.

»Ja, Carlo und Giulio waren Brüder. Eigentlich hätte Carlo Graf werden und Rosalia Traina heiraten sollen. Doch er ging in ein Theatiner-Kloster und vererbte sowohl den Grafentitel als auch seine Verlobte dem Bruder Giulio. Rosalia heiratete den heiligen Grafen schließlich mit fünfzehn Jahren.«

Gebannt starrte ich Suor Immacolata an. Das war ja unerhört, fand ich.

»Jedenfalls brachte Isabellas Vater eines Tages einen jungen Mann mit nach Hause, den er als Bräutigam für seine Tochter in Betracht zog. Doch als er ihn in den Salon bitten wollte, wurde das Mädchen von Panik ergriffen. Isabellas Haut wurde eiskalt und kribbelte, sie zitterte unkontrolliert, es summte in ihren Ohren und ihr Blick verschwamm. Dann fiel sie in Ohnmacht und bekam hohes Fieber, an dem sie fast starb.«

»Oh nein«, wisperte ich. »Musste sie den Mann trotzdem heiraten?«

Suor Immacolata lächelte. »Nein. Ihr Vater machte sich schreckliche Vorwürfe, weil er den Wunsch seiner Tochter, Nonne zu werden, nicht ernst genommen hatte. Er verstand, dass dieser Anfall ein Zeichen Gottes war. Dass er Isabella nicht an einen Mann aus Fleisch und Blut verheiraten durfte. Sie hatte schon immer Angst vor den Menschen gehabt. Die rüde Welt außerhalb des Grafenpalastes war ihr bedrohlich, hässlich und fremd vorgekommen. Also versprach der Graf seiner Tochter am Krankenbett, das größte und schönste Gebäude der neugegründeten Stadt in ein Kloster umzuwandeln – seinen eigenen Palast.« Suor Immacolatas Stimme klang feierlich. »Und du kannst dir gar nicht vorstellen, wie glücklich Isabella darüber war.«

»Isabella wollte wirklich schon als Kind ins Kloster?« Ich konnte es einfach nicht fassen.

»Glaubst du mir etwa nicht?« Suor Immacolata wirkte plötzlich gereizt.

»Doch, doch«, murmelte ich schnell.

Die Nonne blickte mich noch einen Moment lang säuerlich an, so als würde sie überlegen, ob ich ihre Zeit wert war. Aber dann siegte ihre Lust, die Geschichte weiterzuerzählen. »Weißt du, ihre erste Vision hatte Isabella bereits im Alter von sieben Jahren. Als sie die Kirche San Domenico in Palermo betrat, hörte sie eine Stimme. *Nicht du hast mich gewählt, sondern ich habe dich gewählt.* Dasselbe hatte Jesus einst zu seinen Jüngern gesagt. Isabella verstand: Gott hatte sie auserwählt. Er rief sie zu sich. Und ab diesem Zeitpunkt war der Weg zu ihm Isabellas Berufung.«

»Hatte sie noch mehr Visionen?«, fragte ich neugierig.

»Selbstverständlich.« Die Nonne legte die Hand auf ihre Brust. »Sie sah darin oft Mutter Maria, ihre beiden Schutzheiligen und sogar Gott selbst.« Jetzt senkte Suor Immacolata die Stimme und bekreuzigte sich wieder. »Vor allem aber kämpfte sie ihr ganzes Leben lang mit dem Satan.«

»Mit dem Teufel?« Ich hielt den Atem an.

Die alte Nonne nickte gewichtig. »Ja. Aber erst später, als sie im Kloster lebte.«

»In diesem Kloster?« Mit aufgerissenen Augen sah ich mich in dem düsteren Korridor um. »Hier?«

»Ja, hier.«

Mir schauderte. Jetzt wollte ich die ganze Geschichte hören. »Und wie ging es mit Isabella weiter?«

Suor Immacolata nickte zufrieden. Sie hatte mich erfolgreich von meinem Heimweh abgelenkt und zum Reden gebracht. Bereitwillig erzählte sie weiter: »Als Isabella vierzehn Jahre alt wurde, war es endlich soweit. Zwei ihrer Schwestern, die sechzehnjährige Francesca und die elfjährige Antonia, zogen gemeinsam mit ihr in das neu errichtete Kloster ein. Graf Giulio schüttelte den Kopf und murmelte: *Alles Nonnen! Alles Nonnen!*, denn er hätte gerne Enkel gehabt, und Erben für seine Grafschaft. Trotzdem war er tief bewegt, als seine Töchter an diesem 12. Juni 1659 in einer Gruppe von insgesamt zehn Frauen in einer Zweierreihe langsam die Kirche betraten. Die Wände waren mit Brokat geschmückt und der Boden mit Damast ausgelegt. Nach der heiligen Messe schritt die Äbtissin, begleitet vom Lärm der Flöten und Tamburine, zum Sprechraum des Klosters. Dort führte sie jede Nonne und jede Novizin einzeln an der Hand über die Schwelle. Die Äbtissin selbst trat als letzte ein und verschloss die Tür des Klosters für immer hinter ihrem Rücken.«

Die feinen Härchen auf meinen Armen richteten sich auf. Genau so hatte mich gestern Suor Immacolata über die Schwelle der gleichen Tür geführt. Klack. Klack. Klack. Das Geräusch der drei Riegel hallte noch in meinem Kopf nach, und Angst drückte meinen Brustkorb zusammen. Musste ich jetzt auch für immer hierbleiben, wie die Tomasi-Mädchen? Nein. Das konnte nicht sein. Das würde mir Mama nicht antun.

»Hand in Hand schritten die Schwestern durch diesen Korridor, glückselig, dass sie endlich ihre ganze Existenz Gott widmen durften.«

»Glückselig? Durch diesen Gang?«

»Natürlich durch diesen Gang. Welcher denn sonst?« Schon war die Greisin wieder verärgert. Besser, ich unterbrach sie nicht mehr. »Die Tomasi-Schwestern jubilierten, denn sie verzichteten nur allzu gerne auf die Privilegien eines mondänen Lebens im gräflichen Palast. Lieber wollten sie ein karges Dasein im Kloster führen. Nicht als Grafentöchter, sondern als niedere Gottesdienerinnen. Denn vor Gott sind alle gleich, und der Weg ins Himmelreich ist nun einmal beschwerlich. Doch es ist der Weg, der zum ewigen Leben führt und in Glückseligkeit mündet.« In einer dramatischen Geste hob sie die Hände zur Decke und verdrehte die Augen nach oben.

»Also nimm dir ein Beispiel an den Tomasi-Mädchen.« Suor Immacolata ließ ihren Blick über die Gemälde schweifen und hielt dabei ihren Zeigefinger in den düsteren Gang. »Und schätze das einfache Leben, das du hier frei von Sünde führen darfst. Gelobt sei Jesus Christus.« Dann bekreuzigte sie sich wieder und marschierte ohne ein weiteres Wort zurück in Richtung Treppe.

»Warten Sie, Suor Immacolata«, rief ich ihr hinterher. »Erzählen Sie bitte weiter.« Ich musste unbedingt wissen, wie es mit Isabella weiterging. Und natürlich, was es mit dem Teufel auf sich hatte.

»Jetzt nicht. Jetzt habe ich keine Zeit mehr für Geschichten«, antwortete sie im Weitergehen, doch ich meinte, ein kleines Lächeln in ihrer Stimme zu vernehmen.

Ich eilte ihr hinterher, denn ich spürte, wie sich die vorwurfsvollen Blicke der ersten Nonnen, die das Kloster vor dreihundert Jahren unter Freudentränen bezogen hatten, in meinen Nacken bohrten. Sie waren unzufrieden mit mir. Die Töchter des heiligen Grafen waren jubilierend in die Klausur gegangen. Aber ich, ich konnte mir beim besten Willen nicht vorstellen, dass sich Kinder nichts sehnlicher wünschen, als bis an ihr Lebensende im Kloster eingeschlossen zu sein. Und so eine wie ich lief nun durch ihre heiligen Korridore und dachte dabei sehr unheilige Dinge.

Ich war überzeugt davon, dass die Tomasi-Mädchen auf den Gemälden meine Gedanken lesen konnten. Jedes Mal, wenn ich fortan den Gang entlang an ihnen vorbei gehen musste, versuchte ich, an nichts zu denken. Und weil das nicht ging, trällerte ich im Geiste ein Lied. Obwohl sich das bestimmt auch nicht geziemte.

Suor Immacolata blieb erst vor dem Studierzimmer wieder stehen. »In den ersten Wochen bist du von der Hausarbeit befreit. Angela wird dir in dieser Zeit helfen, den Schulstoff nachzuholen. Sie geht schon in die vierte Klasse und ist die beste Schülerin der Grundschule. Warte hier. Ich hole sie.«

Ich erschrak. In den ersten Wochen? Würde ich wirklich so lange hierbleiben müssen? Mir fiel wieder ein, was Suor Immacolata gesagt hatte: Dass ich hier wohnen und zur Schule gehen müsste. Aber warum? Warum sollte Mama mich weggeben?

Die Vorstellung, noch länger in dieser Düsternis, in dieser Stille eingesperrt zu sein, nahm mir die Luft zum Atmen. Die Wände schienen näher zusammenzurücken. Ich musste hier raus.

Ich begann, im Studierzimmer hin und her zu tigern, versuchte, durch das Fenstergitter ein Stück Draußenwelt zu erkennen. Nichts. Ich legte meine Stirn an das kalte Metall, kratzte mit den Fingernägeln darüber und sog Luft durch die winzigen Löcher ein. Dann hob ich den Kopf ein Stück ab und schlug ihn gegen das Metall. Einmal. Zweimal. Der dumpfe Schmerz lenkte mich von dem entsetzlichen Gedanken ab, der begonnen hatte, in meiner Brust zu brennen. Dem Gedanken, dass Mama mich nicht mehr haben wollte.

Beobachtete mich jemand? Ich fuhr herum, und mein Blick fiel auf eine Madonnen-Statue, die mich anlächelte. Das Jesuskind griff nach ihrem blanken Busen.

Ich hatte noch nie eine nackte Brust gesehen, denn Mama hatte stets darauf geachtet, dass ich sie nie unbekleidet sah. Obwohl ich ganz alleine im Zimmer war, wagte ich es nicht, den Busen direkt anzusehen. Ich betrachtete die Mutter Maria erst nur aus dem Augenwinkel und wurde dabei rot.

Die Madonna hob Zeige- und Mittelfinger zum Zeichen des Friedens und hatte einen derart entrückten Blick, wie ihn nur stillende Mütter haben können. Langsam gewöhnte ich mich an den Anblick der nackten Brust. Ihr mildes Lächeln streichelte mich, und ich wusste sofort, dass ich mich ihr anvertrauen konnte. Ich ging zu ihr hinüber und legte meine Hand auf ihren linken Fuß. Sie begann zu kribbeln. Obwohl der Marmor kühl war, wurde mein Arm ganz warm, und diese Wärme floss direkt in mein Herz.

Ich schrak auf, als sich die Tür zum Studierzimmer öffnete. Oh nein. Das durfte nicht wahr sein. Diesmal hätte *ich* mich fast bekreuzigt.

»Das ist Angela«, sagte Suor Immacolata und schob das hochgewachsene Mädchen mit den Froschaugen herein.

Madre Crocifissa

»Na toll, die Puppenmutti«, knurrte Angela, während sie sich mit aufwändigem Gepolter neben mir in die Schulbank schob. »Und? Wo hast du heute dein hässliches Baby gelassen?«

»Sie ist nicht hässlich, und sie heißt Bella.« Ich verschränkte die Arme und rückte ein Stück von ihr weg.

Angela verdrehte die Augen. »Oh, du kannst ja sprechen. Das ist gut, wo du mit sieben Jahren ja noch nicht mal lesen und schreiben kannst«. Ich starrte sie wütend an, doch sie zuckte nur die Schultern. »Na ja, zumindest muss ich keine Hausarbeit machen.«

Nach dem Essen mussten die Klosterschülerinnen nämlich jeden Tag nähen, sticken oder putzen, und offensichtlich war Angela von diesen lästigen Pflichten befreit worden, um mit mir zu lernen. »Na gut.« Sie beugte sich über mein Heft. »Dann mal los.«

Die Nachhilfestunde verlief besser als erwartet. Angela war einigermaßen freundlich zu mir und stellte mir sogar Fragen über mein Leben. Ich erzählte ihr von Mama, von Emma und Romina, und dass mein Vater in Deutschland arbeitete. Sie hörte mir aufmerksam zu. Mochte sie mich vielleicht doch? Zumindest ein wenig? Eine lauwarme Hoffnung breitete sich in mir aus.

Nach dem Lernen ging ich zurück in den Schlafsaal, setzte mich auf mein Bett und nahm Bella in den Arm.

Ich langweilte mich. Die anderen Kinder waren alle im Spielzimmer, und der verwaiste Schlafsaal ließ meine Einsamkeit greifbar werden. Sollte ich nach oben zu den anderen Mädchen gehen?

Ich atmete tief durch, nahm meinen ganzen Mut zusammen und legte Bella zurück aufs Kopfkissen. Dann stieg ich mit klopfendem Herzen die Treppe hinauf.

Als ich die Tür zum Spielzimmer öffnete, sah ich, dass sich alle Kinder um Angela geschart hatten. Sie stand breitbeinig da, beide Hände in die Hüften gestemmt. Ich wollte schon auf sie zugehen, da trafen mich ihre Worte wie eine Ohrfeige, von der mir schwindelig wurde.

»Habt ihr die schon mal reden hören?«, höhnte sie. »Sie spricht ja wenig, aber wenn sie mal den Mund aufmacht, kommt nur Dialekt raus. Es wird Zeit, dass sie hier im Kloster ordentlich Italienisch lernt.«

Sie sprach über mich. Angela verspottete mich vor allen Kindern. Und grinste mir dabei mitten ins Gesicht. Ich blinzelte, denn meine Augen wollten sich mit Tränen füllen. Mit aller Macht hielt ich sie zurück und biss die Zähne fest zusammen. Um keinen Preis wollte ich vor den anderen Kindern weinen.

»Und wisst ihr was?« Angelas Stimme wurde lauter. »Sie hat bestimmt Flöhe von ihrem räudigen Köter.«

»Iiiiih«, kreischten die anderen Mädchen und wichen vor mir zurück.

Eine unbändige Wut stieg in mir auf und ich hätte am liebsten losgebrüllt. Wenn ich jetzt hierblieb, würde ich entweder Angela das Gesicht zerkratzen, oder doch noch heulen. Damit weder das eine noch das andere geschah, drehte ich mich wortlos um und ging hinaus.

»Oh, jetzt läuft das Baby zurück zu seiner Mama.«
Angelas meckerndes Lachen hallte hinter mir her.

Ich knallte die Tür zu und hob die Hände zum Gesicht,
um hier, allein auf dem Flur, endlich loszuweinen. Doch
die Tränen kamen nicht. Jetzt, wo sie mir Erleichterung
verschaffen könnten, hatten sie sich irgendwo tief unten
versteckt. Ich versuchte, sie hinauszupressen, kniff die
Augen zusammen und ballte die Fäuste. Doch kein
Tröpfchen wollte aufsteigen, um das Brennen in meinem
Hals und den Druck in meiner Brust zu lindern. Verdammte Tränen. Wütend trat ich gegen die Wand.

Dann kam mir eine Idee. Was wäre, wenn ich wirklich
zurück zu meiner Mama laufen würde? Was wäre, wenn
ich einfach gehen würde? Die Tür, durch die ich gestern
hereingekommen war, führte in die entgegengesetzte
Richtung schließlich auch wieder aus dem Kloster
hinaus.

Wie ferngesteuert setzte ich einen Fuß vor den anderen,
die endlosen Treppen hinunter, bis zu dem Korridor mit
den unheimlichen Familienporträts. Ich ging zwischen
den grimmig blickenden Gesichtern hindurch, immer
weiter Richtung Ausgang, bis ich vor dem Gemälde der
elenden Nonne ankam, vor dem sich Suor Immacolata
gestern bekreuzigt hatte. Im flackernden Licht der Kerze,
die unter ihrem Bild brannte, schienen sich die langen,
feingliedrigen Finger ihrer Hände zu bewegen. Die Härchen auf meinen Armen richteten sich auf und am liebsten wäre ich davongelaufen, doch ich konnte meinen
Blick nicht von ihr abwenden. Ihre Augen waren merkwürdig leer, schienen aber gleichzeitig bis in den hinters-
ten Winkel meiner Seele sehen zu können.

»Was machst du hier?« Suor Immacolatas Stimme durchschnitt die Stille und ließ mich zusammenfahren. Sie hatte mich erwischt.

Ich war so vertieft in den Anblick des Gemäldes gewesen, dass ich gar nicht bemerkt hatte, wie die Nonne in dem düsteren Gang hinter mich getreten war. »Äh ... Ich wollte nur die Bilder anschauen«, log ich.

Die Greisin blähte die Nasenflügel und mir fiel auf, dass ihre Nasenlöcher groß und haarig waren. »Es ist euch Kindern strengstens verboten, alleine im Kloster herumzulaufen.«

Ich senkte den Kopf. »Tschuldigung. Tut mir leid. Das wusste ich nicht.«

Sie musterte mich misstrauisch, doch dann wurde ihr Blick etwas milder. »Hat dir die Geschichte von Isabella Tomasi gefallen?«

Ich begriff nicht. Was hatte dieses Bild mit dem jungen Mädchen zu tun, von dem sie mir erzählt hatte? Auf dem Namensplättchen stand *Maria Crocifissa della Concezione*. Vorsichtshalber sagte ich: »Ja, sehr gut.«

»Soll ich dir die Geschichte weitererzählen?«

Ich nickte. »Ja bitte.« Zum Glück hatte die Alte nicht bemerkt, dass ich abhauen wollte.

Suor Immacolata betrachtete das Porträt mit verklärtem Blick, berührte mit den Fingerspitzen das blasse Gesicht und seufzte. »Ach Madre Crocifissa, wie viel gibt es über dich zu berichten!«

»Ich dachte, sie wollten mir von Isabella erzählen?« Ich war enttäuscht. Die Geschichte der Grafentochter, die schon als Kind ins Kloster gehen wollte, interessierte mich viel mehr, als die einer alten Nonne.

»Das *ist* Isabella«, sagte Suor Immacolata. »Als sie ihre Gelübde ablegte und Nonne wurde, wählte sie den Namen *Maria Crocifissa della Concezione.*«

Ich starrte das Porträt an. Isabella Tomasi war die Nonne auf dem Gemälde? Es verwirrte mich, dass zu dem jungen Mädchen, das ich mir vorgestellt hatte, dieses ausgezehrte Gesicht gehörte. Ich würde sie jedenfalls nicht Madre Crocifissa nennen, beschloss ich, sondern weiterhin Isabella. Das passte besser zu dem Kind, das genauso zwischen diesen Mauern gelebt hatte wie ich.

»Auf dem Bild sieht sie aber nicht besonders glücklich aus«, murmelte ich gedankenverloren.

Suor Immacolatas Augen durchbohrten mich, als wollte sie mich mit ihrem Blick ans Kreuz nageln. »Was sagst du da!«, herrschte sie mich an. »Madre Crocifissa war sogar sehr glücklich. Dieses Gemälde sieht nur deshalb anders aus, weil sie darauf bereits tot ist.«

Ich starrte sie mit offenem Mund an. »Das ist das Bild einer Leiche?«

Die alte Nonne bekreuzigte sich. »Gott hab sie selig.«

»Erzählen sie weiter. Bitte.« Ich trat von einem Fuß auf den anderen. Dass ich eigentlich fliehen wollte, hatte ich völlig vergessen.

»Also gut.« Der ärgerliche Schatten auf Suor Immacolatas Gesicht verflog, sobald sie ihre Stimme erhob. »Nachdem Madre Crocifissa gestorben war, betteten die anderen Nonnen ihren Leichnam unter das Kreuz am Altar hin. Da schlug sie die Augen auf, um die einzige Liebe ihres Lebens, Jesus Christus, noch einmal anzusehen. Der Heiland senkte gleichzeitig den Kopf, um zu ihr hinabzublicken.«

»Aber sie war doch schon tot«, wisperte ich. »Und die Jesus-Statue ist aus Holz.«

Suor Immacolata nickte und mir lief es beim Anblick des Bildes eiskalt den Rücken hinunter. Der schlaffe Körper lehnte schief auf dem Stuhl, den Kopf nach rechts geneigt, so dass er fast das Kreuz berührte, das unter ihrem Arm festgesteckt war. Ihr Gesicht war ausgemergelt, das Kinn hing leicht nach unten. Unter ihrem linken Arm klemmte ein Strauß Lilien und über ihrem schwarzen Schleier trug sie eine Dornenkrone.

»Ihr Leichnam war drei Tage lang auf diesem Stuhl ausgestellt, und ihr Körper blieb die ganze Zeit über warm«, flüsterte Suor Immacolata und bekreuzigte sich gleich noch einmal. »Stell dir vor, sie duftete nach Rosen.«

»Nach Rosen?« Leichen rochen doch bestimmt nicht nach Blumen, dachte ich. Sie stanken eher nach Gruft und Verwesung. Ich stellte mir vor, wie die Nonnen an dem leblosen Körper schnupperten und verzog angeekelt das Gesicht.

»Am vierten Tag wurde sie unten in den Katakomben beerdigt. Doch aus ihrem Grab ertönte Geigenmusik. Zwei Wochen lang. Also gruben die anderen Nonnen sie wieder aus und holten ihre Überreste zurück nach oben.« Suor Immacolata zeigte auf eine Holztür. Sie war von einer Mauer mit steinernen Ornamenten eingefasst, die sehr alt aussahen.

»Hinter dieser Tür liegt Madre Crocifissa?«

Zufrieden betrachtete Suor Immacolata mein Gesicht, auf dem Grauen und Faszination miteinander rangen. »So, und jetzt ab nach oben«, sage sie und klatschte zweimal in die Hände. »Es ist Zeit für den Rosenkranz. Und wenn ich dich noch einmal dabei erwische, wie du heimlich herumschleichst, isst du einen Teller Broccoli.«

Bei dem Gedanken an das dunkelgrüne, fade Zeug mit den ekligen Knubbeln sammelte sich lauwarme Spucke in meinem Mund.

Die Nonne marschierte los und ich musste mich beeilen, ihr hinterherzukommen. Ich wollte auf keinen Fall allein mit einer Toten zurückbleiben.

Am nächsten Tag im Studierzimmer verhielt sich Angela wieder völlig normal. Aber ich würde nicht mehr auf sie hereinfallen. Sie war sicher nur deshalb nett zu mir, weil Suor Immacolata ab und zu hereinschaute und meine Fortschritte überprüfte. Und um Informationen zu sammeln, die sie später gegen mich verwenden könnte. Diese Viper. Ich verriet ihr jedenfalls kein Sterbenswörtchen mehr, und das war gut so, denn bei der nächsten Gelegenheit ließ sie mich wieder ins offene Messer laufen.

»Ich muss aufs Klo«, sagte ich zwischen zwei Rechenaufgaben.

»Dann geh doch.«

»Darf ich das, so alleine, ohne zu fragen? Suor Immacolata hat gesagt, es ist strengstens verboten, dass Kinder alleine im Kloster herumlaufen.« Ich wollte mich keinesfalls mit der herrischen Nonne anlegen.

Angela zuckte die Schultern. »Normalerweise schon. Aber aufs Klo gehen ist ja was anderes. Oder willst du dir lieber in die Hosen machen?« Sie grinste.

Ich schüttelte vehement den Kopf.

»Geh ruhig«, sagte Angela. »Falls Suor Immacolata kommt, sage ich ihr Bescheid, wo du bist.«

Als ich auf dem Rückweg von der Toilette an der offenen Tür des Schlafsaales vorbeikam, wo die anderen Mädchen gerade unter der Herrschaft der Nonne saubermachten, schoss Suor Immacolata auf den Flur hinaus.

»Was machst du hier?« Ihre Stimme überschlug sich fast. Mir wurde klar, dass Angela mich wieder ausgeschmiert hatte. Die anderen Mädchen waren neugierig zusammengelaufen und hatten sich mit ihren Besen hinter der Nonne formiert. Sie lechzten nach meiner nächsten Blamage.

»Tschuldigung, ich war nur auf dem Klo«, stotterte ich. »Ich dachte ... Ich musste nur Pipi.«

»Ah!«, rief Suor Immacolata und hob die Hände schützend vors Gesicht. »Das sagt man nicht!«

Die Mädchen kicherten hinter vorgehaltener Hand. »Sie hat Klo gesagt«, flüsterte eine. »Und Pipi.«

Suor Immacolata fuhr herum. »Still!«

Und mich fauchte sie an: »Da siehst du, was du angerichtet hast! Ein für alle Mal. Du darfst nur alleine im Kloster herumlaufen, wenn du vorher um Erlaubnis fragst. Und hier heißt es: *Ich muss klein* oder *ich muss groß*. Keine unsauberen Wörter. Verstanden? Und nun alle zurück an die Arbeit!«

Sie schüttelte erbost den Kopf, drehte sich um und scheuchte die Mädchen, die noch immer glucksten, wieder in den Schlafsaal.

Der Zorn brodelte in mir wie Magma, und am liebsten hätte ich Angela die scheußlichen Glubschaugen blau gehauen, als ich zurück ins Studierzimmer kam. Doch ich wusste, dass ich keine Chance gegen sie und ihr grässliches Krötenvolk hatte. Außerdem hatte mir Mama beigebracht, dass es diejenigen, die einen verhöhnen, am allermeisten ärgert, wenn sie einen damit nicht treffen können. Wenn man ihren Spott einfach an sich ablaufen lässt wie dreckiges Wasser. Also tat ich so, als wäre gar nichts gewesen.

»Und? Alles klar?«, fragte Angela scheinheilig.

»Ja, ja«, murmelte ich unbeteiligt und wandte mich wieder dem Matheblatt zu. Sie schnaufte enttäuscht, und ich grinste innerlich, denn ich hatte mir keine Blöße gegeben. Und Angela hatte keine Genugtuung bekommen.

Je gemeiner ihre Einfälle waren, desto mehr strengte ich mich an, den verlorenen Lernstoff aufzuholen. Ich hoffte, dass sie das Interesse an mir verlieren würde, wenn sie sich nicht mehr täglich mit mir abgeben musste.

Es waren nun schon drei Wochen vergangen, seit ich im Kloster angekommen war, und Mama hatte mich noch immer nicht abgeholt. Doch sicher war es nur eine Frage der Zeit. Ganz bestimmt. Das sagte ich mir immer wieder vor, wenn mich die Sehnsucht nach ihr übermannte.

Als ich endlich auf demselben Stand war wie die anderen Kinder, überkam mich süße Schadenfreude. Angela wurde nämlich wieder zur Hausarbeit verdonnert, während Suor Immacolata mir nichts anschaffte. Natürlich fragte ich auch nicht nach, ich war ja nicht blöd. Lieber genoss ich meine freie Zeit.

Während die anderen Mädchen den Schlafsaal, den Waschraum und das Studierzimmer kehrten und wischten, stellte ich mich an eines der vergitterten Fenster und lauschte den blechernen Lautsprecherstimmen der fliegenden Händler. Sie knatterten mit ihren dreirädrigen

Apen durch die Straßen. Mit fest geschlossenen Augen malte ich mir aus, ich sei dort draußen. Ich stellte mir das bunte Sortiment vor, das über die Ladeflächen hinaushing und in den Kurven gefährlich schwankte. Ich kannte alle Melodien auswendig. Da war Beppe, der drei Mal kurz und ein Mal lang hupte. Er hatte Waschmittel und Knöpfe geladen, Salatschüsseln und Schnürsenkel. Auf dem Dach seiner Fahrerkabine hatte er eine Matratze festgezurrt. »Signoraaaaaaa«, rief er langgezogen. »Signoraaaaaa, treten sie näher, Signoraaaaa!« Meine Mama hatte jedes Mal den Rock gehoben und war zur Straße geeilt, wenn er vorbeikam.

Dann schallte der Lockruf von Amedeo durch die Gassen, der Eier und Kaninchen verkaufte, die sich verschreckt in einem Holzkäfig drängten, der die ganze Ladefläche einnahm. »Uova e conigliaaaaaaa!«

Mein Lieblingsverkäufer war der Eismann Salvatore. Ich war immer mit roten Backen seinem VW-Bus entgegengerannt, auf dem der Schriftzug *Gelato Gattopardo* verheißungsvoll glänzte. Meist kam ich als Erste bei den bunten Eisbehältern an, die in einer Kühlzelle hinter der Schiebetür standen. Dann konnte ich mich aber nicht entscheiden, ob ich lieber Pistazie oder Schokolade wollte, oder vielleicht doch ein knallbuntes Wassereis? Deshalb ließ ich schließlich alle anderen Kinder vor.

Ich seufzte. Seit ich im Kloster lebte, hatte ich gar kein Eis mehr gegessen. Genaugenommen überhaupt nichts Süßes. Denn Völlerei war Sünde. Nur zum Sonntagsfrühstück streute uns Suor Immacolata etwas Zucker über unseren Ricotta. Ansonsten gab es Milch und Brot. Und das, obwohl oft stundenlang der Duft nach Mandelkeksen und Vanillecreme durch die Flure zog, wenn die Nonnen in ihrer Backstube zugange waren. Mir lief jedes Mal das Wasser im Mund zusammen, wenn ich an die Gebäckstücke aus geriebenen Pistazien dachte, und an die Teigrollen, die mit Pudding gefüllt und mit Hagelzucker bestreut waren. Doch die Süßigkeiten, welche die Nonnen herstellten, waren nicht für uns Kinder gedacht. Sie wurden ausschließlich unten am hölzernen Drehregal verkauft und brachten dem Kloster ein wenig Geld ein.

Dass ich meinen Träumen nachhängen konnte, während sie putzen mussten, gefiel den anderen Kindern freilich gar nicht. Vor allem die Froschaugen-Königin lief zur Höchstform auf. »Das Balg vom Saufkopf«, nannte sie mich, »der nach Deutschland abgehauen ist, aber keine müde Lira nach Hause bringt, weil er seinen Lohn mit blonden deutschen Flittchen durchbringt.«

Ich verstand nicht genau, was sie damit meinte, aber ich bat Suor Immacolata bald darum, ebenfalls putzen zu dürfen. Schließlich erlaubte sie mir, den Flur zu fegen. Der Besen war noch etwas zu lang für mich, aber so konnte ich wenigstens arbeiten wie die anderen und zog mir nicht mehr ihren Neid zu. Daraufhin ignorierten mich die meisten Kinder nur noch. Sie fanden mich komisch, weil ich so schweigsam war, hatten aber sonst kein Interesse mehr an mir. Nur Angela hörte einfach nicht auf, mich zu drangsalieren.

Süße Rache

Jeder Tag im Kloster verlief genau gleich. Aufstehen, beten, waschen und anziehen, Betten machen, Messe, Frühstück, Schule, Mittagessen, Lernzeit, Hausarbeit. Wenn wir endlich mit dem Putzen fertig waren, machten wir im Studierzimmer Hausaufgaben.

Die Madonna mit dem blanken Busen, wie ich sie heimlich nannte, half mir jedes Mal, wenn ich Probleme hatte. Einmal musste ich ein schwieriges Gedicht auswendig lernen, doch ich konnte mir keine einzige Zeile merken. Alleine schaffte ich das nicht. Am nächsten Tag würde Signorina Sambito fünf Kinder auswählen, die das Gedicht vor der ganzen Klasse vortragen mussten. Der Gedanke daran ließ mein Gehirn verklumpen. Da setzte ich mich ganz nah zur Madonna. Sie streichelte mich wieder mit ihrem gütigen Blick. Da wurde ich ganz ruhig und die Worte schienen sich wie von selbst in mein Gedächtnis einzubrennen.

Die schöne Marienstatue war allerdings auch für unsere Bestrafungen zuständig. Wenn wir ungezogen waren, mussten wir eine halbe Stunde neben ihr knien und beten. Eines Tages traf diese Strafe auch mich.

Angela hatte es endlich geschafft, mich aus der Reserve zu locken. Sie hatte Bella den Kopf umgedreht, sodass ihr Gesicht nach hinten blickte, und sie dann wieder auf mein Kopfkissen gesetzt. Als ich den Schlafsaal betrat, war ich furchtbar erschrocken und hatte aufgeschrien. Die Mädchen prusteten los und Angela warf den Kopf in den Nacken, um laut herauszulachen. In dieser Sekunde war ich auf sie losgesprungen wie eine Katze mit ausgefahrenen Krallen. Mit aller Kraft zog ich sie an den Haaren und biss sie in die Schulter. Mit einem zornigen Schmerzensschrei schüttelte sie mich ab und brüllte nach Suor Immacolata. Kurz bevor die Nonne mit wehendem Gewand zur Tür des Schlafsaals hereingeeilt kam, drehte Angela den Kopf meiner Puppe rasch zurück und grinste mich dabei an. Dann nahm sie ihr Schmerzensgeheul wieder auf.

»Was ist passiert?« Die Stimme der Nonne durchschnitt die Luft dieses bitterkalten Februartages.

»Sie hat mich an den Haaren gezogen und gebissen«, greinte Angela und zog die Schuluniform über ihre Schulter hinab, um Suor Immacolata die roten Abdrücke meiner Zähne zu zeigen. Die anderen Mädchen nickten wichtigtuerisch.

»Was hast du dazu zu sagen?« Die Nonne funkelte mich an.

»Ich ... äh ... habe es nur gemacht, weil ...«

»Still! Das will ich gar nicht hören!« Sie winkte brüsk ab. »Es gibt keinen Grund, ein anderes Kind zu verletzen. Geh ins Studierzimmer, knie nieder und bete fünf *Vater Unser* und fünf *Ave Maria*.« Ihr Zeigefinger wies unmissverständlich zur Tür, und ich trollte mich. Bestimmt feixte mir Angela hinterher, die giftige Schlange. Der würde ich es schon noch zeigen.

Als ich ins Studierzimmer kam, um dort meine Strafe anzutreten, sah ich, dass die Madonna rote Augen hatte, so als hätte sie geweint. Da bat ich sie um Verzeihung, obwohl ich den Streit gar nicht angefangen hatte. Danach sah sie zufrieden aus und ich war erleichtert, dass sie nicht mehr enttäuscht von mir war. Trotzdem fühlte ich mich ungerecht behandelt. Und noch etwas kam mir merkwürdig vor. Wusste Mutter Maria etwa nicht, dass Angela Schuld an dem Streit war? Sie müsste doch eigentlich alles sehen und alles hören. Sie müsste doch wissen, dass die Froschaugen-Königin mich seit meiner Ankunft im Kloster piesackte. Ich hatte mich nur gewehrt. Warum ließ sie es dann zu, dass ich bestraft wurde, und nicht Angela?

Doch für solche Zweifel war in meiner kleinen Welt kein Platz. Und so wischte ich die Fragen fort und suchte weiterhin Rat und Hilfe bei meiner *Madonnina*.

Nach der Lernzeit, während der absolute Stille herrschen musste, durften wir endlich ein wenig spielen. Um sechs Uhr abends beteten wir den Rosenkranz, danach gab es Abendessen. Der Höhepunkt des Tages war es, wenn wir vor der Bettruhe im Aufenthaltsraum der Nonnen eine halbe Stunde fernsehschauen durften. Der Saal war riesengroß, und auf langen Tischen lagen die Stoffbahnen, aus denen die Nonnen Altarvorhänge, Stolen, Messgewänder und Chormäntel fertigten und sie reich mit Silber- und Goldfaden bestickten. Auch wir Kinder lernten hier Kreuzstich und Langettenkanten, Knötchenstich und Nadelmalerei. Doch abends durften wir zwischen den Stoffbahnen weltliche Sendungen schauen.

Das Programm bestimmten die älteren Mädchen aus der Mittelstufe, aber das war mir egal. Mit wissbegierigen Augen und offenem Mund sah ich den bunten Bildern aus der Draußenwelt zu.

Natürlich beteten wir auch, und das nicht zu knapp. Vor dem Einschlafen, nach dem Aufstehen, vor und nach dem Essen, vor und nach dem Lernen. Jeden Abend sprachen wir in einer Kapelle des Klosters den Rosenkranz und jeden Freitag die Kreuzweg-Andacht. Dabei erinnerte ich mich wieder an die Tomasi-Mädchen, deren Hauptbeschäftigung es schon als Kinder gewesen war, die neunundfünfzig Perlen des Rosenkranzes durch ihre Finger gleiten zu lassen. Würde ich mich jemals damit anfreunden können, jeden Abend all diese Gebete hintereinander aufzusagen? Vater unser im Himmel, geheiligt werde dein Name. Ich seufzte.

Sonntags versammelten wir uns im Chor über dem Altar. Von hier aus verfolgten wir die öffentliche Messe, versteckt hinter unserem hölzernen Gitter. Die Kirche füllte sich am heiligen Tag mit Gläubigen aus dem Ort, die respektvoll den Kopf senkten, wenn sie durch die Tür hereintraten. »Graf Giulio Tomasi ließ sie absichtlich so niedrig bauen, damit jeder, der die Klosterkirche betreten will, sich erst einmal ehrfürchtig vor Gott verneigen muss«, erklärte uns Suor Immacolata, wie immer mit erhobenem Zeigefinger.

Ich versuchte stets, die Menschen zu erkennen, die sich in den Bänken drängten. Vielleicht war Mama da unten? Doch es war schwer, zwischen den ganzen Kindern und durch den Blickschutz hindurch Personen auszumachen.

Die Nonnen standen hinter einem anderen Gitter. Es war neben dem Altar in die Wand eingelassen, welche die Kirche vom Kloster trennte. Sie erhielten die heilige

Kommunion durch ein Loch, dem sie ihre geöffneten Münder entgegenstreckten. Der Pfarrer reichte die Hostie hindurch und legte sie auf ihre feuchten Zungen.

Ab und zu führte uns Suor Immacolata in die Kirche. Aber nur, wenn sie leer und abgeschlossen war. Dann erzählte sie uns etwas über die Statuen und Bilder, die hier zu sehen waren. Am meisten berührten mich die Geschichten der Märtyrer-Kinder.

Es gefiel mir, wie die heilige Agnes von Rom, deren Statue gleich am Eingang in einer Nische stand, zärtlich ein Babyschaf an ihr hellblaues Kleid drückte. Man sah, dass sie Tiere liebte, so wie ich. Sie sollte im Alter von zwölf Jahren mit dem Sohn eines römischen Präfekten vermählt werden. »Sie wollte aber nicht heiraten, da sie nur Gott liebte«, erzählte die Nonne. Ihre Augen wanderten zu dem überdimensionalen Kreuz über dem Altar. »Der Präfekt wurde furchtbar wütend und zeigte sie an. Ihr wurde der Prozess gemacht.« An dieser Stelle kam Leben in Suor Immacolata. Wenn sie erzählte, schien sie ihr Greisentum abzuwerfen wie einen alten Mantel. »Im Heiligen Römischen Reich durfte man allerdings keine Jungfrauen hinrichten, und so wurde sie nackt ausgestellt.« Jetzt breitete die Nonne ihre Arme aus. »Wie durch ein Wunder verbargen Agnes´ Haare ihren ganzen Körper und das erste Mannsbild, das sich ihr nähern wollte, fiel tot zu Boden.«

Ich beobachtete fasziniert, wie Suor Immacolata sich drehte, gestikulierte, fast unter ihrem schwarzen Habit verschwand und dann wieder daraus hervorschnellte. Es sah aus, als würde ein zu kurz geratener Derwisch durch die Kirche tanzen. »Daraufhin wurde sie als Hexe verurteilt und sollte auf dem Scheiterhaufen verbrannt werden. Doch das Feuer wich vor ihr zurück und erlosch. Schließlich wurde ihr mit einem Schwert die Kehle durchgeschnitten, wie bei einem Lamm.« Suor Immacolata ließ erschöpft die Arme sinken.

Agnes tat mir leid. Sie war sehr mutig, fand ich. Ich wollte auch nicht heiraten, deshalb konnte ich sie gut verstehen. Aber so furchtlos, dafür den Tod in Kauf zu nehmen, wäre ich nicht gewesen.

Noch grausamer war die Geschichte von San Felice, den hundert andere Kinder gesteinigt hatten, als er erst sieben Jahre alt gewesen war. Genauso alt wie ich. Als ich daran dachte, wurde mein Hals ganz eng.

»Nachdem sein Lehrer herausgefunden hatte, dass der Bub ein Christ war, gab er ihn dem Mob frei.« Die alte Nonne verzog ihr Gesicht zu einer schmerzverzerrten Grimasse. »Und jedes der Kinder warf einen Stein auf ihn, bis er tot war.«

Sein kleines Skelett lag in einem Sarg, der in einer kunstvoll ausgestalteten Nische in der Mitte des Kirchenschiffs stand. Darüber wachten dicke, weiße Engel, deren Augen jedem zu folgen schienen, der durch die Kirche ging. Als ich genauer hinsah, erkannte ich, dass ihre Pupillen in Wirklichkeit nicht aufgemalt waren. Ihre Augäpfel hatten winzige Löcher. Was befand sich wohl hinter der Nische? Konnte man von dort aus die Kirche beobachten?

An der Seitenwand hing ein Gemälde, auf dem das Martyrium von San Felice dargestellt war. Die hämischen Gesichter der Kinder feixten von allen Seiten nach der zusammengekrümmten Gestalt, die schützend die Arme über ihren Kopf hielt. Mein Herz zog sich zusammen als ich sah, wie hilflos der Junge war, und wie bösartig sich die anderen Kinder an seinem Leid weideten. Ich stellte mir vor, wie eines dieser niederträchtigen Kinder hinter dem Sarg saß und uns durch die Augen der Putten heimlich beobachtete. Mir schauderte.

»Kardinal Bonelli schenkte unserem Kloster 1675 die Gebeine von San Felice«, erklärte uns Suor Immacolata. »Er war schwer krank, aber nachdem Madre Crocifissa für ihn gebetet hatte, wurde er wieder gesund. Gott hab sie selig.« Die Nonne bekreuzigte sich. »Aus Dankbarkeit ließ er die Überreste des Märtyrerkindes aus dem Friedhof San Callisto in Rom ausgraben und hierher überführen. Von diesem Tag an wurde San Felice jeden vierten Sonntag nach Ostern gefeiert. Und nun hört gut zu.« Suor Immacolata machte eine kurze Pause und sah jede von uns durchdringend an, damit wir noch gebannter lauschten. »Madre Crocifissa liebte ihren Felice sehr und hegte nahezu mütterliche Gefühle für ihn. Während der Vorbereitungen für sein Fest wollte sie ihm zu Ehren ein neues Ornat nähen, doch es fehlte ihr goldener Faden. Also betete sie vor diesem Gemälde der Mariä Empfängnis.« Die Nonne zeigte auf das Bild, das neben dem Altar hing. »Da erschien ihr San Felice in einem Lichterkranz und reichte ihr lächelnd den gewünschten Faden. Die Madonna hatte Crocifissa erlaubt, ihren geliebten *Felidruzzo* einmal zu sehen.« Suor Immacolata strahlte nun selbst so hell wie der Lichterkranz.

Wir Kinder liebten die unheimlichen Geschichten der Grusel-Greisin, wie wir sie heimlich nannten. Sie waren eine willkommene Abwechslung in unserem langweiligen Klosteralltag. Am allerliebsten gruselten wir uns aber vor dem imposanten Reliquienschrein. Jede seiner fünfunddreißig Glastürchen hatte eine andere Form. Es gab Rechtecke, Kreise und Rauten, mit Türen aus buntem Glas. Ein überdimensionaler Christus, dem hellrotes Blut aus allen Wunden quoll, breitete schützend seine Arme über die Totenköpfe und Gebeine.

Normalerweise kniff ich schnell die Augen zusammen, wenn ich irgendwo einen Jesus am Kreuz sah. Der Anblick eines Gekreuzigten versetzte mich in Angst und Schrecken. Aber dieser hier war anders. Ich konnte meinen Blick einfach nicht von den Löchern in seinen Handgelenken abwenden, durch die einst lange Nägel getrieben worden waren. Und aus einem der Glastürchen starrte mir ein Totenkopf aus schwarzen Augenhöhlen entgegen.

»Die meisten der Märtyrer-Reliquien, die hier aufbewahrt wurden, stammen aus der Zeit, als die römischen Katakomben geleert und ihr wertvoller Inhalt an verschiedene Kirchen in ganz Italien verteilt wurde«, erklärte die Nonne. »Schaut«, sagte sie andächtig und zeigte auf die Nische genau in der Mitte. »Das hier ist ein echter Splitter vom Kreuz Jesu. Madre Crocifissas Bruder, der heilige Giuseppe Maria Tomasi, hat ihn aus Jerusalem mitgebracht. Er hatte ihn die ganze Zeit über an einer Kette um den Hals getragen und schenkte ihn dann seiner Schwester.« Sie hob die Hände nach oben zur Christus-Statue. »Der Stein daneben stammt aus Jesus´ Steinigung. Und hier ist ein Stück von Marias Mantel.« Ihre Stimme brach und ich sah Tränen der Rührung in ihren Augen glitzern.

Einmal nur hatte ein Mädchen gewagt zu fragen: »Echt? Stimmt das? Die Reliquien stammen wirklich von Jesus´ Hinrichtung?«

Suor Immacolata fuhr auf dem Absatz herum und durchbohrte das Mädchen regelrecht mit ihren schwarzen Augen, so dass es erschrocken den Kopf zwischen die Schultern zog.

»Denkst du etwa, dass ich nicht die Wahrheit sage?« Jetzt knurrte sie. »Oder gar, dass der heilige Giuseppe Maria Tomasi gelogen hat?« Ihre Stimme hallte im Kirchenschiff nach.

»Nein, natürlich nicht«, murmelte das Mädchen und schrumpfte noch etwas weiter zusammen. »Ich frage mich nur, ob ...«

Suor Immacolata unterbrach sie scharf. »Du zweifelst?« Ihre Stimme rollte nun wie Donnergrollen durch die Kirche. »Du darfst nicht zweifeln! Du musst glauben! An diesem heiligen Ort und vor diesen heiligen Reliquien unseres Herrn Jesus Christus solche Zweifel auszusprechen, ist Gotteslästerung!«

»Aber ich habe doch nur ...«, versuchte das Mädchen mit dünner Stimme noch einmal eine Erklärung.

»Schweig!« Suor Immacolata bekreuzigte sich gleich zweimal. »Wer nicht glaubt, fällt der ewigen Verdammnis anheim und fährt hinab in die Hölle. Merk dir das!«

Das Mädchen weinte still. Nie wieder wagte es eine von uns, Suor Immacolatas Geschichten anzuzweifeln.

So ein Kirchenbesuch hielt auch jedes Mal eine Belohnung für das Kind bereit, das sich in letzter Zeit durch besonders christliches Verhalten hervorgetan hatte. Das war meistens Angela. Irgendwie schaffte es die falsche

Schlange immer wieder, Suor Immacolata einzuwickeln. Dann durfte sie die Kurbel neben einem monströsen Altar drehen, der aus goldenem Holz bestand und von fünfzehn Medaillons eingefasst war. In der Mitte prangte ein Gemälde der Madonna mit San Benedetto und San Domenico. Das Besondere an diesem Bild war, dass sich quietschend zwei Flügel in Bewegung setzten, um den Blick auf die Statuen freizugeben, die hinter der Leinwand in einer Nische standen: Mutter Maria, die auf einer Wolke stand, überreichte San Domenico einen Rosenkranz. Er war nämlich von Dämonen besessen, und die Madonna befreite ihn gerade mit mildem Blick von dem Bösen. Ich seufzte erleichtert.

Auf dem Rückweg von der Kirche gelang es mir endlich, Angela eins auszuwischen. Um zurück ins Internat zu kommen, mussten wir den Flur mit den Tomasi-Bildern durchqueren. Bevor wir ihn betraten, drehte sich Suor Immacolata zu uns um, hielt den Zeigefinger vor die Lippen und zischte: »Schhhht!«

Wir verstummten und schlichen weiter. Außer dem leisen Getrappel unserer Schuhe und unseren eigenen Atemzügen war nichts zu hören. Suor Immacolata hielt, wie immer, vor dem Porträt von Madre Crocifissa inne, um sich im Kerzenschein zu bekreuzigen. Mir fiel auf, dass die Flamme jedes Mal flackerte, wenn ich hier vorbei kam. Nie brannte sie ruhig. Seit ich wusste, dass auf dem Gemälde eine Tote dargestellt war, gruselte ich mich noch mehr vor den leeren Augen. War diese Frau je ein echtes Kind gewesen?

Auch wir Mädchen bekreuzigten uns. Ich bemerkte, dass ich genau hinter Angela stand. Jetzt! Einem Impuls folgend, griff ich ihr mit meiner eiskalten Hand in den Nacken und tauchte im selben Moment zwischen den anderen Kindern weg. Sie kreischte auf und fuhr herum.

Auch Suor Immacolata drehte sich um. »Wer wagt es, vor dem Bildnis von Madre Crocifissa ...«, begann sie, doch Angela unterbrach sie mit panischer Stimme.

»Etwas Kaltes hat mich im Genick gepackt«, stammelte sie und sah sich gehetzt um. »Habt ihr etwas gesehen?«

Die Mädchen schüttelten den Kopf, obwohl sie genau mitbekommen hatten, dass ich das gewesen war. Doch keine verriet mich. Wollten sie sich nur heraushalten oder freuten sie sich insgeheim darüber, dass auch Angela einmal ihr Fett abbekam?

Meine Feindin fasste das Kind, das neben ihr stand, am Ellbogen und wisperte mit schreckgeweiteten Augen: »War das der Geist von Madre Crocifissa?«

Ich grinste. Angela war eine solche Memme? Sie hatte tatsächlich Angst vor Madre Crocifissas Geist? Zum ersten Mal spürte ich, dass ich der Froschaugen-Königin gewachsen war. Ich würde mich nicht mehr von ihr einschüchtern lassen. Niemals.

Diesmal war ich diejenige, die feixte, als Suor Immacolata polterte: »Angela! Was fällt dir ein, so etwas zu sagen? Und das vor ihrem Bildnis!«

»Aber ich ...«

»Still! Knie vor die Madonna nieder und bete fünf *Vater Unser* und fünf *Ave Maria*! Ich bin enttäuscht von dir.«

Ich triumphierte. Und mir war klar, dass dieser Sieg meine Stellung unter den Kindern entscheidend verändern würde.

Besuchstag

Der wichtigste Tag war für uns Kinder der Mittwoch, denn da war Besuchstag. Jede Woche trat ich ungeduldig von einem Bein auf das andere, wenn Suor Immacolata die Mädchen aufrief, die hinunter zum Sprechraum gehen durften. Von Name zu Name wurde meine Aufregung größer, und je höher die Hoffnung hinaufstieg, desto tiefer war die Enttäuschung, wenn ich wieder nicht dabei war.

Mama kam nicht. Vielleicht war ihr etwas passiert? War sie krank und konnte mich deshalb nicht besuchen? Es *musste* ja einen Grund dafür geben, warum sie nicht kam. Ich klammerte mich mit aller Kraft an diesen Gedanken, doch von Woche zu Woche geriet meine Hoffnung immer mehr ins Wanken. Je instabiler sie wurde, desto fester klammerte ich mich dafür an Bellas Arm.

Einen Monat, nachdem Mama mich hierher gebracht hatte, war es soweit. Suor Immacolata rief mich auf. Ich konnte es erst nicht fassen, doch dann begann ich, auf der Stelle herumzuhüpfen. Ich flog die Treppen nur so hinunter. Die Wartezeit kam mir ewig vor. Wir standen im Sprechraum Schlange, in unseren hübschesten Kleidchen und sorgfältig frisiert, obwohl wir genau wussten, dass unsere Eltern uns gar nicht sehen konnten. Die Drinnenwelt war durch blickdichte Doppelgitter und einen Vorhang vom Sprechraum abgetrennt.

Endlich war ich dran. Ich setzte mich auf den Stuhl am Gitter und legte meine Hand auf das Metall.

»Mama?«, fragte ich.

»Ciao, Filomena.« Da war sie. Meine Mama.

Ich hatte gewusst, dass sie kommen würde. Tränen der Erleichterung, der unbändigen Freude, der Zärtlichkeit stiegen in meinem Hals hoch, doch ich räusperte mich und drängte sie mit aller Macht zurück. Ich musste mich zusammennehmen und Mama beweisen, dass ich ein artiges Mädchen war.

»Wie geht´s dir?«, fragte sie mich.

»Gut«, log ich. »Und dir?«

Sie seufzte. »Naja«, sagte sie nur. Dann versiegte ihre Stimme.

»Was ist mit dir, Mama?«

»Nichts, Kind. Das verstehst du noch nicht.« Sie verstummte wieder.

Das Schweigen war unerträglich. Wertvolle Sekunden verstrichen, und ich hatte Angst, die kostbare Verbindung zu ihr zu verlieren. Also begann ich, Fragen zu stellen. Ob die gelben Margeriten schon blühten. Ob Romina Junge bekommen hätte. Ob Mama am Sonntag Lasagne kochen würde.

Ihr Besuch glich eher einem Verhör, als einem Gespräch zwischen Mutter und Tochter. Doch wenn ich sie schon nicht berühren und nicht richtig sehen konnte, so wollte ich doch wenigstens so viele Wörter wie nur möglich aus ihrem Mund mit dem schiefen Schneidezahn hören. Um diesen Zahn mit der Oberlippe zu überdecken, lächelte sie nur selten. Wenn ich es schaffte, sie dazu zu bringen, die Lippen zu verziehen und mir ihren Schönheitsfehler zu offenbaren, war das für mich jedes Mal, als hätte ich einen Schatz gefunden, der golden glänzte. Ich sah sie zwar nicht, aber ich hörte es, wenn sie lächelte. Hinter dem Gitter schloss ich dann die Augen und stellte mir ihre Grübchen vor, die außer mir fast niemand kannte.

Ich hätte noch so viele andere, viel wichtigere Fragen an sie gehabt. Doch ich wagte es nicht, sie darauf anzusprechen, warum sie mich ins Kloster gebracht hatte, warum sie so lange nicht zu Besuch gekommen war und wann sie mich endlich wieder abholen würde. Sie würde sich bestimmt ärgern, wenn ich ihr Vorwürfe machte, und nächsten Mittwoch nicht mehr kommen. Ich wollte ja brav sein, durfte ihr keine Probleme machen. Und das Wichtigste war doch, dass Mama gekommen war.

Nach ihrem Besuch hatte ich wieder neue Bilder von zuhause, mit denen ich abends im Bett meinen Kopf fluten konnte. Wenn das Heimweh in meiner Brust zog und zäh in meiner Kehle aufstieg, drückte ich mich fest gegen die kalte Wand. Ich dachte daran, dass meine Mutter nur wenige Straßenzüge von mir entfernt war. Was sie wohl gerade machte? Ob sie meine beiden kleinen Schwestern ins Bett brachte, die Bettdecken zurechtstrich und ihnen über den Kopf streichelte?

Mama würde mich sicher vermissen. Ich malte mir aus, wie sie ihre spitzigen Schultern über das Waschbecken in der Küche krümmte, um Geschirr zu spülen, sobald Graziella und Nunzia schliefen. Danach würde sie sich in Richtung des Kruzifixes an der Wand bekreuzigen, knicksen und das Licht löschen. Wie eine dunkle Mondsichel hob sie sich gegen das Fenster ab, und ich hörte ihre leichten Schritte die Treppe zum Schlafzimmer hinauf trippeln. Ich versuchte, mich selbst mit meinen dünnen Ärmchen zu umfassen und stellte mir vor, Mama würde mich umarmen, bis ich schließlich einschlief, das Gesicht fest an Bellas Bauch gedrückt.

Eines Abends setzte sich Suor Immacolata auf meine Bettkante. »Weißt du, auch Isabella und ihre Schwestern hatten in der ersten Zeit im Kloster Heimweh.« Ihre Stimme war ungewohnt weich. »Das Leben in Klausur war ja nicht gerade einfach für die Grafentöchter. Sie hatten keinerlei persönlichen Besitz mehr und waren von einem Tag auf den anderen völlig isoliert. Sie erfuhren nicht mehr, was draußen passierte. Besuch durften sie nur ausnahmsweise durch die Doppelgitter im Sprechraum empfangen, und Briefe konnten sie nur mit Erlaubnis der Äbtissin schreiben. Auch die Gespräche innerhalb des Klosters waren auf das Nötigste zu beschränken und mussten im Flüsterton geführt werden, Jammern und Wehklagen war strengstens untersagt.«

Ich hatte Isabella darum beneidet, dass sie nicht alleine, sondern mit ihren Schwestern ins Kloster eingezogen war. »Aber dann konnte sie sich ja nicht einmal mit ihren Schwestern unterhalten.«

»Nein.« Suor Immacolata schüttelte den Kopf. »Sogar während des Essens herrschte Schweigen. Nur eine Nonne las Bibeltexte vor.«

Ich stellte es mir schrecklich vor, aus einem so lebhaften, kinderreichen Haus in die Stille und Einsamkeit der Klausur überzuwechseln.

»Aber das Heimweh überkam sie nur in flüchtigen Momente. Die Freude darüber, Gott zu folgen, und ihr ganzes Leben einzig unserem Herrn im Himmel zu widmen, überwog.« Die Nonne bekreuzigte sich.

Ich hatte da so meine Zweifel, doch die behielt ich lieber für mich. Zu kostbar war dieser Moment, in dem sich Suor Immacolata nur mit mir beschäftigte. Ich wollte sie auf keinen Fall durch einen unbedachten Satz verärgern.

»Erzählen Sie mir weiter von Isabella?«, fragte ich stattdessen. »Bitte.«

Sie nickte bedächtig. »Wo waren wir stehen geblieben?«

»Als die Schwestern ins Kloster eingezogen sind.«

»Ach ja.« Die Nonne lächelte kurz, was eine ungewohnte Helligkeit auf ihr Gesicht zauberte. »Rosalia Traina hatte vor der Eröffnung des Klosters Bilder mit goldenen Rahmen aus ihrem eigenen Grafenpalast abgehängt, um die neuen Zimmer ihrer Töchter damit zu schmücken. Doch die Mädchen sagten sich: *Wenn wir das gewollt hätten, hätten wir gleich in unserem Palast bleiben können.* Dann entfernten sie allen unnötigen Tand, der nach Welt und Luxus duftete. Isabella behielt nur einen Tisch, zwei Stühle und ihr Bett, sowie ein Papp-Bild des ausgepeitschten Jesus. Ihre Möbel waren kleiner als die der anderen Nonnen. Das war Absicht, denn sie wollte es immer unbequem haben.« Suor Immacolata sah mich an. »Die Sachen stehen alle noch in ihrer Zelle.«

»Kann ich die mal anschauen?«, fragte ich.

»Nein, besser nicht. Das ist nichts für Kinder.«

»Warum?« Ich war enttäuscht.

Die alte Nonne wollte erst nicht so recht mit der Sprache heraus, doch dann räusperte sie sich und sagte: »Dort werden auch die Instrumente aufbewahrt, mit denen sie sich selbst gegeißelt hat.«

»Welche denn?« Ich setzte mich im Bett auf. Das versprach wieder eine gute Gruselgeschichte zu werden. »Und was hat sie damit gemacht?«

Suor Immacolata zögerte kurz. Doch dann übermannte sie die Lust am Erzählen, und ihre Augen begannen zu glänzen. »Na gut«, sagte sie. »Also, da ist ein Bußgürtel mit Stacheln an der Innenseite, den sie sich um den Oberschenkel geschnürt hat. Er war so eng, dass er ihr blutende Wunden verursacht hat. Mit verschiedenen Peitschen und Ketten hat sie sich oft stundenlang selbst gegeißelt, bis sie sich Fleischfetzen in der Größe von Nüssen aus dem Rücken riss, und aufgrund des hohen Blutverlusts ohnmächtig wurde ...«

Ich starrte die Nonne mit weit aufgerissenen Augen an.

Suor Immacolata merkte, dass mir ihre Schilderungen Angst machten, denn sie wechselte schnell das Thema. »Aber nun zurück zu Isabellas Zeit als Novizin.« Sie räusperte sich. »Im Kloster gab es eine Laienschwester, die für die einfachen Tätigkeiten zuständig war. Sie hatte auch die Aufgabe, die Novizinnen in ihrem ersten Jahr auf die Probe zu stellen, ob sie wirklich für das harte Leben in Klausur geschaffen waren. Sie beschimpfte Isabella einmal, weil dieser ein wenig Hühnerfutter auf den Boden gefallen war, bis das Mädchen in Tränen ausbrach. Ein anderes Mal befahl sie ihr, Parmesan zu reiben, obwohl ihr beim Geruch von Käse übel wurde.«

»Das ist gemein!«, sagte ich.

»Oft redete sie auf Isabella ein, dass sie doch dumm sei, wenn sie das karge und beschwerliche Leben der Klausur ihrem bequemen Grafendasein vorziehen würde. Immerhin war sie die Tochter der reichsten und mächtigsten

Familie von ganz Agrigent. Und manchmal murrte die Alte: *Was sollen wir hier bloß mit dieser unnützen Kranken anfangen? In diesem Zustand kann sie ja nicht ordentlich arbeiten.* Denn um Isabellas Gesundheit stand es weiterhin kritisch, und die Bedingungen des Klosterlebens setzten ihr erst recht zu. Weißt Du, als Grafentochter war sie daran gewöhnt gewesen, dass Diener ihr jeden Wunsch von den Augen ablasen und ihr alle Arbeiten abnahmen. Sie konnte nicht einmal ihr Bett machen. Im Kloster musste sie hingegen den ganzen Tag schuften, und jede Nacht um zwei Uhr und um vier Uhr aufstehen, um zu beten. Um sechs Uhr begann das Tagesgeschäft.«

Isabella tat mir leid. An ihrer Stelle wäre ich sofort zurück in den Grafenpalast gezogen.

»Doch sie überspielte Kopfschmerzen und Fieber, half weiter fleißig in der Küche, spülte Geschirr und putzte, bis sie fast bewusstlos wurde.«

»Warum hat sie ihre Krankheit denn versteckt?«

Suor Immacolata schaute mich überrascht an. »Na, weil sie das Kloster nicht verlassen wollte. Sie hatte so lange darauf gewartet, dass sie endlich in Klausur leben konnte, und nun wollte sie natürlich bei Gott bleiben.«

»Ach so.« Ich nickte halbherzig.

»Weißt du, in einer ihrer ersten Visionen sah sie einen steilen Pfad vor sich, der in den Wolken endete. In ihrem Inneren hörte sie eine Stimme, die zu ihr sprach: *Steh auf, denn du hast einen langen Weg vor dir.*«

»Und was bedeutet das?«, fragte ich.

»Das war der erste Hinweis darauf, dass ihr Weg zu Gott beschwerlich und voller Hindernisse sein würde. Und das war er! Doch sie wollte ihn gehen, obwohl sich ihr Zustand verschlimmerte. Sie magerte ab und wurde immer blasser, bis ihre Mutter sie schließlich nach Hause beorderte, wo sie sich über ein Jahr lang auskurieren musste.

In dieser Zeit schaute sie oft sehnsüchtig aus dem Fenster des neuen Grafenpalastes auf die Klostermauern hinüber und betrachtete die Fenstergitter, hinter denen ihre Schwestern still umherwanderten. Erst im Herbst 1660 kehrte sie wieder ins Kloster zurück – diesmal für immer.«

Suor Immacolata stütze die Hände auf die Knie und erhob sich von meiner Bettkante. »Schlafenszeit!«, rief sie in den Saal hinein.

»Gute Nacht, Suor Immacolata«, hallte es aus sechzig Betten zurück. Dann löschte die Nonne das Licht.

An diesem Abend hatte ich eine Idee. Hier im Kloster herrschte eine andauernde, feuchte Kälte, die nie nachließ und bis ins Innerste meiner Knochen vordrang. Es gab keine Heizung, und vor allem das stundenlange stille Verharren beim Beten oder Lernen setzte mir zu. Ich zog instinktiv meine Schultern hoch und verspannte meinen Nacken, doch davon wurde mir auch nicht warm. Sogar die Bettlaken waren klamm. Es sollte ein Leichtes sein, hier krank zu werden und dann nach Hause zu dürfen. Genau wie Isabella.

Also schlief ich nachts ohne Bettdecke und machte mir morgens heimlich mein Unterhemd nass. Nach zwei Tagen begann meine Brust endlich zu kratzen, und das erste Niesen bahnte sich laut und deutlich seinen Weg aus meiner Nase. Endlich. Jetzt würde Suor Immacolata meine Mama rufen lassen, um mich abzuholen. Das wusste ich ganz bestimmt.

Doch die Nonne brachte mich nicht zum Ausgang des Klosters, sondern auf die Krankenstation. Dort packte sie mich ins Bett und kochte mir einen Sud aus Zwiebeln, Zitronensaft und Honig, den ich in kleinen Schlucken trinken musste. Er schmeckte ekelhaft, und wenn ich daran nippte, ging es mir danach noch elender.

So lag ich also allein in dieser kahlen Zelle. Das war der einzige Ort, an dem die Nonnen einen Arzt empfangen durften, wenn sie krank waren. Natürlich nur mit Sondergenehmigung der Äbtissin. Doch für mich kam kein Doktor.

»Ach, das ist nur eine Erkältung.« Suor Immacolata winkte ab. »Das wird schon wieder. Schlafe und Bete. Dann macht dich Mutter Maria wieder gesund.«

Meine Kehle brannte, mein Kopf glühte und aus meiner Nase strömte heißer, trockener Atem. Ich konnte die Augen kaum aufhalten und hatte fiebrige Träume, aus denen ich immer wieder verschwitzt hochschreckte.

Ich spürte einen ziehenden Schmerz hinter meinen Schläfen und sah einen Schatten am Fenster. Was war das? Ein Mädchen, nur mit einem Nachthemd bekleidet, blickte durch das Fenstergitter zu mir ins Krankenzimmer herein. Durch ihre Finger glitt ein Rosenkranz und ihre Lippen bewegten sich monoton. Sie war schrecklich blass und ihre spitzen Schultern zeichneten sich durch den weißen Leinenstoff ab. Sie trug das gleiche Hemd wie ich. War das Isabella Tomasi? Betete sie für mich? Ich schreckte auf, zwang mich, die Augen zu öffnen, und sah zum Fenster. Dort war niemand.

Jeder Knochen in meinem Körper schmerzte, die Stille schrie in meinem Kopf und ich hätte alles dafür gegeben, wenn Mama mir ihre kühle Hand auf die Stirn gelegt und mir einen Tee gekocht hätte. Stattdessen musste ich dieses widerliche Gebräu trinken, von dem mir auch noch schlecht wurde.

Jedes Mal, wenn Suor Immacolata nach mir sah, beteten wir zusammen dafür, dass die Madonna mich wieder gesund machen würde. Vor allem musste ich aber für die Vergebung meiner Sünden beten. Das tat ich von Tag zu Tag mit immer mehr Inbrunst und Verzweiflung. Denn egal wie viel Zeit ich nun mit mir allein verbrachte, mir fiel beim besten Willen nicht ein, was ich so Schreckliches getan hatte, dass Mama sich nicht mehr um mich kümmern wollte. Nicht einmal, wenn ich krank war. Sollte ich Suor Immacolata danach fragen? Der Gedanke daran trieb mir noch mehr Schweiß auf die Stirn.

Als die alte Nonne das nächste Mal nach mir sah, nahm ich meinen ganzen Mut zusammen. »Darf ich Sie mal was fragen?«, stammelte ich.

Die Greisin blickte mich auffordernd an.

Ich atmete tief durch und mein Kinn zitterte ein wenig. »Warum hat meine Mutter mich eigentlich ins Kloster gebracht?«

Suor Immacolata kniff kurz die Lippen zusammen. Dann sagte sie: »Weil es das Beste für dich ist. Du bist hier sehr gut aufgehoben.«

»Aber warum will sie mich nicht mehr haben? Will sie mich bestrafen? Habe ich etwas Unrechtes getan?« Die Fragen brachen eine nach der anderen aus mir heraus.

»Niemand ist frei von Sünde«, sagte die Nonne.

Ich erschrak. Also doch. Ich hatte etwas Schlimmes getan. Aber ich hatte doch schon genug dafür gebüßt. Oder doch nicht? Panik ergriff mich, und meine Stimme wurde trotz der Halsschmerzen lauter. »Wann holt Mama mich wieder ab?«

Auch Suor Immacolata erhob die Stimme. »Denk nicht mehr darüber nach und vertraue auf Gott. Er hat diesen Weg für dich vorgesehen, nun musst du ihn auch annehmen.« Sie stand auf und wandte sich zum Gehen.

»Warum antworten Sie mir nicht?«, rief ich ihr hinterher, als sie die Tür erreicht hatte. »Warum sagen Sie mir nicht die Wahrheit? Warum lügen Sie mich an?«

Die Nonne fuhr herum. Das war mir so herausgerutscht, und ich bereute es sofort, denn Suor Immacolatas Blick traf mich wie die Lanze, die Jesus in den Leib getrieben wurde. »Still!«, herrschte sie mich an. »Was unterstellst du mir? Wage es nicht noch einmal, mich der Lüge zu bezichtigen!« Sie zeigte mit ihrem spitzen Zeigefinger auf mich.

»Verzeihung«, murmelte ich kleinlaut und schrumpfte unter meiner Decke zusammen.

Die Nonne schnaubte Luft durch die Nase aus. »Wenn du nicht krank wärst ...«, knurrte sie und verließ das Krankenzimmer. Sie schlug die Tür hinter sich zu und ich hörte, wie sie den Schlüssel im Schloss herumdrehte. Das hatte sie noch nie getan. Ich nahm mir vor, sie nie wieder nach meiner Mutter zu fragen.

Egal, was Mama dazu gebracht hatte, mich wegzugeben: Erst einmal musste ich sie besänftigen. Ich nahm mir vor, ihr ein Geschenk zu basteln, sobald es mir besser ging. Das würde ich ihr geben, wenn sie mich abholte.

Irgendwann war mir so elend, dass ich am liebsten sterben wollte. Doch dann hatte ich einen Traum von Romina, meiner treuen Hündin, die zwischen den Ruinen auf dem Kalvarienberg herumstreunte und begeistert mit dem Schwanz wedelte, als sie mich sah. Die Sonne strahlte, und auf den Felsen blühten Mittagsblumen in knalligem Pink. *Wann kommst du denn endlich zurück,* schienen mich ihre wachen Augen zu fragen. *Bald,* flüsterte ich. *So bald ich kann, kleine Romina.*

Solange ich Fieber hatte, durfte ich nicht einmal mit den anderen Kindern fernsehen. Die Langeweile fraß mich auf, und ich schwor mir, nie wieder krank zu werden. Obwohl ich die Schule nicht mochte, war ich froh, als ich nach einer Woche endlich zurück in die Klasse gehen durfte, um etwas Abwechslung zu haben. Außerdem stellte die Schule zumindest einen minimalen Kontakt zur Draußenwelt dar. Zwischen den Stunden und in den Pausen hörte ich den anderen Kindern zu, die nicht im Kloster lebten. So erfuhr ich, was jenseits der Mauern geschah.

Sie erzählten, dass sie abends ihre Häuser nicht mehr verlassen durften, weil es immer öfter Schießereien und Messerstechereien auf der Piazza gab. Ein Mädchen berichtete sogar, dass zwei vermummte Männer mit knatternden Maschinengewehren auf die Eingangstür ihres Nachbarn geschossen hatten.

Diesen aufregenden Geschichten lauschte ich noch lieber als den Gruselgeschichten von Suor Immacolata. Gleichzeitig machte ich mir Sorgen um Mama, die erst dann wieder abnahmen, wenn ich beim Besuchstag sah, dass sie wohlauf war. Denn nun kam Mama jede Woche und ich war stolz auf mich, dass ich es geschafft hatte, weder zu weinen, noch ihr Vorwürfe zu machen.

Ich war nun schon fast ein halbes Jahr lang im Kloster, und mit der Zeit wurde mein Heimweh besser. Angelas Krötenvolk ließ mich in Frieden. Außerdem hatte ich beobachtet, dass es noch mehr Mädchen gab, die von der Froschaugen-Königin gehänselt wurden. Das tröstete mich, und ich begann, nach und nach Kontakt mit ihnen zu knüpfen. Zum ersten Mal in meinem Leben war ich Teil einer Gemeinschaft. Ich hatte zwar keine besonders enge Freundin, aber das brauchte ich auch gar nicht. Es genügte mir, keine Außenseiterin mehr zu sein.

Trotzdem bemerkte ich immer wieder, dass Angela mich verstohlen beobachtete. Irgendetwas an mir schien sie herauszufordern. Vielleicht war es die Tatsache, dass ich nicht vor ihr kuschte, sondern sie entweder ignorierte oder ihr die Stirn bot, wenn sie versuchte, mich zu ärgern. Das war sie wohl nicht gewohnt. Je mehr ich ihre Provokationen an mir ablaufen ließ, und je mehr Rückhalt ich unter den anderen Kindern hatte, desto mehr schien sie mich zu respektieren. Ich wurde immer mutiger. »Aber nicht wieder so laut kreischen, wenn Madre Crocifissa dir erscheint«, flüsterte ich ihr einmal zu, als wir auf dem Weg in den Chor waren. Dabei zwinkerte ich frech.

»Du warst das?« Sie starrte mich an. Dann blickte sie empört auf ihr Gefolge. »Und ihr habt es gewusst?«

Ein paar Mädchen schauten betreten auf den Boden, andere grinsten verstohlen.

»Schhhhht!«, zischte Suor Immacolata und Angela verstummte. Doch ich sah ihr an, dass sie bestürzt darüber war, dass mich ihr Krötenvolk gedeckt hatte. Sie verlor Terrain. Und mich kitzelte die Macht. »Feigling«, wisperte ich ihr ins Genick, als wir am Bildnis der Nonne vorbeikamen. Sie fuhr zornig herum, und die anderen Mädchen kicherten.

Angela sah mich an wie ein verletzter Hund. Ich hatte sie getroffen. Das geschah ihr auch ganz recht, fand ich. Jetzt spürte sie endlich einmal, wie sich das anfühlte. Sie zog den Kopf zwischen die Schultern und marschierte der Nonne hinterher.

Ab und zu spielten wir Suor Immacolata einen Streich. Wir hatten sie noch nie ohne ihren Schleier gesehen und machten uns einen Spaß daraus, nachts durch den Vorhang ihres Schlafabteils zu spähen. Wir hofften, dass wir sie vielleicht einmal ohne die weiße Haube über ihren Haaren ertappen würden. Doch wir schafften es nie. Sie trug sogar nachts eine Kopfbedeckung, und morgens war sie schon fertig angezogen, wenn wir erwachten. Aber wir versuchten es immer wieder und stoben kichernd von ihrem Vorhang zurück, sobald sie sich bewegte. Wir rannten zu unseren Betten, zogen uns die Decken bis zur Nasenspitze und hielten bewegungslos den Atem an. Sie erwischte uns nie bei unserem Spiel. Oder zumindest tat sie so, als würde sie es nicht bemerken.

Wenn wir auf der Terrasse spielten, sang Suor Immacolata oft ein Kinderlied mit uns, das eine lustige Melodie hatte. Es handelte von Santa Catarina, einer Königstochter, deren Vater ein Heide war. Es ging so: *Was machst du, oh Catarina, biribim, biribim, bibum? Ich bete zu Gott, oh Vater, biribim, biribim, bibum. Steh auf, oh Catarina, biribim, biribim, bibum, steh auf, oh Catarina, sonst bringe ich dich um.*

Selbst wenn du mich tötest, oh Vater, biribim, biribim, bibum, stehe ich nicht auf. Vor Wut erstach sie ihr Vater, biribim, biribim, bibum, und die Engel im Himmel stimmten »Gloria« an. Bum!

Als im Frühsommer die Hitze kam, geschah etwas Unerhörtes. Die Betreuerin der Mittelstufe, Suor Rosaria, erlaubte einigen älteren Mädchen, für alle Kinder Eis zu holen. Mein Herz fing an zu pochen. Es gab also eine Möglichkeit für uns, aus dem Kloster herauszukommen? Bisher hatte ich nur beobachtet, dass es zwei weltliche Frauen gab, die hier drinnen lebten. Sie hießen Oblatinnen und halfen den Nonnen bei allen äußeren Angelegenheiten, die sie selbst ja nicht übernehmen durften. Sie erledigten Einkäufe und Botengänge oder kümmerten sich um Papiere. Aber dass auch Kinder hinausdurften, war mir neu.

Ich saß mitten unter den Mädchen auf der Terrasse, blickte zwischen den hohen Mauern vorbei nach oben in den Himmel und schleckte versonnen an dem Wassereis. Ich hatte Erdbeere. Die rote Süße überwältigte meine Zunge. Es war ganz still, denn den anderen Kindern ging es sicherlich genauso.

Während ich mit halb geschlossenen Augen meine erste Süßigkeit seit Monaten genoss, fasste ich einen Plan: Ich musste eines dieser Mädchen werden, dem die Nonnen so vertrauten, dass es einen Botengang erledigen durfte. Ich beobachtete die Wolken über mir und malte mir aus, wie ich auf die sonnenglühende Piazza hinaustreten würde. Doch dazu kam es vorerst nicht.

Vaters Schuld

»Papa kommt bald nach Hause«, erzählte mir meine Mutter beim nächsten Besuchstag. Ich zuckte vom Gitter zurück, als hätte ich mich daran verbrannt. In diesem Moment war ich zum ersten Mal froh darüber, hier im Kloster zu sein.

Ich hatte nur wenige Erinnerungen an meinen Vater. Er arbeitete in Deutschland und kam nur selten nach Hause. Aber wenn er kam, zog der Schrecken bei uns ein.

Sie nannten ihn *Domenico u biunnu*, den blonden Domenico, obwohl er überhaupt nicht blond war, sondern mittelbraune Haare hatte. Doch in unserem Dorf galt jede Haarfarbe, die nicht schwarz oder rot war, als blond.

Schon Tage vor seiner Ankunft wurde Mama nervös. Sie putzte das ganze Haus auf Hochglanz, nähte uns neue Kleider, schleppte uns zum Friseur und schrie uns wegen jeder Kleinigkeit an. Doch trotz all ihrer Bemühungen fand mein Vater immer einen Grund, mit ihr zu schimpfen.

Das letzte Mal war er in den Weihnachtsferien nach Hause gekommen, kurz bevor Mama mich ins Kloster gebracht hatte.

Er war auf der Piazza aus dem Fernbus gestiegen, mit geschwellter Brust die Straße entlanggeschlendert, auf unser Haus zu, und hatte dabei alle Nachbarn links und rechts gegrüßt. Wir mussten herausgeputzt an der Eingangstür stehen und Mama stupste uns an. »Los, lauft ihm entgegen!«

Widerwillig setzte ich mich in Bewegung, doch das fiel gar nicht auf, da meine Schwestern vergnügt vorneweg rannten. Papa brachte immer Geschenke aus Deutschland mit, und das reichte ihnen.

»Meine kleinen Prinzessinnen!«, rief er und nahm Graziella und Nunzia auf den Arm, eine links und eine rechts. Mir tätschelte er kurz den Kopf, dann konnte ich unbehelligt hinter den Dreien zurück zum Haus trotten.

»Und meine Königin!«, rief er Mama entgegen, zwickte sie in die Backe und klopfte ihr auf den Hintern, sodass sie sich verschämt gegen den Türstock drückte.

»Ach, stell dich doch nicht so an«, murrte er. Der erste Unmut machte sich breit. »Ist das etwa die Art, mit der man seinen Ehemann begrüßt, den man monatelang nicht gesehen hat? Und dann immer diese schwarzen Lappen.« Abfällig nahm er den Stoff ihres Rocks zwischen die Finger und hob ihn hoch. »Dabei könntest du gut etwas Modernes tragen. Die deutschen Frauen müsstest du mal sehen!«

Meine Mutter schwieg die ganze Zeit und nickte mit einem gezwungenen Lächeln vor sich hin, denn alles andere konnte nur seinen Zorn zur Folge haben. Bloß als mein Vater die deutschen Frauen erwähnte, flog ein Schatten über ihr Gesicht.

»Na, dann wollen wir mal.« Mit diesen Worten schritt mein Vater über die Türschwelle und sah sich prüfend im Wohnzimmer um. Dann zog er drei Tafeln Schokolade aus der Tasche. »Wer mir einen Kuss gibt, bekommt sein Geschenk«, grinste er.

Ich beeilte mich, gleichzeitig mit meinen Schwestern bei ihm anzukommen. Sie küssten ihn links und rechts auf die Wangen, ich nahm die Stirn.

»Und jetzt raus mit euch.«

Dann wandte er sich an mich. »Du passt draußen auf deine Schwestern auf, und ihr kommt erst wieder herein, wenn wir euch rufen. Klar?«

»Klar.« Ich führte Graziella und Nunzia hinaus. Wir setzten uns unter den Olivenbaum und futterten Schokolade. Als unsere Eltern uns später wieder hereinriefen, hingen Mama ein paar Strähnen aus ihrem Dutt und ihre Wangen waren röter als sonst.

»Und, was hast du mir zu essen gemacht?« Papa schien nun zufriedener.

Meine Mutter beeilte sich, ihm all seine Lieblingsspeisen auf den Teller zu häufen, die sie seit Tagen vorbereitet hatte: eingelegte Oliven von unserem eigenen Baum, getrocknete Tomaten mit Kapern, gebratene grüne Paprika mit Weinessig angemacht. In der Pfanne brutzelten grobe Würste, die ihr herzhaftes Aroma durchs ganze Haus verströmten. Dazu gab es einen Salat aus *Acculazata*, einer runden, hellgrünen Frucht, die nur in unserer Gegend angepflanzt wurde. Diese Kreuzung aus Melone und Gurke schmeckte gleichzeitig frisch und süßlich. Uns lief das Wasser im Mund zusammen, denn solche Leckereien gab es nicht alle Tage. Doch erst aß Papa.

Mama stand neben ihm und bediente. Wir waren sein Publikum und mussten begeistert den Geschichten aus Deutschland lauschen, die er mit vollem Mund erzählte.

»Wein«, sagte er zwischendurch, und Mama schenkte ihm das roséfarbene Gebräu ein, das leicht nach Marsala schmeckte, und das sie selbst angesetzt hatte. Dazu hatte sie kistenweise Trauben zur Presse der Kooperative geschleppt und danach die Kanister wieder nach Hause, wo sie die süße Flüssigkeit zum Gären in ein Holzfass umschüttete. Mein Vater nahm einen Schluck und nickte anerkennend. Ein erleichtertes Lächeln huschte über Mamas Gesicht.

Als Papa fertig gegessen hatte, wischte er sich den Mund am Hemdsärmel ab, rülpste wohlig und tätschelte wieder Mamas Hintern, was sie sich diesmal gefallen ließ. Als er die Hand auf den Tisch legte, stutzte Mama.

»Was ist denn das?«, fragte sie und zeigte auf einen fünfzackigen, blauen Stern zwischen seinem Daumen und seinem Zeigefinger.

»Was soll das schon sein? Eine Tätowierung eben.« Er zog die Hand weg. »Das geht dich überhaupt nichts an.«

Mama blickte auf den Boden.

»Jetzt gehe ich auf die Piazza und schaue, was es Neues im Dorf gibt.« Papa erhob sich, doch dann hielt er noch einmal kurz inne. »Schaut mal, was ich hier habe.« Er grinste und zog einen Kugelschreiber aus der Brusttasche seines Hemdes.

Wir sahen ihn verwundert an.

»Na, was ist das?«, fragte er.

»Ein Kugelschreiber?«, fragte ich zurück.

»Ha!«, machte mein Vater triumphierend. »Das denkt ihr wohl!« Dann schraubte er den Stift auseinander und zeigte uns, dass er eine Patrone enthielt. »Das ist eine Pistole.« Er zwinkerte uns zu.

»Wozu brauchst du denn eine Pistole?« Mama drückte sich erschrocken die Hand auf die Brust.

»Ach, du kapierst doch gar nichts!« Ärgerlich winkte er ab, steckte den schießenden Kugelschreiber wieder ein und marschierte hinaus. Sobald die Tür hinter ihm ins Schloss gefallen war, atmeten wir auf.

An diesem Tag half ich Mama gerne beim Spülen und bemühte mich, keine Schlieren an den Gläsern zurückzulassen. Sie wischte währenddessen schon wieder den Küchenboden und staubte ab, rückte die gehäkelten Deckchen an den richtigen Platz und richtete sich die Haare vor dem Spiegel. Ihre Augen wanderten die ganze Zeit gehetzt von einer Ecke zur nächsten.

Um sie etwas aufzuheitern, sagte ich: »Mama, weißt du noch, wie schön es war, als Papa letzten Sommer mit dem Auto gekommen ist?«

Sie nickte und lächelte, zumindest kurz.

Mit einem roten Fiat Panda war mein Vater von Deutschland bis nach Sizilien gefahren. Das war schön gewesen, denn in diesem Sommer brachte er uns oft zum Strand. Ans Meer kamen wir nur selten, wenn uns jemand von den Nachbarn mitnahm. Doch in diesem August verbrachten wir ganze Tage dort, sonnten uns wie kleine Eidechsen, spielten in den Wellen und gruben Löcher in den glühenden Sand.

Das Licht, das sich in den Luftblasen brach, malte einen Sternenhimmel auf den Meeresgrund. Wenn das Wasser in der Mittagshitze zu verdampfen schien und wir heiße, zähe Luft einatmeten, drängten wir uns unter dem Sonnenschirm zusammen und verschlangen hungrig all die Köstlichkeiten, die Mama vorbereitet hatte. Papa tollte mit uns herum, kaufte uns Eis und präsentierte uns allen seinen Freunden.

Abends führte er uns in die Pizzeria aus, die am Ende des Sandstrandes hoch über der Mole thronte. Als Vorspeise bestellte er Miesmuscheln. Die zu essen, war nicht einfach. Man musste eine leere Schale wie eine Pinzette zusammenzwicken, um damit das orangefarbene Fleisch aus den anderen Muscheln zu ziehen. Papa lachte, wenn wir abrutschten, oder uns das Muschelfleisch in die Teller fiel. Danach gab es knusprige Pizza mit geschmolzenem Mozzarella, der lange Fäden zog. Dazu lauschten wir den Wellen, die unter uns an die Felsen schlugen.

Eines Tages brachte Papa einen Welpen mit nach Hause, den er am Straßenrand bei einem Müllcontainer gefunden hatte. Wir zogen ihn gemeinsam mit der Flasche auf. Das war Romina. Das wertvollste Geschenk, das er mir je gemacht hatte. Dieser Sommer war der herrlichste meines Lebens, und es sind bis heute die einzigen schönen Erinnerungen, die ich an meinen Vater habe.

Ansonsten war die Zeit, wenn er zuhause war, für uns Kinder vor allem eines: anstrengend. Wir durften uns nicht schmutzig machen, nicht laut sein, mussten immer ordentlich frisiert und perfekt gekleidet sein. Jederzeit konnte die Tür aufgehen. Unser Haus fühlte sich nicht mehr an wie unser Zuhause.

Am schlimmsten war es, wenn er getrunken hatte. Wir erkannten es schon an der Art, wie er die Tür öffnete. Er polterte erst ungelenk dagegen und stand dann breitbeinig und leicht schwankend im Wohnzimmer. Er bewegte sich langsamer als sonst, und seine Augen glänzten. Mama zog die Schultern ein, und wir Kinder schauten, dass wir raus kamen. Wieselflink huschten wir an ihm vorbei. Er versuchte nach uns zu greifen, doch seine

Reflexe funktionierten nicht mehr schnell genug. Also schrie er uns solche Sachen hinterher, wie: »Ah, so lieb habt ihr euren Vater, dass ihr abhaut, sobald er nach Hause kommt? Bastardi!«

An einem Tag in den letzten Winterferien, bevor Mama mich ins Kloster gebracht hatte, war es besonders schlimm gewesen. Er war völlig verschwitzt nach Hause gekommen, das Gesicht noch röter als sonst. Irgendetwas musste passiert sein. »Wer sagt mir denn, dass ihr überhaupt meine Kinder seid, hä?«, hatte er geschrien: »Nur Mädchen. Kein einziger Junge. Das kann doch nicht sein.« Dann lachte er höhnisch. »Obwohl ... Die Große ist ja mehr Junge als Mädchen, das freche Balg.«

Von draußen sah ich durch die offene Tür, wie er wütend auf Mama zuschwankte und überlegte fieberhaft, wie ich ihr helfen könnte. Sie wich rückwärts aus, doch dann kam die Wand. Kein Ausweg mehr.

»Romina!«, rief ich geistesgegenwärtig. »Komm!«

Fröhlich sprang meine Hündin um die Ecke, und ich lief ihr voran ins Wohnzimmer.

»Hör auf!«, schrie ich Vater an. Er drehte sich um und starrte mich aus seinen rot unterlaufenen Augen an.

»Du wagst es, deinen Vater herumzukommandieren?« Jetzt schwankte er auf mich zu. Romina knurrte ihn mit gefletschten Zähnen an, und Mama schlug die Hände über dem Kopf zusammen.

»Bist du verrückt geworden?«, schrie sie mich an. »Raus mit dem Vieh, und mit dir auch! Haut beide ab, aber sofort!«

Gemeinsam mit meiner vierbeinigen Beschützerin tastete ich mich rückwärts hinaus. Ich verstand die Welt nicht mehr. Ich wollte Mama doch nur helfen. Und sie schrie mich an?

»Ich knall den Scheißköter ab«, brüllte mein Vater, sobald er sich nicht mehr in Rominas Reichweite befand. »Das soll unser Wachhund sein? Der seinen eigenen Herrn anknurrt?« Dann richtete sich sein Zorn wieder gegen meine Mutter. »Das ist deine Erziehung! Deine missratene Tochter! Sie hat keinen Respekt vor ihrem Vater.« Jetzt wurde seine Stimme drohend, und ich schickte meine beiden Schwestern zusammen mit Romina in den Ziegenstall zu Emma. »Was weiß ich denn, was du die ganze Zeit tust, während ich in Deutschland für euch arbeite? Du Nutte. Sie ist doch gar nicht meine Tochter, gib es zu.«

Mama schrie auf.

Was sollte ich nur tun? Ich begriff, dass ich meiner Mutter nicht geholfen, sondern ihre Situation noch verschlimmert hatte. Ich hörte einen dumpfen Knall und ihr schmerzerfülltes Ächzen. Dann rannte ich los.

»Crocetta«, schrie ich wie besessen. »Lillo! Hilfe!« Ich klingelte an der Tür des nächsten Hauses Sturm, bis unsere Nachbarin endlich die Tür öffnete.

»Was ist denn passiert, Filomena?«

»Er schlägt sie! Kommt schnell!«

Crocetta sah mich erschrocken an und wollte gerade etwas sagen, als Lillos Stimme aus dem Gang ertönte: »Misch dich nicht ein, das geht uns nichts an.«

»Aber ...«

»Komm rein! Er ist ihr Ehemann, er ist der Herr im Haus.« Dann zog er seine Frau in das Dunkel des Flurs zurück und schloss nachdrücklich die Tür.

Ich starrte das Holz mit offenem Mund an, dann rannte ich weiter zu nächsten Tür. »Hilfe!«, brüllte ich wieder. »Mein Vater schlägt Mama!«

Im ersten Stock öffnete sich ein Fenster und der alte Totò schaute heraus. »Sei still und geh nach Hause, Filomena!«, rief er. »Das geht keinen etwas an. So machst du alles nur noch schlimmer.«

Verzweifelt sah ich mich um. Die Minuten verstrichen. Was richtete mein Vater in der Zwischenzeit an? Ich verstand, dass uns niemand helfen würde. Also rannte ich zurück, und meine Lunge brannte, als ich mich unserer Haustür näherte. Sie stand noch immer offen. Es war still, und ich hörte meinen eigenen Atem rasseln. Was war passiert? Ich schlich näher. Da sah ich ihn. Er saß am Küchentisch, verbarg das Gesicht in den Händen und Schluchzer schüttelten seinen breiten Rücken.

Ich duckte mich und schlüpfte hinter ihm vorbei. Als ich durch die Schlafzimmertür huschte, rechnete ich mit dem Schlimmsten. Mama lag reglos auf dem Bett. Ihr rechtes Auge war verschwollen und Blut lief ihr aus der Nase. Ich setzte mich auf die Bettkante und nahm ihre schlaffe Hand.

»Wir müssen weg«, flüsterte ich.

Sie sah mich mit ihrem gesunden Auge an. »Wir können nirgendwo hin, Filomena. Das ist unser Schicksal.«

Ich wollte etwas erwidern, doch plötzlich stand er hinter mir im Türrahmen. Ich schloss die Augen, erwartete einen Schlag, dachte, dass er mich nun genauso arg zurichten würde wie Mama. Doch es geschah etwas völlig Unerwartetes.

»Es tut mir leid«, jammerte er.

Als ich mich umdrehte, sah ich, dass er nicht wie sonst den Türrahmen ausfüllte, sondern sich leicht nach vorne beugte, seine Schultern hängen ließ und sich am Holz abstützte. »Das passiert nie wieder. Ich verspreche es.«

Er torkelte auf uns zu und setzte sich auf die Bettkante. Rotz lief aus seiner Nase und er stank nach Alkohol. »Warum provoziert ihr mich denn so? Ich will doch nur ein guter Ehemann sein. Ein guter Vater.« Er nahm meine Hand und ich widerstand dem Impuls, sie zurückzuziehen. Wie erstarrt saß ich da und konnte nicht glauben, was ich da hörte. »Sag mir doch, dass du mich liebhast«, bettelte er. Es fiel mir schwer, mich nicht abzuwenden.

Ich musste mich fast übergeben, so sehr ekelte ich mich vor ihm, diesem jämmerlichen Kugelschreiber-Mafioso, diesem Kuli-Killer. Doch ich hatte meine Lektion gelernt. Kurz sah ich zu Mama, und sie nickte mir schwach zu. »Ich hab dich lieb, Papa«, sagte ich.

Meine Mutter blickte mich lange an. Ich hatte noch nie vorher gesehen, dass so viel Traurigkeit aus einem einzigen Blick sprechen konnte. Ihre Augen wollten mir eine Geschichte erzählen, doch aus ihrem Mund kam kein einziges Wort.

Währenddessen fielen meinem Vater die Augen zu, sein Kinn sank auf die Brust und er kippte wie ein nasser Sack auf das quietschende Doppelbett. Wir schoben ihn auf seine Seite hinüber und er begann zu schnarchen.

»Geh jetzt, Filomena«, sagte meine Mutter. »Lass mich ein wenig ausruhen.«

Wie konnte sie nur neben ihm liegenbleiben? Ich verließ kopfschüttelnd das Zimmer. In den nächsten Stunden würde nichts passieren, das wusste ich.

Die restlichen Weihnachtsferien verliefen angespannt aber ruhig. Mein Vater hatte Mama nicht mehr angerührt. Trotzdem hatte sich etwas verändert. Mama sah mich immer wieder lange an und seufzte. Dabei schüttelte sie fast unmerklich den Kopf, so als würde sie hin und her überlegen, und ihre Gedanken dann doch wieder verwerfen.

»Was ist?«, fragte ich sie manchmal.

»Ach nichts«, sagte sie und winkte ab. »Das verstehst du noch nicht.«

Als Papa endlich seine Koffer packte, war unsere Erleichterung so greifbar, dass meine Mutter uns hinausschickte. Sie hatte Angst, er würde es sonst bemerken.

Nach seiner Abreise sang Mama wieder bei der Hausarbeit, ihr blaues Auge färbte sich langsam lila, dann grün und dann hellgelb. Ich zog mit Romina über die Obstplantagen und genoss die Freiheit.

Doch sie währte nicht lange, denn sobald die Neujahrsfeiertage vorüber waren, brachte Mama mich hierher, ins Kloster. Und nun, als sie mir erzählte, dass mein Vater zu Besuch käme, war ich das erste Mal froh darüber. Die Frage war nur: Was würde er Mama diesmal antun?

Angelas Versprechen

Im Juli und August war das Internat geschlossen, denn die Kinder verbrachten ihre Sommerferien zuhause. Ich hatte es fast geschafft. Es würde nicht mehr lange dauern, bis ich zum ersten Mal seit Monaten wieder in das gleißende Sonnenlicht hinaustreten würde. Bis ich Farben sehen und Gerüche einatmen könnte. Bis Mama mich endlich abholen würde.

Zuerst wollte ich in der Umarmung meiner Mutter versinken und die Nase tief in ihr Kleid drücken, das immer ein wenig nach Chlor roch. Danach wollte ich zusammen mit Romina wild auf unserem Hof herumspringen und schreien wie eine Verrückte, in kurzen Hosen, aus denen meine nackten Beine als Symbole der Freiheit herausragen würden. Und dann würde ich Mama endlich um Entschuldigung bitten, für was auch immer ich getan hatte. Ich würde ihr sagen, dass sie mich nun genug bestraft hätte, dass ich immer brav sein und alles tun würde, was sie von mir verlangte. Hauptsache, ich dürfte bei ihr zuhause bleiben. Hauptsache, ich müsste nicht mehr zurück ins Kloster.

In wochenlanger Arbeit hatte ich ein Tischtuch genäht und aufwändig bestickt. Ich hatte all meine Sehnsucht und all mein Heimweh in den rauen Stoff eingearbeitet. Das würde ich Mama überreichen. Stolz breitete sich in mir aus, wenn ich mir vorstellte, wie sie mich mit Tränen in den Augen hochheben und küssen würde. Meine Fingerchen waren voller Hornhaut und Nadelstiche, doch jeder Schmerz war es wert, wenn ich Mama damit nur beweisen konnte, wie sehr ich sie liebte.

Doch es kam anders.

Am Mittwoch vor den Ferien drückte ich meine Nase umsonst gegen das Gitter zum Besucherraum.

»Deine Mutter kommt nicht mehr«, sagte Suor Immacolata ungewohnt sanft. »Komm mit, Filomena.«

Ich wollte nicht, dass sie mich von dort wegholte. Meine Mutter hatte sich sicher nur verspätet. Sie würde gleich in den Besucherraum treten. Trotzig stemmte ich meine Füße in den Boden und starrte mit zusammengekniffenen Augen durch die winzigen Löcher, als könnte ich Mama durch meine Willenskraft herbeizaubern. Doch so sehr ich es mir auch wünschte, sie kam nicht.

Als die Besuchszeit vorbei war, und die hohe Eingangstür abgeschlossen wurde, stieß ich einen schrillen Schrei aus, der im Vorraum des Klosters hundertfach widerhallte. Suor Immacolata streichelte mein Haar, ganz kurz nur. Ihre scheue Geste war die einzige körperliche Zuwendung, die ich seit Monaten erfahren hatte, und das Gefühl überrumpelte mich. Ich verstummte.

»Deine Mama kann dich in nächster Zeit nicht besuchen kommen«, sagte sie zu mir. »Sie ist guter Hoffnung. Und du gehörst jetzt Gott. Gelobt sei Jesus Christus.«

Ich wusste nicht, was guter Hoffnung bedeutete, und ich wollte auch nicht Gott gehören, sondern nur mir selbst, oder höchstens noch Mama, aber das war mir in diesem Moment egal. Mich interessierte nur eines: »Und die Ferien?«

Die alte Nonne schüttelte den Kopf.

An diesem Abend weinte ich zum ersten Mal, seit mich die Mauern des Klosters verschluckt hatten. Mein kleiner Körper wurde von Schluchzern geschüttelt und krampfte sich immer wieder zusammen, bis die älteren Mädchen von der anderen Seite des Schlafsaals herübergeschlichen kamen und sich an mein Bett setzten. Eine legte den Arm um mich, eine andere nahm meine Hand. Es war streng verboten, während der Nachtruhe aufzustehen oder gar zu flüstern, doch heute regte sich der Vorhang, hinter dem Suor Immacolata schlief, keinen Millimeter. Sie ließ uns gewähren.

Angela kaute an der Innenseite ihrer Backe herum und beobachtete, wie ihr Gefolge mich tröstete. Dann kam sie langsam näher. »Was ist los?«, frage sie in die Runde.

»Filomenas Mutter ist nicht gekommen. Sie darf in den Ferien nicht nach Hause«, flüsterten ihr die Mädchen zu.

»Ich will aber nach Hause«, heulte ich in mein Kissen, und da passierte es. Angela schritt auf mein Bett zu. Die anderen Kinder machten ihr respektvoll Platz.

»Hey«, sagte die Froschaugen-Königin zu mir, und ich starrte sie aus verweinten Augen an. Die hatte mir jetzt gerade noch gefehlt. Sie stand breitbeinig vor mir und stemmte die Hände in die Hüften. »Ich verspreche dir was. Ich werde herausfinden, was bei dir zuhause los ist, und warum du die Ferien nicht daheim verbringen kannst, okay? Und jetzt wisch dir den Rotz aus dem Gesicht und hör auf zu heulen.« Dann nickte sie feierlich und schlenderte zurück zu ihrem Platz.

Im Laufe der Nacht wurde meine Stirn immer heißer und ich erbrach alles, was ich in den letzten Monaten in mich hineingefressen hatte. Suor Immacolata kam aus ihrem Schlafabteil und drückte mir ein nasses Handtuch auf die Stirn. »Wenn du es akzeptierst, wird es leichter«, seufzte sie.

»Nein!«, brüllte ich mit der letzten Kraft, die ich noch aufbrachte, und ballte die Fäuste.

Suor Immacolata schüttelte den Kopf. »Mach es dir doch nicht so schwer.« Dann strich sie mir noch einmal über die Haare.

»Kümmert euch um sie«, sagte sie dann zu zwei älteren Mädchen und schlurfte zurück hinter ihren Vorhang.

Die beiden hielten meine Haare und strichen mir über den Rücken, während ich im Waschraum über der Toilettenschüssel hing. Krämpfe quälten meinen kleinen Körper. Irgendwann war ich leer, und sie stützten mich auf dem Weg zurück in den Schlafsaal.

Am nächsten Samstag saß ich mit verschränkten Armen auf meinem Bett, während die anderen Mädchen im Schlafsaal herumschwirrten und ihre Koffer packten. Sie erzählten sich gegenseitig, dass sie mit ihren Familien ans Meer fahren oder Verwandte auf dem Land besuchen würden. Wenn ihr Blick auf mich fiel, verstummten sie.

»Ciao Filomena«, sagte Angela zum Abschied. »Versprochen ist versprochen.« Dann zeigte sie mit Zeige- und Mittelfinger das Peace-Zeichen.

Es wurde ruhig im Kloster. Was blieb, war die Erinnerung an einen salzigen Geschmack auf den Lippen und an das Kratzen von Sand in der Badehose.

Die Stille erdrückte mich wie eine luftundurchlässige Decke. Erst spürte ich ein Kribbeln im Bauch, dann hörte ich mein eigenes Blut in den Ohren rauschen. Was sollte ich nun tun, ohne normalen Tagesablauf, ohne Schule, ohne andere Kinder? Ich blickte hin und her. Wo war Suor Immacolata?

Ich saß ein wenig auf meinem Bett herum und bürstete Bella, schlenderte durch den Schlafsaal und zog die Schubladen der Nachtkästchen auf, um zu sehen, ob eines der Mädchen vielleicht etwas vergessen hätte. Sie waren alle leer.

Natürlich konnte mich Suor Immacolata nicht ständig beaufsichtigen. Sie hatte ja noch anderes zu tun. Da begriff ich, dass dieser Umstand etwas bedeutete, was ich schon verloren geglaubt hatte: Freiheit. Das Kribbeln nahm zu. Ich steckte den Kopf durch die Tür, und als ich im Flur niemanden sah oder hörte, begann ich, unbemerkt in Ecken herumzustöbern, zu denen ich sonst keinen Zutritt hatte.

Ich schlich durch das Kloster und betrachtete all die Kunstwerke, mit denen der heilige Graf einst seinen Palast geschmückt hatte. Das Gebäude war voll davon, und jedes Stück war in seinem Originalzustand erhalten. Der schönste Ort, den ich fand, war die Kapelle des Lichts. Sie war aufwändig aus Holz gearbeitet und hatte als zentrales Element ein Fenster aus verschiedenfarbigem Glas. Am Boden formten Maiolica-Fliesen einen Stern. Das war der hellste und freundlichste Ort des ganzen Klosters. Das Licht, das durch das Fenster schien, ließ bunte Flecken an der Wand tanzen. Diesem Schauspiel hätte ich ewig zusehen können.

Mama hatte mir einmal erzählt, dass der Grafenpalast im Laufe der Jahrhunderte mehrfach geplündert worden war, und so manche Antiquität der Familie Tomasi jetzt im Wohnzimmer irgendeines Mafiosos stand. Doch zwischen diese Mauern hatte niemals einer der Banditen seinen Fuß gesetzt. Über der Kapelle war die Madonna der Klausur auf die Wand gemalt. Sie hielt einen Schlüssel in der Hand und sah herablassend von dort oben herunter, als wollte sie allen Verbrechern dieser Welt zeigen, dass sie an ihr nie vorbeikommen würden. Das gefiel mir.

Insgeheim suchte ich die ganze Zeit nach dem Eingang zu dem geheimen Tunnel mit den sieben Pforten, der das Kloster unterirdisch mit dem Kalvarienberg, verband. Suor Immacolata hatte mir einmal erzählt, dass dieser Gang angelegt worden war, damit Madre Crocifissa den Kreuzweg auch als Nonne in Klausur begehen konnte. So wie sie den Hügel als Kind mit ihrer Familie bestiegen hatte, ging sie später inmitten des Berges versteckt von Station zu Station. Vielleicht würde ich ja den Zugang zu diesem geheimen Gang finden? Dieser Gedanke trieb mir die Röte auf die Wangen.

»Wissen Sie eigentlich, wo sich der Eingang zum Tunnel mit den sieben Pforten befindet?«, wagte ich es einmal, Suor Immacolata zu fragen.

Die Greisin lächelte wissend und legte ihren Zeigefinger über die Lippen. »Das ist ein Geheimnis, das nur wir Nonnen kennen, Filomena. Vielleicht legst du ja selbst eines Tages die Gelübde ab, dann wirst du es erfahren.«

Es gab den Eingang also wirklich. Ich war wild entschlossen, ihn zu finden und aus dem Kloster zu fliehen. Allerdings ohne Gelübde.

So nahm ich eines Tages meinen ganzen Mut zusammen und öffnete die Tür zu der Zelle, die einst Madre

Crocifissa bewohnt hatte. Sie war zu ihrem Andenken im Originalzustand belassen worden. Der kahle Raum enthielt, genau wie Suor Immacolata erzählt hatte, ein Bett, eine Kommode, einen Tisch und einen Schemel. Die Möbel waren tatsächlich so klein, als hätten sie einem Kind gehört. Ich konnte mir kaum vorstellen, dass man als erwachsener Mensch in diesem winzigen Bett überhaupt schlafen konnte. Und wenn sie auf dem Schemel gesessen hatte, musste sie sich bestimmt arg krümmen, um auf dem Tisch schreiben zu können.

Auf der Tischplatte stand ein Keramikbecher mit einer Schreibfeder darin, daneben eine Sanduhr. Am Fußende des Bettes hing ein großes Kreuz an der Wand, und am Boden stand, ordentlich aufgereiht, ein Paar Schuhe. An einem Kleiderbügel baumelten ein Hemd, eine Tunika und der Brustschleier. Es gab sogar eine Waschschüssel. Die Zelle sah so aus, als würde Madre Crocifissa jeden Augenblick hereinkommen. Ich sah unruhig zur Tür.

Dann fiel mein Blick auf die Kommode und ich hielt die Luft an. Dort lag neben drei Dornenkronen der Bußgürtel aus Draht, der an der Innenseite lange Stacheln hatte. Ich betrachtete die Ketten, Peitschen und Geißeln mit verschiedenen Kupferspitzen und Bleikugeln. Mein Magen zog sich zusammen, als ich mir Isabellas Schmerzen vorstellte, wenn sie sich damit selbst bis zur Ohnmacht gequält hatte. Warum hatte sie das getan?

Meine Augen füllten sich mit Tränen und ich rannte hinaus. Als die Tür hinter mir ins Schloss eingeschnappt war, schwor ich mir, ihre Kammer nie wieder zu betreten.

Dann wurde es Nacht. Zum ersten Mal, seit ich im Kloster war, hatte ich einen Albtraum, aus dem ich schreiend erwachte. Suor Immacolata schoss hinter ihrem Vorhang heraus und stürzte an mein Bett.

»Was hast du, Filomena?« Umständlich ließ sie sich auf meiner Bettkante nieder.

»Oh Gott, sie hat solche Schmerzen«, stammelte ich. »Es tut so weh.«

»Wer denn, mein Kind?«

»Isabella.«

»Hast Du von ihr geträumt?« Suor Immacolata richtete sich auf und griff nach meiner Hand. So aufgeregt hatte ich sie noch nie gesehen.

Ich nickte und riss die Augen in der Dunkelheit des Schlafsaals weit auf. »Es tut so weh«, wiederholte ich noch einmal.

»Erzähl mir, was du geträumt hast.« Eindringlich sah mich die Nonne an.

»Sie hat sich selbst gegeißelt. Es war so schrecklich.« Dass ich heimlich in Madre Crocifissas Zelle gewesen war, verschwieg ich lieber.

»Hast du selbst die Schmerzen gespürt?« Suor Immacolata fasste nach meiner Hand.

Ich nickte, und die Nonne stimmte in mein Nicken ein. »Ich wusste es«, flüsterte sie.

»Was?« Meine Stimme zitterte. »Was wissen Sie?«

Die Nonne winkte ab. »Hab keine Angst. Wenn dir Madre Crocifissa erschienen ist, wird sie dich leiten und beschützen. Bete zu ihr, dann wird dir nichts geschehen.«

»Aber warum tut sie das?« Tränen liefen über mein Gesicht. »Warum tut sie sich denn selbst so weh?«

»Sie will damit für alle Sünder büßen und ihre Seelen retten.« Suor Immacolata erhob die Stimme. »Wir alle haben Angst vor körperlichen Schmerzen, aber Madre Crocifissa suchte regelrecht nach ihnen. Ein Tag ohne Leid war für sie ein unwürdiger Tag, da sie ihre Qualen nicht mit den Qualen Christi vereinen konnte, um damit die Ungläubigen zu retten. Verstehst du?«

Ich nickte, obwohl ich überhaupt nichts verstand. Warum peitschte sich jemand selbst aus, um für andere zu büßen? Ich dachte immer, jeder müsste die Konsequenzen für sein eigenes Handeln tragen. Das hatte mir zumindest Mama oft gesagt, wenn sie mit mir geschimpft hatte, und die nahm es mit Gott eigentlich sehr genau. Aber ich schwieg, denn ich wollte Suor Immacolata nicht verärgern.

Die Nonne sah mich mit einem merkwürdigen Blick an. »Du bist etwas ganz Besonderes, Filomena. Vergiss das nie. Der Friede des Herrn sei mit dir.« Dann ging sie wieder zurück in ihr Schlafabteil. Ich lag noch lange wach in meinem Bett. Was hatten ihre Worte zu bedeuten? Was sollte an mir schon besonders sein?

Von diesem Tag an erzählte mir Suor Immacolata ständig Geschichten über Isabella. Von ihren Vorahnungen und Visionen, ihren Begegnungen mit dem Teufel und seinen Dämonen.

Bisher hatte ich immer das Gefühl gehabt, besser dran zu sein als die Grafentochter. Doch eines hatte sie, worum ich sie beneidete: ihre Mama. Denn im November 1661 trat Rosalia Traina ebenfalls ins Kloster ein. »Nachdem Graf Giulio ein Keuschheitsgelübde abgelegt hatte, löste Papst Alexander VII die Ehe einvernehmlich auf«, erzählte mir Suor Immacolata. »Isabellas Mutter ließ ihre

Söhne Giuseppe und den kleinen Ferdinando zurück, der sich weinend an ihren Rock klammerte. Dann nahm sie ihre jüngste Tochter, die achtjährige Alipia, an die Hand und ging mit ihr durch die Holztür mit den drei Riegeln ins Kloster hinein.«

Klack, klack, klack, hallte es in meinem Kopf nach.

»Die Familie traf sich ein letztes Mal in der Klosterkirche. Giulio Tomasi kniete mit seinen Söhnen vor dem Altar nieder, und die Mutter mit ihren Töchtern auf der anderen Seite des Gitters im Kloster. Sie verabschiedeten sich voneinander, und als Symbol der ewigen Liebe steckte der heilige Graf seinen Ehering der Madonnenstatue an. Rosalia Traina hing den ihren ans Kreuz.«

Suor Immacolata seufzte bewegt. »Nun waren also alle Tomasi-Schwestern zusammen mit ihrer Mutter im Kloster. Die Novizinnen hatten inzwischen ihre Gelübde abgelegt. Anna Francesca nannte sich nun Maria Serafica della Concezione und Antonia wurde zu Maria Maddalena della Concezione. Isabella Tomasi selbst hatte sich den Namen Maria Crocifissa della Concezione ausgesucht.«

»Warum hießen die denn alle gleich?«, fragte ich.

Suor Immacolata lächelte. »Na ja, ganz gleich nicht. Der Graf verfügte bei der Gründung des Klosters, dass alle Nonnen mit Vornamen *Maria* und mit Nachnamen *della Concezione* heißen sollten, also *Maria der unbefleckten Empfängnis*. Das hob zum einen jeden sozialen Status auf und zeigte zum anderen die Madonnenverehrung der Familie Tomasi. Das ist auch heute noch so. Mein voller Name lautet Suor Maria Immacolata della Concezione.«

»Oh«, sagte ich, weil mir nichts Besseres einfiel.

Die Nonne nickte stolz und erzählte weiter: »Eines Tages fanden die Tomasi-Schwestern Isabella ohnmächtig auf dem Boden ihrer Zelle. Die junge Nonne war dreiundzwanzig Jahre alt, und das Einzige, was sie noch konnte, war schlucken sowie die Augen öffnen und wieder schließen. Graf Giulio, der neben dem König der einzige Mann war, der das Kloster betreten durfte, rief die renommiertesten Ärzte und die weisesten Theologen. Sie vermuteten erst einen Hirntumor, dann Tuberkulose und schließlich die Schwindsucht. Nichts davon traf zu. Ihr Herzschlag war regelmäßig, ihr Blick wach. Die Nonnen brachten die Überreste des heiligen Traspadano in die Zelle von Isabella, beteten und zündeten Hunderte von Kerzen an. Es war sinnlos. Ihr Zustand hielt wochenlang an, und schließlich wurde sie für unheilbar krank und außerdem für verrückt erklärt.«

»Sie war verrückt?«

»Natürlich nicht!« Suor Immacolata warf mir einen ärgerlichen Blick zu. Ich hatte sie in ihrem Redefluss gestört. »Nach drei Monaten kam sie wieder zu sich und berichtete, Gott habe ihr mit unglaublicher Gewalt die Sinne geraubt, sodass sie ganz Eins mit ihm wurde. Sie hatte eine Vision von brennenden Herzen, und jede Sekunde, die sie darin verweilte, stillte einen Hunger in ihrer Seele, an dem sie zeitlebens gelitten hatte. Jesus ließ sie seinen Frieden spüren, an seiner Wahrhaftigkeit teilhaben, sich für seine Liebe öffnen. Sie war dem Paradies so nah, dass sie am liebsten dort oben bei Gott geblieben wäre. Doch der Herr sandte sie wieder zurück auf die Erde. Er brauchte sie hier unten noch.« Suor Immacolata bekreuzigte sich.

»Wofür?«, fragte ich neugierig, doch die Nonne war für heute fertig und klatschte in die Hände.

»Das erzähle ich dir ein andermal. Komm jetzt mit. Du kannst mir beim Backen helfen.«

So kam es, dass ich Zutritt zum geheimen Keks-Labor der Nonnen bekam. Fasziniert nahm ich die unbedarfte Atmosphäre wahr, die diesen Raum zusammen mit dem Duft nach Vanille durchzog. Es war, als würden die Nonnen gemeinsam mit ihrer Schürze auch ein anderes, menschlicheres Gesicht anlegen. Wenn sie Mehl, Eier und Zucker schlugen, Mandeln rösteten und Pistazien rieben, sahen sie aus wie ganz normale Frauen, die lächelten und miteinander sprachen. Die Backstube war ein magischer Ort. Mit großen Augen und dem Zeigefinger in Zitronencreme getaucht, registrierte ich staunend, dass Suor Immacolata einen Scherz machte.

Ich durfte Mandeln mahlen, den öligen Brei mit Zucker und Zitronensaft mischen, Eier hineinschlagen und den Teig schließlich durch eine Gebäckpresse drehen, damit die Kekse ihre typische, geschlängelte Form bekamen. Ich ordnete sie sorgfältig auf dem Backblech an und bestreute sie mit Zucker.

In diesem Sommer lernte ich nicht nur, die berühmten *Biscotti Ricci* zu backen, sondern auch alles über die richtige Konsistenz von *Crema Pasticcera* und über die Zubereitung von Mandelkrokant. Und Suor Immacolata hielt noch eine andere Überraschung für mich bereit.

Der verborgene Garten

»Hilfst du mir bei der Ernte?«, fragte mich Suor Immacolata eines Morgens. Verwirrt sah ich sie an. Was meinte sie damit? Ich folgte ihr, und als wir gerade an der Küche vorbeigekommen waren, öffnete sie eine unscheinbare Holztür, die mir bisher noch nie aufgefallen war.

Ich musste meine Augen verdecken, als mich gleißendes Licht blendete. Erstaunt blinzelte ich zwischen meinen Fingern hindurch. Es gab einen Ort in diesem Kloster, an dem die Sonne schien?

»Komm«, sagte Suor Immacolata und stieg drei verwitterte Stufen hinunter. Ich traute meinen Augen kaum. Ein echter Garten. Mit Pflanzen und Erde und frischer Luft. Hier wuchsen Zitronen-, Mandarinen und Feigenbäume, zwischen denen Insekten summten. Ich hörte Vögel zwitschern und bunte Rosenbüsche überschwemmten meinen Kopf mit Farben. Da fiel mein Blick auf ein Gehege, in dem sich etwas bewegte.

»Tiere!«, rief ich. »Gibt es hier auch Tiere?«

»Das sind unsere Hühner.«

Ich rannte hinüber und sah durch einen Maschendrahtzaun mehrere Hennen herumstaksen. Es waren schwarze und braune dabei, einige hatten weiße Tupfen auf der Brust. Ob sie sich wohl dressieren ließen?

Es war herrlich hier. Ich hatte schon fast vergessen, wie es sich anfühlte, wenn Sonnenstrahlen die Haut durchdrangen und sich langsam durch meinen ganzen Körper ausbreiteten.

»Wir müssen das Obst ernten. Hilf mir, die Pfirsiche einzusammeln«, sagte Suor Immacolata.

»Ja, natürlich.« Ich lief los, mitten in die Erde hinein.

»Mach deine Schuhe nicht schmutzig«, schalt mich die Nonne, doch sie lächelte dabei.

»Später putze ich sie wieder«, rief ich ihr zu und bückte mich nach den Früchten, die sich prall und dunkelrot von der staubigen Erde abhoben. Ich legte ein paar Extrarunden ein, so sehr freute ich mich darüber, draußen zu sein. Zwar war der Garten von Mauern umgeben, aber es war eben doch ein Fleckchen Natur unter freiem Himmel.

»Oh bitte, darf ich Ihnen öfter beim Ernten helfen? Ich kann auch die Hühner füttern und jeden Morgen die Eier einsammeln«, sprudelte es aus mir heraus.

»Mal sehen«, sagte Suor Immacolata.

»Oh bitte, bitte« bettelte ich und wagte es sogar, nach dem Arm der Nonne zu greifen. »Es ist so schön hier.«

Sie sah mich schon wieder so merkwürdig an. »Du bist ihr wirklich sehr ähnlich«, murmelte sie.

»Wem?« Ich hielt inne. »Wem bin ich ähnlich?«

»Setz dich.« Die alte Nonne ließ sich auf der untersten Treppenstufe nieder und klopfte mit der Hand auf den rauen Stein neben sich.

Ich setzte mich ebenfalls, und unsere Oberarme berührten sich. Da lehnte ich mich noch etwas fester gegen Suor Immacolata und genoss die Geborgenheit dieser körperlichen Nähe, während sich mein Blick auf den Pflanzen ausruhte. In diesem Moment war ich glücklich und ein Seufzer löste sich aus meiner Kinderseele.

»Diesen Garten hat Madre Crocifissa mit ihrer eigenen Hände Arbeit angelegt und ganz alleine bestellt«, erzählte Suor Immacolata. »Sie pflanzte Obstbäume und Rosen, harkte die Erde und jätete Unkraut. Sie liebte die Natur. Der Garten war für sie nicht nur Mühsal, sondern auch Muße und Entspannung. Sie schrieb hier Gedichte und unterhielt sich mit den Vögeln. Zu ihren Aufgaben im Kloster gehörte es übrigens, die Hühner zu füttern und Eier einzusammeln.«

Jetzt verstand ich, was die Nonne gemeint hatte. Und wem ich ähnlich war. Trotz der Hitze bekam ich eine Gänsehaut.

»Schau, diesen Zitronenbaum hat sie selbst gepflanzt.« Die Nonne zeigte auf den größten Baum im Garten, der sich altersschwach gegen die Klostermauer lehnte. »Man sagt, der Saft seiner Früchte hätte Heilkräfte. Dich hat er auch gesund gemacht, weißt du noch?«

Also war in dem widerlichen Gebräu, das Suor Immacolata mir im Krankenzimmer eingeflößt hatte, der Saft von Isabellas Zitronen gewesen? Ich lächelte.

»Der Garten war früher viel größer.« Suor Immacolata sah sich um. »Ich erinnere mich noch daran, wie er in den Zwanzigerjahren von den Faschisten in eine öffentliche Piazza umgewandelt wurde. Damals war ich noch ein Kind. Es war schrecklich. Auf dem Teil, der asphaltiert werden sollte, stand ein Olivenbaum. In seinem Schatten hatte sich Madre Crocifissa oft ausgeruht.«

Ihre Stimme nahm wieder diesen geheimnisvollen Klang an, der alle meine Sinne in seinen Bann zog. Ich sah den knorrigen Baum regelrecht vor mir, fühlte seine raue Rinde unter meinen Fingern und hörte den Wind durch die silbrigen Blätter rascheln. Der Friede wurde jäh durch das Geschrei der Faschisten unterbrochen, die sich mit lautem Getöse daran machten, die Mauer einzureißen. Suor Immacolata erhob ihren Zeigefinger. »Keiner der Soldaten brachte den Mut auf, den ersten Axthieb gegen den heiligen Baum zu führen. Nach einiger Zeit trat doch einer vor, nahm die Axt, schwang sie hoch und trieb sie in den Stamm. Von diesem ersten Hieb löste sich ein Span. Das Holzstück flog direkt in das Auge des Soldaten und durchbohrte seine Netzhaut. Er erblindete.«

»War das Crocifissa?«, fragte ich atemlos.

»Natürlich.« Suor Immacolatas Stimme duldete keinen Zweifel. »Über zweihundert Jahre nach ihrem Tod hatte sie diesen Ungläubigen eine Lektion erteilt.«

»Und was ist dann mit dem Baum passiert?«

Suor Immacolata zuckte die Schultern. »Die Faschisten sind ihm schließlich mit der Motorsäge zu Leibe gerückt. Dagegen konnte nicht einmal unsere Madre Crocifissa etwas ausrichten. Gott hab sie selig. Doch das Zeichen, das sie gesetzt hat, bleibt unvergessen.« Die Nonne nickte zufrieden.

Ich stimmte in ihr Nicken ein. »Aber wenn der Garten früher viel größer war, wie hat sie es dann geschafft, die ganze Arbeit alleine zu machen?«

Suor Immacolata lächelte. »Wer aufrichtig glaubt, wird immer Hilfe bekommen, mein Kind. Merk dir das. Und hör gut zu.« Sie räusperte sich und begann mit der nächsten Geschichte. Ich fand es himmlisch, dass sie während der Ferien so viel Zeit für mich hatte.

»Eines Tages schaffte Madre Crocifissa es nicht mehr, die Harke in den Boden zu treiben, weil die Muskeln ihrer Arme von der harten Arbeit lahm wurden. Ihre Hände waren voller Schwielen und Blasen. Da rief sie die Madonna um Hilfe an. Die heilige Mutter Maria sah Crocifissas Mühsal und erschien ihr in einem Strahlenkranz. Mit einem aufmunternden Lächeln berührte sie den Stiel der Harke, und auf einmal war sie federleicht.«

»Echt? Die Madonna ist in diesem Garten erschienen?« Mit großen Augen schaute ich mich um.

»Ja, natürlich.« Suor Immacolata sagte das so, als sei es das Normalste der Welt. Dann seufzte sie und zog sich wieder tief in ihren schwarzen Habit zurück. »Aber auch der Teufel ist ihr hier begegnet.«

»Oh bitte, erzählen Sie weiter«, bettelte ich. Endlich würde ich erfahren, was es mit dem Teufel auf sich hatte.

»An einem Samstagnachmittag, es war der 7. November 1673, betete Madre Crocifissa mit den anderen Nonnen den Rosenkranz. Plötzlich hörte sie eine betörende Stimme, die immer wieder flüsterte: *Geh und zerstöre das Nest! Geh und zerstöre das Nest!*« Suor Immacolata wisperte diese Worte und wackelte dabei mit den Fingern.

»Crocifissa wusste erst nicht, was damit gemeint war, doch als sie das nächste Mal in den Klostergarten ging, sah sie, dass sich das Schilf dort hinten bewegte, als würde sich jemand darin verstecken.« Suor Immacolata zeigte auf eine Ecke des Gartens, in der Rosenbüsche blühten.

»Als sie sich den hohen Stängeln näherte, ergriff sie eine bodenlose Furcht, die mit jedem Schritt stärker wurde. Sie nahm einen modrigen Gestank wahr, der so unerträglich war, dass sie sich übergeben musste. Sie wischte sich den Mund ab, hielt sich den Arm vor die

Nase und begann, am ganzen Leib zu zittern. Sie sah niemanden, doch das Schilf raschelte und wogte.«

Gebannt starrte ich in die Ecke mit den blühenden Büschen und drückte meinen Rücken dabei gegen die kühle Mauer. Das tat gut, bei der Hitze.

»Dann passierte das, was Crocifissa später selbst als *diese Sache* bezeichnete, weil ihr die Worte dafür fehlten, zu beschreiben, wie es sich anfühlte, wenn das Böse Kontakt zu ihr aufnahm. Diese Sache begann immer gleich, und überkam sie nur, wenn sie allein war. Sie fühlte sich verwirrt und schwindelig, hörte ein Geräusch, das zart war wie der Wind, der durch abgestorbene Blätter streicht. Es schwoll nach und nach zu einem Sturmwind an, zu einem Brausen. In diesem Getöse vernahm sie Stimmen, die erst weit entfernt und unverständlich klangen, dann näherkamen, rau und aggressiv. Schließlich konnte sie einzelne Wörter verstehen. Da wurde ihr klar: Was sich dort zwischen den Schilfpflanzen versteckte, waren bösartige Dämonen, die umeinander herumkrochen, wie widerliche Insekten.«

Ich riss die Augen auf. »Dämonen?«

Suor Immacolata nickte. »Da hörte Crocifissa wieder die liebliche Stimme: *Zerstöre das Nest!* Und in diesem Moment verstand sie, dass sie den Unterschlupf ihres größten Feindes gefunden hatte – das Nest des Teufels.« Die Augenbrauen von Suor Immacolata tanzten.

»Und dann?«, wisperte ich tonlos und knetete meine Hände. »Was passierte dann?«

Suor Immacolata stand auf, hob die Arme zum Himmel und stand als mächtiger, dunkler Schatten vor der Sonne. »Dann vernahm Madre Crocifissa ein aufgebrachtes Kreischen.« Suor Immacolata verstellte die Stimme, so dass sie dünn und dissonant klang, und sich die feinen Härchen in meinem Nacken aufrichteten. »*Nun hast du uns also gefunden, du verdammte Gottesanbeterin. Und, was willst du jetzt von uns?*«

Zum Glück wechselte die Nonne wieder in ihre normale Stimmlage und ich entspannte mich ein wenig.

»Crocifissa packte das Entsetzen, doch sie versuchte, sich nichts anmerken zu lassen. *Ich gehe hier nur spazieren*, sagte sie. Doch die Dämonen brüllten: *Sag die Wahrheit! Bist du von alleine gekommen oder hat dich jemand geschickt?* Madre Crocifissa wurde zornig, denn sie verwehrte sich dagegen, den Höllenbewohnern Rechenschaft abzulegen. *Sagt mir lieber, was ihr hier macht*, entgegnete sie mutig. Da fluchte einer der Dämonen: *Ihr verdammten Marien-Anhänger habt das Bildnis der Mutter Gottes überall in diesem elenden Kloster aufgehängt. Ihr unerträglich warmherziger Blick schmerzt uns so sehr, dass wir es nicht aushalten, wenn sie uns ansieht. Der Garten ist der einzige Ort, an dem es keine verfluchte Madonna gibt, die unsere Macht mindert.* Der Dämon kicherte. *Von hier aus können wir euch Nonnen in Versuchung führen.*«

»Was hat sie dann gemacht?« Ich blickte immer noch zur Gestalt von Suor Immacolata auf, die einen Schatten auf mich warf. Sie wirkte größer als sonst, kraftvoller.

»So ist das also, dachte Madre Crocifissa und drehte sich um, denn sie wollte sofort zur Äbtissin gehen, um ihr von dem Nest zu berichten. Da erhob sich hinter ihr im Schilf ein Brausen, und wildes Geschrei ertönte: *Verschwinde! Komm nie wieder hierher! Und wenn du uns verrätst, machen wir dich zur unglückseligsten Kreatur der Hölle!*

Dann hörte Madre Crocifissa, wie sie den Dämon beschimpften, der ihren Plan verraten hatte. Sie schlugen ihn windelweich. Doch Crocifissa ließ sich nicht einschüchtern und ging geradewegs zur Äbtissin, um sie zu bitten, ein Marienbildnis im Garten aufzustellen.«

Ich atmete erleichtert auf. Jetzt würden die Dämonen bestimmt fliehen. Doch Suor Immacolata hob wieder ihre Stimme. Die Geschichte war noch nicht zu Ende.

»Die Dämonen hatten bemerkt, dass sich etwas gegen sie zusammenbraute, und als Crocifissa später ihre Zelle aufräumte, hörte sie den Lärm von wild schlagenden Flügeln. Voller Argwohn näherte sie sich dem Fenster und sah hinaus. Sie hielt erschrocken die Luft an, als aus dem Garten eine schwarze Wolke in den Himmel aufstieg. Es waren unzählige Raben, die zornig mit ihren Schnäbeln aufeinander einhackten. Das größte Exemplar des finsteren Schwarms blickte mit glühenden Augen durch ihr Fenster herein und fauchte: *Fahr zur Hölle! Sei verdammt, vom Kopf bis zu den Füßen, du einfältige Gottesdienerin. Wir müssen fliehen, denn du hast unser Versteck verraten. Das wirst du noch bitter bereuen!* Dann spuckte er Feuer auf das trockene Schilf, bis Flammen aufzüngelten. Innerhalb von Sekunden ragte eine Feuerwand in den Himmel.«

»Feuer?« Ich erschrak.

»Madre Crocifissa rannte los, erst in die Zelle der Äbtissin, die sie ohne eine Erklärung hinter sich her zog. Auf der Treppe begegneten die beiden einer weiteren Nonne, die schrie: *Es brennt! Der Garten brennt!*« Die Stimme von Suor Immacolata wurde immer schneller. Beinahe stolperten die Wörter übereinander. »Die Äbtissin befahl, Weihwasser zu holen. Crocifissa rannte am schnellsten und kam als erste unten im Garten an. Sie zog das Marienbild hervor, das alle Nonnen auf der Brust trugen, hielt es gen Himmel und stürzte sich mitten ins Feuer hinein. Und« – da machte die Greisin eine vielsagende Pause – »es erlosch. Was blieb, war nur Dreck und Gestank.«

»Sie ist ins Feuer gesprungen?« Ich war fassungslos.

Suor Immacolata nickte, ließ die Arme sinken und setzte sich wieder neben mich. »Ja. Aber sie blieb wie durch ein Wunder unverletzt. Weder das Marienbild noch ihr Gewand wiesen irgendeinen Schaden auf.«

Die Nonne machte eine Pause. Die lange Geschichte hatte sie erschöpft. Dann strich sie sich über das Kinn und fuhr fort: »Später säuberten die Nonnen den Garten, stellten ein Marienbild genau in die Ecke, in der die Dämonen gehaust hatten, und pflanzten Rosenbüsche an. Gleich am nächsten Tag begannen sie, einen Altar zu errichten. Sie legten ihre schwarzen Schleier ab, setzten stattdessen Dornenkronen auf die weißen Hauben und schleppten Steine und Wasser herbei. Auf den Altar wollten sie dann ein großes Gemälde der Madonna stellen, das die bösen Geister auch in Zukunft fernhalten würde. Suor Seppellita, die ehemalige Gräfin und Mutter von Madre Crocifissa, bot an, auf ihre Kosten einen Maler zu beauftragen.«

Ich griff nach einem Pfirsich und biss hinein. Der Saft tropfte auf meine Schuluniform und ich wischte ihn eilig weg. Doch Suor Immacolata hatte es gar nicht bemerkt, so vertieft war sie in ihre Geschichte.

»Die Freude im Kloster war immens, als die Äbtissin das Gemälde einige Wochen später am Tor zur Klausur empfing und durch das Spalier der Nonnen bis zum neu errichteten Altar im Garten trug. Das Bild zeigte eine milde lächelnde Madonna, die gerade das Jesuskind stillte. Sie hieß *Colomba Rosata* – rosafarbene Taube. Madre Crocifissa war bezaubert von ihrer Schönheit. Zu ihren Füßen ist ein Rabe zu sehen, der von einer Taube besiegt wird. Das symbolisiert den Sieg des Guten über das Böse; den Sieg der Madonna über die Dämonen.«

Suor Immacolata zeigte auf die gegenüberliegende Mauer. »Schau, auf diesem Altar dort stand ihr Bildnis. Crocifissa schmückte es jeden Tag mit Rosen, die sie noch vor Sonnenaufgang pflückte, denn da waren sie am frischesten.«

Tatsächlich bemerkte ich an der gegenüberliegenden Mauer die Überreste eines Steinsockels.

»Fortan beschützte die Colomba Rosata den Garten vor Satan und seinen Dämonen«, schloss Suor Immacolata. »Genug für heute. Ich bin ja schon ganz heiser.« Sie erhob sich und klopfte ihren schwarzen Habit aus.

Da erinnerte ich mich an mein Anliegen. Diese Chance durfte ich mir keinesfalls entgehen lassen: »Oh bitte, darf ich bei der Gartenarbeit helfen?«, bettelte ich erneut los. Dann fiel mir etwas ein. »Ich möchte gerne eine Aufgabe für die Gemeinschaft übernehmen. Mich mehr im Kloster einbringen. Oh bitte, darf ich mich um die Hühner kümmern? So wie Madre Crocifissa?«

Suor Immacolata seufzte ergeben. »Na gut. Wenn das so ist, werde ich die Äbtissin fragen.« Ich strahlte. Es hatte funktioniert.

Die Tür schloss sich hinter uns und die Düsternis der Drinnenwelt verschluckte mich wieder. Nach dem grellen Sonnenlicht erschienen mir die Korridore noch dunkler als vorher, doch das machte mir nichts aus, denn tief in mir brannte nun mein eigenes, hoffnungsvolles Licht. Oh bitte Isabella, dachte ich mit fest zusammengekniffenen Augen und geballten Fäusten, bitte mach, dass ich in den Garten gehen darf.

Tatsächlich teilte mir die Mutter Oberin am nächsten Tag die Aufgabe zu, in der Küche und im Klostergarten zu helfen. Morgens nach dem Frühstück gaben mir die Nonnen das Hühnerfutter mit, und ich brachte ihnen später Eier und frisches Obst in die Küche.

Endlich hatte ich eine Aufgabe gefunden, die mir gefiel, und die Möglichkeit bekommen, mich draußen aufzuhalten. Für Suor Immacolata mochte der Garten nur ein Stück Erde sein, die meine Schuhe beschmutzte. Aber für mich stellte er den neuen Mittelpunkt meines Lebens dar.

Ich beobachtete die Vögel, die in den Ästen herumturnten, gab den Hühnern Namen und richtete den Altar wieder her, so gut ich konnte. Jeden Morgen pflückte ich eine Rose und legte sie behutsam auf den rauen Stein, genau wie Isabella. Dabei unterhielt ich mich in Gedanken mit ihr. Wie schön wäre es, wenn sie meine Spielgefährtin würde. Ohne die anderen Kinder war mir so langweilig, dass ich mit ihr sogar Kloster oder Rosenkranz gespielt hätte.

In dieser Nacht träumte ich wieder. Ich war im Garten, und es war so finster, dass ich kaum etwas erkennen konnte. Da hörte ich in der Dunkelheit eine hohe Kinderstimme, die irgendetwas vor sich hin murmelte. Ein fein ziehender Kopfschmerz breitete sich hinter meinen Schläfen aus. Da! Neben dem Altar bewegte sich ein heller

Fleck. Ich kniff die Augen zusammen, um besser sehen zu können. Dort stand das Mädchen, das auch in der Krankenstation durchs Fenster zu mir hereingeschaut hatte. Sie trug dasselbe Nachthemd aus weißem Leinenstoff und ich sah, wie sie sich am Altar zu schaffen machte. Das musste Isabella sein. Plötzlich hob sie den Kopf und schaute zu mir herüber. Dann kam sie langsam auf mich zu und streckte die Hand nach mir aus.

Ich schrak auf. Mein Körper fühlte sich eiskalt an und mein Atem ging flach. Die Angst zog an meinen Waden und ich starrte mit weit aufgesperrten Augen in die undurchdringliche Dunkelheit des leeren Schlafsaales hinein. Um mich zu beruhigen, konzentrierte ich mich auf die einzigen Geräusche, die ich wahrnahm: Das Rauschen meines eigenen Blutes in den Ohren, das leise Schnarchen von Suor Immacolata und das Rascheln ihrer Decke, wenn sie sich umständlich umdrehte.

Als ich wieder normal atmen konnte, tat es mir fast leid, dass ich solche Angst vor Isabella gehabt hatte. War ich es nicht selbst gewesen, die sich heute Nachmittag im Garten eine Spielgefährtin gewünscht hatte? Vielleicht wollte sie ja nur meine Freundin werden.

Sollte ich versuchen, wieder einzuschlafen? Ich war hin und her gerissen zwischen der prickelnden Neugier, ob ich dann noch einmal von Isabella träumen würde, und der Angst davor, dass genau dies passierte. Denn das war kein normaler Traum gewesen. Er hatte sich anders angefühlt. Viel lebendiger. Viel intensiver. Bei der Vorstellung davon, dass Isabella heute Nacht noch einmal Kontakt zu mir aufnehmen würde, wurde ich unter meiner Decke ganz klein. Erst als die Morgendämmerung hinter den Fenstergittern heraufzog und die Vögel zu zwitschern begannen, fiel ich in einen bleiernen Schlaf. Diesmal blieb er traumlos.

Suor Immacolata erzählte mir während der Sommerferien fast jeden Abend von Madre Crocifissa. Eine Geschichte, die mich sehr irritierte, war die vom Tod des heiligen Grafen.

»1669 starb Giulio Tomasi im Alter von vierundfünfzig Jahren«, berichtete die Nonne. »In ihrer tiefen Trauer tröstete Gott Madre Crocifissa mit einer Vision ihres geliebten Vaters, dessen Seele glückselig im Paradies angekommen war. Das erleichterte seine Tochter ungemein. Tags darauf wurde der Körper des Grafen in einem Sarg aus Zypressenholz in der Klosterkirche beigesetzt.«

Dann sagte Suor Immacolata diesen einen Satz: »Sein Wunsch war es gewesen, zwischen dem Altar und der Marienstatue begraben zu werden, um von Christi Blut gewaschen und von Marias Milch genährt zu werden.«

Ich war fassungslos. Die Vorstellung, dass ein erwachsener Mann gerne in Blut baden und dabei Milch aus dem Busen der Madonna trinken wollte, fand ich mit meinen sieben Jahren absonderlich, ja fast schon ekelhaft. Das traute ich mich natürlich nicht zu sagen, doch diese Phantasie verfolgte mich jahrelang und zerstörte mein edles Bild des heiligen Grafen gänzlich. Jedes Mal, wenn ich fortan an seinem Porträt vorbeikam, schaute ich verlegen weg. Ich konnte ihm nicht mehr ins Gesicht sehen.

»Crocifissa war nach dem Tod ihres Vaters untröstlich. Oft fragte sie sich, warum sie in ihrem jungen Leben – sie war gerade einmal vierundzwanzig Jahre alt – schon so viel leiden müsste. Sie bekam Antwort. Denn kurz darauf hatte sie eine Vision der Mutter Maria, die zu ihr sprach: *Die ewige Klausur ist dein Kreuz. Es steht schon für dich bereit. Nun musst du nach und nach hinaufsteigen, bis du selbst gekreuzigt bist.*«

Bei dem Gedanken daran, dass Isabella genauso ans Kreuz genagelt werden würde wie Jesus, zog sich mein Herz zusammen und ich bekam kaum noch Luft. »Was meinte sie damit?«, fragte ich tonlos.

»Denk mal nach. Was bedeutet Crocifissas Name?«

Da erst wurde mir bewusst, dass der Name, den sich die junge Isabella selbst gegeben hatte, nichts anderes hieß als die Gekreuzigte.

Wenn ich so darüber nachdachte, waren alle Namen, die sich die Nonnen ausgesucht hatten, ganz schön aufgeblasen. Ihre Mutter hatte sich Seppellita genannt – die Beerdigte, ihre ältere Schwester Serafica – die Engelsgleiche und ihre jüngeren Schwestern Lanceata – die Lanzettierte – sowie Maddalena – Maria Magdalena. Auch die Nonnen, die jetzt mit uns im Kloster lebten, hatten alle religiöse Namen: Die Betreuerin der Mittelstufe hieß Rosaria – Rosenkranz. Und Immacolata bedeutete die Unbefleckte.

»Madre Crocifissa hat sich diesen Namen ausgesucht, weil er ihren Weg zu Gott beschreibt. Und die Madonna hatte sie mit der Vision daran erinnert.«

Ich erschauerte. Was würde Isabella noch alles vor sich haben, bis sie endlich das Paradies erreichen würde? »Hatte sie denn keine Angst?«, fragte ich.

»Doch.« Suor Immacolata lächelte. »Natürlich hatte Madre Crocifissa Angst davor, ihrem eigenen Kreuz entgegenzugehen. Doch sie nahm ihren Weg an, um sich Tag für Tag immer mehr in Christus zu verwandeln, der von seiner Geburt bis zum Tod nur gelitten hat, um die Seelen anderer zu retten. Sie fastete bei Wasser und Brot, trug den Bußgürtel und geißelte sich, schlief nie länger als fünf Stunden am Stück, und das auf dem nackten Steinboden. *Je mehr du mich quälst, desto mehr liebe ich dich, mein Herr,* sagte sie oft, wenn ihre Kräfte sie verließen.«

Suor Immacolata machte eine Pause und faltete die Hände. Dann blickte sie mich durchdringend an, so dass mir ganz mulmig zumute wurde. »Crocifissa hat ihren Weg angenommen. Und auch du musst den Weg annehmen, den Gott für dich vorgesehen hat.«

Ich schluckte.

Die alte Nonne stand abrupt auf, löschte das Licht und ging in ihr Schlafabteil. Sie liebte es, mich abends mit ihren bedeutungsschweren Sätzen allein zu lassen, damit ich ordentlich darüber nachdachte. Und das tat ich.

Was hatte das alles zu bedeuten? Warum hielt Suor Immacolata mich für etwas Besonderes? Welchen Weg hatte Gott für mich bestimmt? Und warum erschien mir Isabella in meinen Träumen?

Verzweiflung

Am nächsten Vormittag klangen merkwürdige Geräusche aus Suor Immacolatas Schlafabteil. Ich war in den Schlafsaal gekommen, um ein wenig mit Bella zu spielen. Als ich auf dem Bett saß und ihr Kleid zuknöpfte, hörte ich rhythmisches Klappern und Schnaufen. Der Vorhang wackelte bedenklich. Was machte die Nonne bloß?

Ich starrte den Stoff eine Zeit lang an, dann übermannte mich die Neugier. Vorsichtig schlich ich mich an und lugte durch den Spalt am Eingang. Sofort presste ich mir die Hand vor den Mund, sonst hätte ich losgeprustet. Suor Immacolata stand mit ausgebreiteten Armen und Beinen da, hüpfte hoch und schlug Hände und Füße zusammen. Dann wieder auseinander. Und wieder zusammen. Sie machte den Hampelmann. Ihr schwarzes Gewand wallte bei jedem Sprung, und ihre Wangen leuchteten rot.

Ich grinste. Jetzt war mir auch klar, warum die Greisin trotz ihres Alters so forsch treppauf, treppab durchs Kloster marschierte. Bevor ich laut loslachte, huschte ich zur Tür hinaus. Nicht dass sie mich noch dabei erwischte, wie ich sie beobachtete.

Ich nahm mir vor, den anderen Mädchen Suor Immacolatas kleines Gymnastik-Geheimnis brühwarm zu erzählen, wenn sie zurück ins Kloster kamen. Das würde eine Sensation werden! Lange konnte es nicht mehr dauern, bis die Sommerferien zu Ende gingen und die Schule wieder begann.

Ich freute mich unbändig auf die anderen Kinder. Am meisten von allen erwartete ich natürlich Angela und ihren Bericht darüber, wie es meiner Familie ging. Und warum Mama mich im Sommer nicht nach Hause geholt hatte. Ich hoffte so sehr, dass es ihr gut ging, und dass mein Vater ihr nichts getan hatte. Die Sorge um sie brachte mich in den heißen Nächten fast zur Verzweiflung. Ich wälzte mich in den Laken herum, bis der Stoff feucht von meinem Schweiß war. Doch ich konnte hier nicht heraus, nicht nach ihr sehen, ihr nicht helfen.

Am letzten Ferientag konnte ich nicht mehr stillsitzen. Ich tigerte im Schlafsaal auf und ab, bis ich endlich helle Stimmen hörte. Was für ein herrlicher Klang zwischen diesen dicken Mauern, die fast zwei Monate lang alle Geräusche verschluckt hatten. Erst jetzt, als wieder Lärm einzog, wurde mir bewusst, dass ich wochenlang kaum etwas anderes gehört hatte, als das gedämpfte Murmeln der Nonnen und das Rascheln ihrer Gewänder, wenn sie auf leisen Sohlen durch die Gänge schlichen.

Nach und nach tröpfelten die Kinder an diesem Septembersonntag in den Schlafsaal und erfüllten das alte Gemäuer mit Gekicher und mit Leben. Die Mädchen erzählten von ihren Ferienerlebnissen, doch ich hörte nur mit halbem Ohr zu und sah immer wieder zur Tür. Als ich Angela endlich erblickte, zog sich mein Magen zusammen. Sie war gewachsen, ihre Haut war nussbraun gebrannt und ihre Haare waren von der Sonne ausgebleicht. Ihre Augen suchten mich, und sie kam mit ernstem Gesicht auf mich zu.

»Und?« Ich bemühte mich, nicht zu zittern.

Angela schüttelte den Kopf. »Keine guten Nachrichten. Deine Familie ist weg.«

»Weg?« Ich erstarrte. »Was meinst du mit weg?«

Sie strich sich eine Haarsträhne hinters rechte Ohr und setzte sich auf mein Bett. »Sie sind alle zu deinem Vater nach Deutschland gezogen. Er war zu Beginn der Ferien im Dorf und hat sie mitgenommen. Deine Mutter ist wieder schwanger, sie bekommt ein Baby. Tut mir echt leid, Filomena.« Angela berührte mich kurz an der Schulter. Dann stand sie auf, um ihren Koffer auszupacken.

Ich saß da wie gelähmt und spürte, wie sich eine Vielzahl an Gefühlen mit unglaublicher Macht in meiner Brust ausbreiteten. Mein Blick verschwamm vor Tränen. Ich hatte einen salzigen Geschmack im Mund, während abgrundtiefe Verzweiflung, hellrote Wut, bittere Enttäuschung und bodenlose Traurigkeit miteinander rangen.

Sie hatten mich endgültig verlassen, waren fortgegangen, und meine Mama hatte sich nicht einmal von mir verabschiedet. Sie hatte sich für einen Mann entschieden, der sie tyrannisierte und schlug, hatte ihn mir vorgezogen, ihrer eigenen Tochter. Diesen Mafioso, der mit einem schießenden Kugelschreiber in der Brusttasche seines Hemdes über die Piazza stolzierte und sich für Totò Riina persönlich hielt. Mein Hals brannte und ich schluckte einen dicken Kloß hinunter.

Dann stapfte ich zum Studierzimmer und kniete vor der Madonnina nieder. »Bitte hilf mir, hier herauszukommen«, murmelte ich. Ich wollte zu ihr beten, doch meine Gedanken kreisten nur um eins: Sicher hatte er das so eingefädelt. Mein Vater hatte mich noch nie leiden können. Ich entsprach nicht seiner Vorstellung von einer braven, süßen Tochter. Ich lächelte nicht, trug keine ordentlichen Frisuren und knickste auch nicht, wenn ich Erwachsene grüßte. Mit mir konnte er nicht auf der Piazza angeben. Außerdem hatte er sich als erstes Kind einen Sohn gewünscht.

Er hoffte wohl, dass meine Mutter diesmal endlich einen Stammhalter im Leib trug, und vier Mäuler waren zu viele, um sie alle zu stopfen. Ja, es war ganz bestimmt mein Vater gewesen, der wollte, dass ich im Kloster verschwand. Sicher hatte er Mama dazu gebracht, mich hier abzugeben und zurückzulassen. Mich auszusetzen wie einen räudigen Hund. So musste es sein.

Erst fühlte ich fast so etwas wie Befriedigung darüber, dass der wahre Bösewicht mein Vater war, und nicht Mama. Doch dann kam mir ein schrecklicher Zweifel. Warum war meine Mutter nicht einfach mit mir und meinen Schwestern abgehauen, statt mit ihm nach Deutschland zu gehen? Dann hätte sie mich behalten können. Aber offensichtlich war mein Vater ihr wichtiger als ich.

Der Geschmack in meinem Mund wurde immer bitterer, und die Madonnina half mir auch nicht. Sie schaute mich nur mit ihrem verklärten Blick an. Fast schon dümmlich, fand ich.

Ich stand ruckartig auf, ging zurück in den Schlafsaal und ließ die Schublade meines Nachtkästchens aufknallen. Dann nahm ich das Tuch heraus, das ich in monatelanger Arbeit für meine Mutter gestickt hatte, und stiefelte blind vor Tränen los.

Die anderen Kinder, die mir im Weg standen, schob ich grob zur Seite. Sie sahen mir kopfschüttelnd nach und tuschelten, als ich aus dem Schlafsaal hinaus und die Treppe hinunter marschierte. »Was starrt ihr mich so an?«, schrie ich den Porträts der Familie Tomasi entgegen. »Lasst mich gefälligst in Frieden!«

Dann stieß ich die Tür zu Crocifissas Kammer auf, breitete das Tuch über ihren Sarg und warf mich auf den kalten Steinboden. Mama hatte meine Liebe nicht verdient, nun würde ich mein Geschenk eben Isabella geben.

Tränen und Rotz liefen über mein Gesicht und ein schriller Schrei bahnte sich von ganz tief unten seinen Weg aus meiner Kehle. Meine Stimmbänder waren die Anstrengung nach den letzten Wochen der Einsamkeit nicht mehr gewohnt und der Schrei erstarb bald in einem heiseren Krächzen.

»Hilf mir, Isabella«, wimmerte ich und krümmte mich auf den harten Fliesen zusammen. »Hilf mir!«

Mein Kopf begann zu schmerzen, und auf einmal sah ich sie. Erst war es nur ein schwaches Licht, das sich jedoch schnell zu einem Strahlenkranz ausbreitete. In seiner Mitte erschien das melancholische, zarte Gesicht eines Mädchens. Isabella. Auf ihrer Brust glühte ein brennendes Herz. Sie streckte die Hand aus und legte sie auf meinen Kopf. Wärme durchströmte mich, und ich wurde ganz ruhig.

»Hab keine Angst, Filomena«, sagte sie klar und deutlich, mit derselben hellen Kinderstimme, die ich im Traum gehört hatte. Nur dass ich diesmal nicht träumte. Ich war hellwach.

»Leid entsteht aus Liebe«, sagte sie. »Je mehr du leidest, desto mehr liebst du.« Dann verblasste das Bild. Um mich herum wurde alles schwarz.

Das nächste, woran ich mich erinnern konnte war, dass ich auf meinem Bett lag und Suor Immacolata an meiner Schulter rüttelte.

»Sie wacht auf«, hörte ich Angelas Stimme von weit her. Ich blinzelte.

»Was ist passiert?« Das faltige Gesicht von Suor Immacolata beugte sich über mich. Ich sah ihre dichten Augenbrauen ganz nah und nahm ihren käsigen Geruch war. »Wir haben dich ohnmächtig in Madre Crocifissas Kammer gefunden«. Sie blickte mich besorgt an und fragte noch einmal: »Was ist passiert?«

»Ich habe sie gesehen«, flüsterte ich. »Isabella Tomasi ist mir erschienen. Sie hat zu mir gesprochen.« Dann überkam mich eine bleischwere Müdigkeit, der ich nicht widerstehen konnte, und die mich tief hinunter in einen schwarzen Strudel zog.

Als ich wieder aufwachte, saß Suor Immacolata noch immer an meinem Bett. »Wie geht es dir?«, fragte sie und fügte, ohne eine Antwort abzuwarten, hinzu: »Was hat Isabella zu dir gesagt?«

»Dass Leid aus Liebe entsteht«, krächzte ich. Meine Stimmbänder hatten sich noch nicht erholt.

Suor Immacolata nickte zustimmend. Auch ich musste zugeben, dass Isabella recht hatte. Würde ich Mama nicht so sehr lieben, wäre der Schmerz nicht so groß. Liebe war etwas Gutes. Also war auch der Schmerz gut?

Die Nonne tätschelte mir zufrieden den Kopf, als ich ihr meinen Gedankengang mitteilte. »Ruh dich jetzt aus, Filomena«, sagte sie und ließ Angela und mich allein. Meine Erzfeindin saß noch immer auf der Bettkante. Ich beobachtete sie. Ob sie sich darüber freute, welches Leid mir geschah? Zumindest wirkte es nicht so. Sie blickte betreten zu Boden und kaute an der Innenseite ihrer Backe herum. Im Profil sah die Froschaugen-Königin sogar ganz hübsch aus.

»Warum hast du das eigentlich für mich gemacht?«, fragte ich sie.

Sie schreckte auf und sah mich an. Dann zuckte sie die Schultern. »Du hast mir einfach leidgetan.« Sie zögerte kurz. »Aber jetzt tust du mir noch mehr leid. Vielleicht hätte ich es dir nicht sagen sollen.«

»Doch. Jetzt weiß ich wenigstens, woran ich bin.« Meine Stimme brach und eine bodenlose Leere ergriff von mir Besitz. Wenn meine Familie in Deutschland war, würde mich niemand mehr abholen.

Der letzte Funke Hoffnung war verglommen. Er war noch einmal aufgezischt, als hätte man ihn mit Eiswasser übergossen, und war dann endgültig erloschen. Würde ich nun für immer zwischen diesen dicken Mauern eingesperrt bleiben, bis ich so alt und klapprig sein würde wie Suor Immacolata?

Und noch etwas fiel mir siedendheiß ein: Was war aus Romina geworden? Meine Eltern hatten sie bestimmt nicht mit nach Deutschland genommen. Ich sah regelrecht vor mir, wie sie sich alle in Papas altersschwachen Panda quetschten, der unter dem Gewicht der Koffer auf seinem Dach ächzte. Da war kein Platz für einen Hund.

Sicher hatten sie auch Romina alleine zurückgelassen, genau wie mich. Als ich mir vorstellte, wie die Hündin winselnd hinter dem Auto hergerannt war, liefen mir wieder Tränen über das Gesicht. Ich konnte das Brennen in meiner Brust kaum ertragen. Sollte ich es so machen wie Crocifissa und mir selbst körperlichen Schmerz zufügen? Würde das helfen?

Ich zog meinen Rock ein Stück nach oben. Als sich meine Fingernägel spitz in die empfindliche Haut meiner linken Oberschenkelinnenseite gruben, überkam mich Erleichterung. Der körperliche Schmerz ließ das Leid meiner Seele zumindest kurz verblassen, so dass ich Atem holen konnte.

»Spinnst du?« Angela riss meine Hand weg und starrte entsetzt auf die tiefen Abdrücke, die sich langsam mit Blut füllten.

»Ich will hier raus«, wimmerte ich.

»Das geht nicht, Filomena.« Angela legte ihren Arm um meine Schultern. »Wer soll sich denn um dich kümmern?« Sie dachte kurz nach. »Hast du noch eine Tante oder eine Großmutter hier im Ort? Irgendjemanden?«

Ich schüttelte den Kopf. Mama hatte seit ihrer Hochzeit keinen Kontakt mehr zu ihrer Familie gehabt. Sie hatte meinen Vater gegen den Willen ihrer Eltern geheiratet. Die hatten eigentlich einen anderen Ehemann für sie ausgewählt, die Hochzeit war bereits arrangiert. Mama floh nachts mit ihrer großen Liebe, meinem Vater, aus dem Haus. Und ihre Familie verlor das Gesicht vor dem ganzen Dorf. Es war eine Schande.

Hätte sie gewusst, was auf sie zukam, hätte sie vielleicht doch den anderen genommen, und möglicherweise wäre das sogar besser gewesen, dachte ich. Aber wer wusste das schon. Tatsache war, dass ich meine Großeltern nicht kannte. Die Eltern meines Vaters waren bereits gestorben und seine Brüder lebten mit ihren Familien im Ausland. Ich hatte niemanden.

»Ich muss wissen, wie es Romina geht«, schluchzte ich. Ich konnte den Gedanken einfach nicht ertragen, dass meine treue Weggefährtin da draußen ganz alleine war, schutzlos und hungrig. Bestimmt war sie zu den Ruinen auf dem Kalvarienberg gelaufen und hatte dort Unterschlupf gesucht. Da hatte ich eine Idee.

»Kennst du den Kalvarienberg?«

Angela nickte.

»Kennst du auch die Legende um den geheimen Tunnel mit den sieben Pforten?« Ich sah mich verschwörerisch um und senkte die Stimme. »Mama hat mir erzählt, dass die Familie Tomasi einst einen unterirdischen Gang in den Berg geschlagen hat. Er führt in die eine Richtung bis ans Meer zur Chiaramonte-Burg und in die andere Richtung in die Stadt hinein, bis ins Kloster.« Ich griff nach ihrem Unterarm. »Verstehst du nicht? Es muss hier einen geheimen Zugang geben.«

Angela starrte mich an. »Und was willst du jetzt tun?«

»Ihn suchen, natürlich!«

Ich erzählte ihr, dass ich in den Ruinen schon oft nach dem Eingang geforscht hatte. »Stell dir vor, ich würde den Zugang hier im Kloster finden. Dann könnte ich Romina besuchen.«

»Du bist mutiger, als ich dachte.« Angela sah zur Tür, biss wieder an der Innenseite ihrer Backe herum und traf eine Entscheidung: »Na gut. Ich werde dir helfen, den geheimen Gang zu suchen.«

Der Stein des Satans

Ich wartete mit weit geöffneten Augen, bis das Geraschel der Decken im Schlafsaal verstummt war. Unter der Bettdecke klopfte mein Herz die ganze Zeit so laut gegen meinen Brustkorb, dass ich dachte, Suor Immacolata müsste es hören. Tock. Tock. Tock. Doch aus ihrer Schlafkoje drang nur zartes Schnarchen.

»Psssst«, hörte ich Angela irgendwann durch die Dunkelheit zischen. Ich setzte mich möglichst geräuschlos im Bett auf, stellte meine nackten Fußsohlen auf den eisigen Steinboden und schlich auf den Flur. Angela huschte mir hinterher.

Wir verständigten uns nur mit Blicken und stiegen auf Zehenspitzen die Treppe mit den abwärts geneigten Stufen hinunter. Tatsächlich war der Weg nach unten viel einfacher zu bewältigen, als der nach oben. Vor allem in der undurchdringlichen Finsternis der Nacht. War das vielleicht doch der Weg hinab in die Hölle, wie es Giulio Tomasi einst erdacht hatte? Wer wusste schon, ob es nicht doch noch ein paar Dämonen gab, die sich hier irgendwo im Kloster versteckten und nur darauf warteten, uns in Versuchung zu führen? Ich schauderte und zog den Kopf zwischen die Schultern.

Als wir unten am Treppenabsatz angekommen waren, wagten wir es endlich, zu flüstern.

»Wo sollen wir suchen?«, wisperte Angela.

Ich blickte in den langen Flur hinein, der in der Dunkelheit unendlich schien. Unter dem Bild von Madre Crocifissa flackerte wieder die Kerze, die ein unruhiges Licht an die Wände warf. Obwohl ich die Gemälde der Familie Tomasi nur als undeutliche Schemen wahrnehmen konnte, sahen ihre Augen noch lebendiger aus als tagsüber. Ob sie es mir übelnahmen, dass ich sie heute Nachmittag angeschrien und beleidigt hatte?

Die Kälte kroch mir die Beine hinauf. Wie festgewachsen klebten meine Fußsohlen auf den unebenen Fliesen, über die vor dreihundert Jahren auch Isabella gegangen war. Ich konnte mich einfach nicht in den Gang hineinbewegen. Es war wie in einem dieser Albträume, in denen man vor einer drohenden Gefahr fliehen muss und seine Beine nicht bewegen kann. Nur, dass mich die Starre jetzt davon abhielt, den Flur zu betreten. War das Isabella, die mich vor irgendetwas beschützen wollte?

»Oh Gott, ist das gruselig«, flüsterte Angela in meine Gedanken hinein. »Die schauen uns doch alle an, oder?«

Sie hatte es also auch bemerkt. Ich griff nach ihrer Hand, die feucht und kalt war, und Angela drückte meine Finger fest zusammen.

»Ich kann da unmöglich durchgehen«, wisperte ich zurück. »Komm, lass uns hier hinuntersteigen.« Ich zeigte auf eine Treppe, die direkt neben uns noch weiter nach unten führte. Wir huschten in den schwarzen Schlund hinab. Alles war besser als der Korridor der lebendigen Augen.

Mit meiner rechten Hand stützte ich mich am rauen Mauerwerk ab, um nicht das Gleichgewicht zu verlieren, und tastete mich mit den Füßen Schritt für Schritt weiter.

Fast wäre ich gestürzt, denn es kam keine Stufe mehr, obwohl mein Fuß noch mit einer gerechnet hatte.

»Vorsicht!«, flüsterte Angela. Ihr warmer Atem streifte meinen Nacken.

Meine Finger stießen gegen Holz. »Hier geht es nicht mehr weiter.« Ich tastete an der groben Struktur entlang und traf auf Eisenscharniere. »Eine Tür«, flüsterte ich. Nun fand ich auch eine Klinke und drückte sie vorsichtig hinunter. Sie quietschte leise, dann stieß ich auf einen Widerstand. Ich drückte fester. Das Schloss sprang auf.

»Psssst!«, zischte Angela, als die Tür mit einem Knarzen aufschwang. Die kühle Nachtluft fuhr in unsere vor Aufregung geröteten Gesichter. Sie roch nach Enttäuschung. Denn hinter der Tür befand sich kein geheimer Gang, wie wir gehofft hatten, sondern ein Innenhof. Wir traten hinaus, und meine zweite Hoffnung erstarb ebenfalls. Wir waren von hohen Mauern umgeben. Dies hier war kein Ausweg aus dem Kloster. Hier standen nur Mülltonnen herum.

»Hier ist nichts.« Angela hielt die Tür auf, ließ mir den Vortritt und schloss sie wieder sorgfältig hinter uns, damit niemand unseren nächtlichen Ausflug bemerkte.

Wir tasteten uns an der Mauer entlang zurück, die Treppe wieder hoch, und standen schließlich erneut am Anfang des unheimlichen Korridors. Wir hatten nur zwei Möglichkeiten: Entweder wir gingen die Treppe zu unserem Schlafsaal hinauf, oder wir wagten uns doch durch den Flur.

»Komm, wir laufen so schnell wir können.« Ich nahm Angela bei der Hand. Bevor sie protestieren konnte, rannte ich los und zog sie hinter mir her. Ich hielt den

Atem an und achtete darauf, genau in der Mitte zu bleiben, um möglichst weit von allen Gemälden entfernt zu sein. Meine Augen hielt ich starr auf den Boden gerichtet. Dann hatten wir es geschafft.

Wir verschnauften kurz. Wohin jetzt? Hier ging es zur Küche, zur Backstube, in den Klostergarten und zur Kirche. »Den Garten kenne ich in- und auswendig. Da ist nichts«, flüsterte ich. »In der Küche und in der Backstube sicher auch nicht. Los, wir versuchen es in der Kirche.«

»Zwischen den ganzen Totenköpfen und Gräbern?« Angela starrte mich erschrocken an. »Vergiss es. Da gehe ich nachts nicht rein.«

Ich zuckte die Schultern. »Dann bleibt nur die Kammer, in der Madre Crocifissas Sarg steht.«

Angela tippte sich an die Stirn. »Spinnst Du? Da drin liegt nicht nur das Skelett der Nonne, sondern auch der Stein des Satans.«

Ich horchte auf. »Was ist das? Davon hat Suor Immacolata gar nichts erzählt.«

»Der Teufel selbst hat ihn auf Madre Crocifissa geworfen, vor lauter Wut darüber, dass sie all seinen Versuchungen widerstand«, flüsterte Angela.

»Echt?«

»Ja, echt. Als die Nonnen im Garten eine Kapelle bauen wollten, suchten alle einen Stein für das Fundament aus, auf den sie einen religiösen Gedanken und ihren Namen schreiben sollten. Doch Madre Crocifissa fielen einfach nicht die richtigen Worte ein. Sie war verzweifelt. Da flüsterte ihr die heilige Rosa von Lima ein, dass sie im Gebet versinken soll, so wie ein Stein im Wasser versinkt. Dann würde sie, genau wie David, der mit seinem winzigen Steinchen den Riesen Goliath besiegt hatte, mit ihrer Liebe zu Mutter Maria über den Teufel siegen. Das machte Madre Crocifissa auch, und als sie nach der Messe vom Chor herunterstieg, wusste sie endlich, was sie auf den Stein schreiben würde.« Angelas Flüstern wurde immer aufgeregter und sie drückte meine Hand. »Auf einmal ertönte Lärm, so als polterte hinter ihr eine ganze Menschenmasse die Treppe herunter. Sie fuhr herum, doch sie sah niemanden. Als sie begriff, dass das Geschrei ihr galt, erschrak sie. Die Stimmen beschimpften sie, und plötzlich hörte sie ein grausames Brüllen: *Mit diesem verdammten Stein will ich mich an dir rächen und dir den Kopf einschlagen!* Und wirklich, von der Treppe her flog ein Stein auf sie zu.« Angela ergriff meinen Unterarm. »Das war Satan.«

Ich schluckte und beobachtete die flackernden Schatten auf der Mauer. War da nicht eine Figur zu sehen?

»Im letzten Moment erschien eine geheimnisvolle Hand vor dem Gesicht der jungen Nonne und änderte die Flugbahn des Steins, sodass er knapp neben ihr auf dem Boden einschlug.«

Angela ließ meinen Arm wieder los.

»Madre Crocifissa erzählte später, dass es die heilige Caterina gewesen war, die sie gerettet hatte. Sie hatte gelacht und gesagt: *Hier ist dein Stein, Schwester. Nimm ihn.* Als Madre Crocifissa sich bückte und ihn aufhob, sah sie, dass es derselbe Stein war, den sie für die Kapelle ausgesucht hatte.«

»Das ist ja unheimlich«, flüsterte ich.

»Ja. Eben. Und deshalb lass uns jetzt sofort zurück ins Bett gehen.« Angela zeigte auf die Treppe.

»Hast du etwa Angst?«, hänselte ich sie ein wenig.

»Wenn du es genau wissen willst: ja.«

Ich gab mich geschlagen, denn ehrlich gesagt war mein Mut nun auch verflogen und ich spürte, wie müde ich war. Außerdem fror ich, und wir hatten ja noch einmal den Korridor der lebendigen Augen vor uns. »Na gut, morgen suchen wir woanders«, lenkte ich deshalb ein. Und so huschten wir still wie kleine Nachttiere zurück durch die finsteren Gänge, die unsere Lebensräume miteinander verbanden.

Obwohl unsere erste Suche erfolglos geblieben war, hielt mich den ganzen nächsten Tag eine merkwürdige Euphorie gefangen. Während der Lernzeit warf ich Angela immer wieder verschwörerische Blicke zu. Bildete ich mir das nur ein, oder lag heute ein zufriedenes Schmunzeln auf den Lippen der Madonnina? Angela zwinkerte mir zu, doch als Suor Immacolata uns prüfend anblickte, hörten wir sofort mit unseren Zeichen auf.

Wir beschlossen, in dieser Nacht lieber nicht weiterzusuchen, sondern früh zu schlafen. Suor Immacolata durfte nichts von den heimlichen Streifzügen bemerken.

Ich war auch wirklich todmüde. Doch trotz der tiefen Erschöpfung, die mich überkam, sobald es unter meiner Decke mollig warm wurde, konnte ich lange nicht einschlafen. Mein Magen kribbelte, als ich mir alle Orte vorstellte, an denen sich der Eingang zum Tunnel mit den sieben Pforten befinden könnte. Ich würde ihn finden!

Als mich der Schlaf endlich übermannte, begann ich zu träumen. Der Schlafsaal war leer. Ganz am anderen Ende nahm ich einen schwachen Lichtschein wahr. Ich rieb mir über die Schläfen, denn dahinter wütete wieder dieser durchdringende Schmerz, der sich jedes Mal in meinen Kopf bohrte, wenn mir Isabella erschien. Das Licht wurde heller und heller. Dort war nicht Isabella. Dort stand meine Madonnina aus dem Studierzimmer. Sie breitete die Arme aus, als wollte sie mich beschützen, und flüsterte eindringlich: *Geh zu Crocifissa. Geh zu Crocifissa.* Dann verblasste das Licht langsam wieder, bis es gänzlich von der Finsternis verschluckt wurde.

Als ich aufwachte, hatte ich noch immer die tonlose Stimme im Ohr. *Geh zu Crocifissa.* Was meinte sie damit? Sollte ich etwa in die Kammer gehen, in der die Gebeine der Nonne aufbewahrt wurden? Ich warf einen prüfenden Blick auf das Fenstergitter und stellte fest, dass es in der Draußenwelt noch dunkel war. Instinktiv zog ich mir die Decke bis zur Nasenspitze und begann, mit den Zähnen zu klappern. Mit Angela zusammen war es schon gruselig genug gewesen, nachts durchs Kloster zu streifen. Wie unheimlich war es dann erst alleine? Und wem würde ich womöglich begegnen?

Doch wenn mir die Madonnina persönlich sagte, dass ich zu Madre Crocifissa gehen sollte, würde sie mich beschützen. Da war ich ganz sicher. Immerhin hatte ich sie um Hilfe gebeten. Dann musste ich jetzt auch tun, was sie sagte. Und vielleicht würde mir Madre Crocifissa tatsächlich einen Weg aus dem Kloster heraus zeigen. Ich musste es einfach wagen.

Ich erhob mich leise, huschte barfuß am Vorhang von Suor Immacolata vorbei und schnell die Treppen hinunter. Zum Glück musste ich diesmal nicht durch den Korridor der lebendigen Augen. Genau dort, wo er begann, führte die niedrige Holztür in den kahlen Raum hinein, in dem die sterblichen Überreste der Nonne aufbewahrt wurden. Ich schlüpfte hindurch und ließ die Tür offen, damit der Kerzenschein von draußen hereinfiel.

Als ich erfahren hatte, dass meine Familie ausgewandert war, hatte ich mich vor lauter Verzweiflung gar nicht umgeschaut. In einer Nische stand eine Statue von Jesus, der sich unter der Last seines Kreuzes bückte, und an der Wand hing ein Porträt von Madre Crocifissa selbst. Ich blieb kurz mit den Augen an ihrem strengen, aber leicht verschwommenen Blick hängen. Sie sah verhärmt aus, und so, als sei sie tief in Gedanken versunken. Als junge Isabella gefiel sie mir viel besser.

Ansonsten waren die Wände leer. Das Muster der Maiolica-Fliesen zeigte die gleichen blau-weißen Farbtöne wie der Boden im Grafenpalast. Es waren die Farben der Familie Tomasi, über die Jahrhunderte abgetreten und verblasst.

Da war sie. In der Mitte des Raumes stand auf einem Marmorsockel ein bescheidener Holzschrein. Er enthielt die Gebeine von Isabella. Ich hatte erwartet, dass es mich nervös machen würde, nachts mit einem Skelett allein zu sein. Doch ich hatte weniger Angst als gedacht.

Der Sarg war mit so viel Schmuck behängt, dass das Holz nur an wenigen Stellen durch die Ketten, Ringe und Armbänder hindurchschimmerte. Im Laufe der Jahrhunderte hatten Tausende Pilger Madre Crocifissa ihr Gold geschenkt, um sich für all die Gnaden zu bedanken, die sie von ihr erhalten hatten. Suor Immacolata hatte mir einmal ein ledergebundenes Büchlein gezeigt, in dem all ihre Prophezeiungen und Wunder sorgfältig niedergeschrieben waren.

Am besten hatte mir die Geschichte mit den Piraten gefallen: Eines Tages erblickten die Dorfbewohner Korsarenschiffe am Horizont, die sich der Küste näherten. Angst verbreitete sich im Ort, und schließlich wurden auch die Nonnen gewarnt. Madre Crocifissa ließ sich aber nicht verängstigen, im Gegenteil. *Vielleicht ist jetzt endlich die Gelegenheit gekommen, für Gott zu sterben*, sagte sie zu ihren Mitschwestern. Die Nonnen begannen, voll Vertrauen zu beten, und Crocifissa hielt ein Marienbildnis an das Fenster, das zum Meer hin zeigte. Da drehten die Barbaren ab.

Oder die Geschichte, als im Zweiten Weltkrieg Bomben auf unser Dorf fielen. Am Himmel erschien eine schwarze Gestalt, die ihren Mantel schützend über das Kloster breitete – es blieb von dem Angriff verschont. Das war natürlich auch Madre Crocifissa gewesen.

Mein Blick fiel auf einen Stein, der zu Füßen des Sarges lag, und ich erinnerte mich an die gruselige Geschichte, die mir Angela gestern erzählt hatte. Das musste der Stein des Satans sein. Ich betrachtete ihn. Den sollte der Teufel geworfen haben? Und dann lag er hier völlig unscheinbar herum?

Ich streckte meine Hand aus, um ihn zu berühren. Sobald meine Fingerspitzen an den kühlen Stein stießen, begann er zu vibrieren. Ein feines, fast unmerkliches Zittern nahm von ihm Besitz, und im gleichen Maße, wie die Ausschläge größer wurden, wuchs auch mein Entsetzen. Ich muss hier weg, dachte ich, doch ich konnte mich nicht rühren. Mein Mund war trocken und die Luft schien so heiß und zäh zu werden, dass ich kaum noch atmen konnte. In meinem Kopf summte ein ganzer

Schwarm Bienen und ich schwankte, fiel auf die Knie, zitterte. Was war das?

Irgendjemand oder irgendetwas war mit mir hier in dieser Kammer. Beobachtete mich mit glühenden Augen aus irgendeiner Ecke heraus. Ich spürte es ganz genau. Mein Atem ging immer noch flach. Mit weit aufgerissenen Augen starrte ich in die Finsternis. Da war niemand. Ich versuchte aufzustehen, aber ich schaffte es nicht, mich aufzurichten. Was das auch immer war, es wollte mich nicht gehen lassen.

Der Stein klapperte heftiger und lauter, bis ich begann, verzweifelt zu beten: »Heilige Maria Mutter Gottes voll der Gnade, bitte beschütze mich vor dem Bösen ...« Da lag der graue Stein wieder genauso still und unscheinbar da wie zuvor.

»Isabella, bitte beschütze mich«, flüsterte ich in die ohrenbetäubende Stille hinein und roch dabei meinen eigenen Angstschweiß.

Ein Windstoß fuhr durch die Kammer und knallte die Tür gegen die Wand. Im Flur verlosch die Kerze. Es war jetzt stockdunkel. Die Starre war vorbei. Ich konnte mich wieder bewegen.

Einem ersten Impuls folgend wollte ich aufspringen und wegrennen, doch dann bemerkte ich, dass ich mich hier drinnen auf einmal wohl fühlte. Die Dunkelheit war nicht mehr bedrohlich, sondern umfing mich samten, und ich war in ihr so geborgen, als würde mich die Finsternis umarmen.

War das Böse durch die Tür hinausgegangen? Wo war es jetzt? Draußen im Korridor der lebendigen Augen? Lauerte Luzifer dort, bis er mich endlich angreifen konnte? Ich starrte in die schwarze Öffnung der Tür und rutschte zurück, soweit es ging, bis ich mit dem Rücken an Isabellas Sarg stieß. »Ich habe solche Angst. Was soll ich nur tun?«, wisperte ich.

Da erklang in der Dunkelheit ihre helle Stimme, so tröstlich wie ein Kinderlied. »Lass die Liebe in dein Herz ein, Filomena.« Ich blickte mich um, doch ich sah sie nirgends. Vielleicht weil sie in ihrem Sarg war? Der Lichtschein, der normalerweise aufglomm, bevor sie mir erschien, blieb verschwunden. Nur mein Kopf schmerzte wie immer. »Und wenn die Liebe einmal dort drin ist, kämpfe mit allen Mitteln dafür, dass nichts und niemand anderer ihren Platz einnimmt.«

»Was meinst du damit?«, flüsterte ich. »Wer sonst sollte ihren Platz einnehmen wollen?«

Schon während ich die Frage stellte, war mir klar, wen sie meinte. Wer in die Herzen der Menschen eindringen wollte, um die Liebe auszurotten. Der Teufel. Ich wagte es nicht, diesen Namen auszusprechen, lauschte nur in die Stille. Isabella war verstummt.

Ich dachte nach. Wie nur sollte ich mein Herz mit Liebe anfüllen, um es gegen die Versuchungen des Teufels zu wappnen? Eines war klar: In dem Moment, in dem ich angefangen hatte, mit jeder Faser meiner Seele zu beten, war der Stein des Satans still gelegen. Hatte mich das aufrichtige Gebet beschützt? Lautete Isabellas Botschaft an mich, so innig zu beten und so fest zu glauben wie sie? Ich seufzte. Das würde ich nie schaffen.

Offen gesagt fand ich die ewige Beterei furchtbar langweilig. Außerdem konnte ich mir nicht vorstellen, dass Gott gleichzeitig allen Gebeten, die Tausende Menschen auf der ganzen Welt sprachen, zuhören konnte. Wie sollte das denn gehen?

Ja, natürlich glaubte ich an Gott und Jesus, an die Mutter Maria, die Hölle und das Paradies. Aber die Vorstellung, mein ganzes Leben zwischen diesen düsteren Klostermauern zu fristen, um dem Herrn im Himmel zu folgen, so wie Isabella und Suor Immacolata, nahm mir die Luft zum Atmen. Nein. Ich war nicht dazu bereit, meine Freiheit für Gott aufzugeben.

Kaum hatte sich dieser Satz in meinem Kopf geformt, überkam mich wieder Panik. Wie konnte ich nur so dumm sein? Bestimmt konnten sie alle, Jesus, Maria, Isabella und der Teufel, meine Gedanken lesen. Was wäre, wenn das Böse nun zurückkäme und Isabella mich nicht mehr beschützen würde? Ich starrte wieder in die schwarze Türöffnung und lauschte, doch es blieb alles ruhig. Zur Sicherheit bekreuzigte ich mich und entschuldigte mich insgeheim, bei wem auch immer, für meine schändlichen Gedanken.

Das Böse, das mir gerade begegnet war, hatte mich zutiefst erschreckt. Dieses Entsetzen hatte mich dazu gebracht, zum ersten Mal in meinem Leben aufrichtig zu beten. Es hatte geholfen. Nun brachte dieselbe Angst mich zu einer logischen Schlussfolgerung: Der einzige Weg, mich zu schützen war, eine brave Gottesdienerin zu werden. Trotz aller inneren Widerstände. Zumindest musste ich es versuchen. Wenigstens so lange, bis ich einen Fluchtweg aus dem Kloster finden würde. Ansonsten wäre ich dem Teufel schutzlos ausgeliefert.

Crocifissas Kampf

Am nächsten Morgen konnte ich mich schon wieder nicht daran erinnern, wie ich zurück in mein Bett gekommen war. Ich wusste noch, dass ich den Entschluss gefasst hatte, so lange möglichst aufrichtig zu beten, bis ich den Eingang zum Tunnel mit den sieben Pforten finden würde. Dann war da nur noch Schwärze. In der Früh war ich im Schlafsaal aufgewacht, als wäre das alles nicht wirklich geschehen.

Als wir im Waschraum standen, erzählte ich Angela von meinem nächtlichen Erlebnis. Sie sah mich zweifelnd an. »Bist du sicher, dass du das nicht geträumt hast?«

»Natürlich bin ich sicher!«, nuschelte ich. Ich zog meine Zahnbürste aus dem Mund und spürte, wie Schaum aus meinem Mundwinkel lief. »Was soll ich denn jetzt machen?«

»Hör mit deinen nächtlichen Streifzügen auf.« Angela hielt beim Kämmen inne. »Und halte dich von allem fern, was mit Madre Crocifissa zu tun hat. Sonst drehst du noch durch.«

»Ach so, du denkst also, dass ich spinne?«, fauchte ich sie an. »Oder dass ich mir das alles einbilde?«

Angela zögerte, und ich konnte mir auf einmal sehr gut vorstellen, wie sich Isabella gefühlt hatte, als alle sie für verrückt hielten.

»Glaubst du mir wirklich nicht?«, fragte ich sie.

Angela schaute mich ernst an. »Das, was du da treibst, ist gefährlich. Und es tut dir nicht gut. Ich komme nachts jedenfalls nicht mehr mit.«

»Aber du hast es mir versprochen. Du wolltest mir helfen, zu fliehen.« Ich starrte ihr Spiegelbild an.

»Können wir nicht irgendeinen anderen Weg finden, dich hier herauszubekommen?« Angelas Stimme bekam einen weinerlichen Klang. »Ich will nicht nachts zwischen Totenköpfen und Reliquien herumschleichen. Den Eingang zum Tunnel finden wir doch sowieso nicht.« Leise fügte sie hinzu: »Wenn es ihn überhaupt gibt.«

»Natürlich gibt es ihn«, zischte ich und drehte mich demonstrativ von ihr weg.

»Sei doch nicht gleich beleidigt«, versuchte Angela einzulenken, doch für mich war das Gespräch beendet. Ich marschierte aus dem Waschraum, um mich anzuziehen. Dann würde ich meine Suche eben alleine fortsetzen.

Obwohl mir das Böse in der Kammer begegnet war, in der Isabellas Gebeine lagen, fühlte ich mich ausgerechnet dort am sichersten. Schließlich war sie mir zur Hilfe gekommen und hatte mich beschützt. Ich war mir sicher, dass sie mir auch in Zukunft helfen würde, wenn mein eigener Glaube doch noch nicht aufrichtig genug war, um Satan die Stirn zu bieten. Würde ich jemals so stark sein wie Isabella?

Immer öfter schlich ich mich unbemerkt zu ihr hinein und erzählte ihr, wie es mir ging. Ich sagte ihr, dass ich gerne genauso wäre wie sie. Dass es meine Bestimmung sein sollte, hier im Kloster Gott zu folgen. Aber dass ich, so sehr ich es auch versuchte, hier herauswollte.

Dabei suchten meine Augen die Mauer ab. Ich untersuchte die Nische mit der Jesusstatue und hob das Gemälde von der Wand ab, um zu sehen, ob sich dahinter vielleicht irgendein Mechanismus verbarg, mit dem man den geheimen Zugang zum Tunnel öffnen könnte. Die Idee, dass Isabella ihr Geheimnis persönlich bewachte, gefiel mir. Doch ich fand nichts. Also rutschte ich auf Knien um den Sarg herum und befühlte den marmornen Sockel, auf dem er stand, aber auch der war glatt und makellos. Isabella blieb indes stumm.

Vielleicht war der Zugang unter dem Sarg? Allein konnte ich ihn unmöglich bewegen, und Angela würde ich ganz sicher nicht mehr fragen, ob sie mir half. Seit unserem Streit gingen wir uns aus dem Weg. Manchmal sah sie mich von der Seite an, so als wollte sie etwas sagen. Doch bevor sie das tun konnte, schob ich jedes Mal bockig das Kinn vor und ging von ihr weg.

Ich hatte lange überlegt, ob ich Suor Immacolata von meinem Erlebnis mit dem Stein und von Isabellas zweiter Botschaft erzählen sollte. Schließlich entschied ich mich dafür. Die alte Nonne würde mich bestimmt nicht für verrückt halten, und mit irgendwem musste ich ja darüber reden. Meine einzige Sorge war, dass sie mich bestrafen würde, wenn sie erfuhr, dass ich nachts unerlaubt im Kloster herumschlich.

Suor Immacolata saß im Aufenthaltsraum der Nonnen und stickte an einem Altartuch. Ich räusperte mich umständlich und trat von einem Bein auf das andere.

»Was ist?«, fragte sie, ohne von ihrer Arbeit aufzusehen.

»Mir ist was passiert. Letzte Woche hat mich die Madonnina nachts zu Madre Crocifissa geschickt«, begann ich zögernd. »Und die hat mir gesagt, ich soll Liebe in mein Herz einlassen.«

Suor Immacolata sah von der Stoffbahn auf, die sie gerade bestickte. Sie legte Nadel und Faden beiseite und schlug die Hände zusammen. »Erzähl mir alles ganz genau.«

Als ich ihr jedes Detail meines nächtlichen Erlebnisses geschildert hatte, sah ich Tränen in ihren Augen schimmern. »Ich wusste es«, rief sie. »Madre Crocifissa hat dich auserwählt.«

»Auserwählt für was?«

»Das ist doch ganz klar! Sie hat gesagt, du sollst Liebe in dein Herz einlassen. Liebe ist Jesus, Liebe ist Gott. Lass Gott in dein Herz ein, so wie sie es als junge Nonne getan hat. Auch du hast die Gabe. Genau wie Madre Crocifissa. Bete, Filomena, bete. Und hab Vertrauen.« Sie bekreuzigte sich gleich zwei Mal, so aufgeregt war sie.

»Welche Gabe denn?« Ich wollte überhaupt keine Gabe haben. Und schon gar keine, die mir solche Angst machte. Ich wollte nur hier raus.

»Das wirst du schon noch merken.« Die alte Nonne wackelte spitzbübisch mit dem Kopf. Sie wirkte richtig fröhlich.

Ich hingegen war überhaupt nicht fröhlich. Wie sollte ich denn angesichts all dessen, was mit mir geschah, Vertrauen haben? »Es ist noch was passiert«, murmelte ich. »Etwas Böses war mit mir in der Kammer. Als ich den Stein des Satans angefasst habe, hat er gewackelt. Ich hab Isabella um Hilfe gebeten, und sie hat es vertrieben. Also das Böse.« Ich schaffte es nicht, die Wörter Teufel oder Satan auszusprechen.

»Siehst du?«, sagte Suor Immacolata. »Du brauchst keine Angst zu haben. Madre Crocifissa beschützt dich. Und jetzt setz dich zu mir, mein Kind.« Dann nahm sie die Nadel wieder auf, zog den Faden mit rhythmischen Bewegungen durch den Stoff und erzählte mir weiter von Isabellas Leben. So, als wäre es das Normalste der Welt, Kontakt mit einer Toten und dem Teufel zu haben. Ich schüttelte fast unmerklich den Kopf, doch gleichzeitig war ich froh, dass Suor Immacolata nicht wütend war.

»Die Geschichte mit dem Stein sorgte für viel Gerede«, erzählte sie. »Das Gerücht, dass im Kloster übersinnliche Phänomene vor sich gingen, drang sogar durch die dicken Klostermauern nach draußen, und das Volk bauschte den Klatsch mit Genuss auf. Zumal es nicht irgendeine Nonne gewesen war, die dem Teufel begegnet war, sondern ausgerechnet die Tochter des heiligen Grafen. Der Bischof von Agrigent befürchtete einen Skandal und schickte 1668 eine Untersuchungskommission ins Kloster. Drei Jesuiten der Heiligen Inquisition, die viel Erfahrung mit dem Aufspüren von Simulanten hatten, sollten den Visionen und Zuständen von Madre Crocifissa auf den Grund gehen. Handelte es sich um eine Verrückte oder eine Betrügerin, um eine Besessene oder vielleicht um etwas ganz anderes?«

Ich riss die Augen auf. Suor Immacolata hatte mir schon oft erzählt, mit welchen Methoden die Inquisition Verdächtige verhörte. »Haben sie Isabella wehgetan?«

Die Nonne schüttelte den Kopf. »Nein. Sie haben nur durch die Gitter hindurch Gespräche mit ihr geführt.« Dann lächelte sie. »Siehst du, die Klausur war für Isabella kein Gefängnis, sondern ein Schutz. Auch dieses Mal.«

Ich nickte. Sie hatte recht. »Und was genau haben sie ihr vorgeworfen?«

»Madre Crocifissa hatte nur dann ihre Erlebnisse, wenn sie allein war. Deshalb verdächtigten die Geistlichen sie, dass sie ihre Visionen nur vorspielen würde, um sich in den Mittelpunkt zu drängen. Dass sie sich so den Posten als Äbtissin sichern wollte, auf den sie als Grafentochter Anspruch hätte. Und natürlich, dass sie heiliggesprochen werden wollte.« Suor Immacolata schnaubte empört. »Die hatten ja keine Ahnung! Zuerst haben sie die Aufzeichnungen überprüft, in denen Madre Crocifissa festgehalten hatte, was sie während ihrer Visionen und religiösen Ekstasen erlebte. Die Geistlichen bewerteten ihre Niederschriften zunächst als wirre Satzfetzen. Als Zeugnisse eines Deliriums. Dann verhörten sie Madre Crocifissa persönlich.« Suor Immacolata hob triumphierend den Zeigefinger. »Sie waren sich sicher, dass es ein Leichtes wäre, die Nonne als Blenderin zu überführen. Doch sie konnten ihr nichts nachweisen.«

»Wie liefen denn die Verhöre ab?« Ich konnte mir beim besten Willen nicht vorstellen, wie ein paar Geistliche durch blickdichte Gitter hindurch beurteilen wollten, ob jemand verrückt oder ein Simulant war.

»Erst überschütteten sie Madre Crocifissa mit Fragen, um zu testen, ob sie verrückt sei. Dann versuchten sie, die junge Nonne in Widersprüche zu verstricken. Als ihnen auch das nicht gelang, sagten sie, sie hätten ihr falsches Spiel längst durchschaut, und es sei sinnlos, ihnen weiter etwas vorzumachen. Schließlich wollten sie mit Schmähungen, Verleumdungen und Beleidigungen eine heftige Reaktion provozieren, einen Gefühlsausbruch, bei dem sie alles gestehen würde. Doch trotz der harten Vorwürfe, sie sei krank und verrückt, begehrte sie nicht auf, sondern antwortete stets klug, besonnen und demütig.« Suor Immacolata nickte zufrieden.

»Sie befragten auch die Äbtissin, die ihnen versicherte, dass sich Madre Crocifissa keineswegs mit ihren Visionen hervortat. Im Gegenteil, sie schämte sich sogar dafür und stellte sich dumm, wenn die anderen Nonnen sie danach fragten. Die Äbtissin selbst musste sie nahezu verhören, um etwas Genaueres über ihre Erlebnisse zu erfahren. Außerdem wollte Madre Crocifissa überhaupt keine wichtige Position im Kloster einnehmen, sondern nur eine niedere Gottesdienerin sein. Sie war ein leuchtendes Beispiel für Aufrichtigkeit, Demut und Bescheidenheit.«

Suor Immacolata beugte den Oberkörper vor und senkte die Stimme. »Außerdem war Madre Crocifissa nicht immer allein, wenn sie ihre Visionen hatte. Als Satan den Stein nach ihr warf, war die Äbtissin dabei.«

»Nein!«

»Doch. Sie hörte zwar den Lärm nicht, den Madre Crocifissa vernahm, aber sie sah, wie der Stein auf die Nonne zuflog, kurz vor ihr die Flugbahn änderte und dann zu Boden fiel.«

»Das ist so unheimlich.« Ich rutschte auf der Stuhlkante herum und Suor Immacolata bekreuzigte sich.

»Nach mehreren Tagen erklärten die Jesuiten, die nach den Verhören nicht minder erschöpft waren als Madre Crocifissa, dass die Phänomene göttlichen Ursprungs seien. Das Gerede verstummte, das Volk beruhigte sich. Seitdem zweifelte niemand mehr am Geisteszustand unserer Madre Crocifissa.«

»Echt?«

Suor Immacolatas Blick zerschnitt die Luft. »Zweifelst du etwa am Urteil der katholischen Kirche?«

»Natürlich nicht«, sagte ich eilig.

Sie sah mich einen Moment lang säuerlich an, dann gab sie sich mit meiner Antwort zufrieden und erzählte weiter. »Madre Crocifissa zog in die Einsiedelei um.«

»Wohin?«

»Das ist ein in sich abgeschlossener Bereich innerhalb des Klosters, in dem sich die Nonnen einer noch strengeren Klausur unterzogen.«

»Noch strenger?« War das überhaupt möglich?

»Ja. Und sie war glücklich darüber, dass sie Gott durch ihre Selbstkasteiung immer näherkommen konnte. Doch der Beichtvater und die Präfektin wollten ihren wahren Glauben auf die Probe stellen. Sie riefen Madre Crocifissa und beschimpften sie vor allen Nonnen: *Du bist unnütz und ein schlechtes Beispiel für die Gemeinschaft. Wir wollen dich hier nicht haben. Geh zurück ins Kloster.*«

»Aber warum denn?« Ich richtete mich auf meinem Stuhl auf. »Das stimmt doch gar nicht!«

Suor Immacolata nickte. »Genau. Und es traf Crocifissa bis ins Mark. Ausgerechnet sie sollte ein schlechtes Beispiel sein? Wo sie doch am meisten Buße von allen tat, das ärmlichste Leben führte und sich tagein tagaus für Gott und ihre Mitschwestern aufopferte? Sie wollte schon aufbegehren und sich verteidigen, doch da fiel ihr Blick auf das Kruzifix und sie begriff, dass sie sich aus Liebe zu Jesus unterwerfen und demütigen lassen musste, genau wie er. Also kniete sie nieder und senkte ihr Haupt, um ihre Strafe anzunehmen.«

Ich verschränkte die Arme. Diese Geschichte gefiel mir überhaupt nicht.

»Mit ihrer Matratze auf dem Rücken zog sie zurück in den normalen Teil des Klosters, doch die Äbtissin, die eingeweiht war, empfing sie mit den Worten: *Was willst du denn hier? Du wurdest als unnütz aus der Einsiedelei gejagt, und ich will dich hier auch nicht haben. Geh in diese Zelle da.* Sie zeigte auf ein winziges, kahles Loch, das dunkel und feucht war.

Als Crocifissa auch das schluckte, ohne aufzubegehren, waren der Beichtvater und die beiden Leiterinnen des Klosters überzeugt von ihrem wahren Glauben und erlaubten ihr, in die Einsiedelei zurückzukehren.«

Ich war empört. »Aber warum durfte sie nicht für sich einstehen? Sie hat sich doch vorbildlich verhalten, und was die beiden Nonnen gesagt haben, war falsch.«

Suor Immacolata schüttelte streng den Kopf. »Demut und Gehorsam sind das Fundament des christlichen Glaubens. Wahre Demut bedeutet, alles zu akzeptieren, was Gott für uns vorsieht. Sie ist die höchste Tugend im Kloster. So wie Jesus bis zum Kreuz alles angenommen hat, was ihm widerfuhr, nahm auch Madre Crocifissa die Beleidigungen hin, mit denen sie erst die Jesuiten, und später der Beichtvater und die Leiterinnen des Klosters auf die Probe stellten. Das bewies ihren wahren Glauben.« Die alte Nonne sah mich scharf an.

Ich verschränkte die Arme. Damit war ich nicht einverstanden. Ich würde jedenfalls immer für mich selbst einstehen, wenn mich jemand ungerecht behandelte, egal wer. Es war richtig, sich selbst zu verteidigen, wenn man im Recht war. Doch ich wusste, dass es sinnlos war, Suor

Immacolata zu widersprechen. Was geschrieben stand, stand geschrieben. Und damit basta. Außerdem wollte ich wissen, wie die Geschichte weiterging.

»Um ihre Demut zu beweisen, führte Crocifissa die niedersten Tätigkeiten aus. Sie wusch die Kranken, trug den Müll hinaus und scheuerte auf Knien den Boden. Währenddessen wisperte der Teufel ihr ins Ohr: *Schau, da kommt die Heilige, da kommt die Selige, alle sollen ihr huldigen, alle sollen sie ehren.*«

»Der Teufel?« Jetzt wurde es wieder interessant.

Suor Immacolata nickte und bekreuzigte sich. »Auf diese Weise versuchte er, sie zu bezirzen. Doch Crocifissa durchschaute ihn und ließ sich von seinen Schmeicheleien nicht einwickeln. Im Gegenteil, sie verursachten ihr Übelkeit. Sie ignorierte den Satan, was ihn in immer größere Wut versetzte. Auf jede nur erdenkliche Weise wollte er der Nonne schaden.«

»Wie denn?«, fragte ich beunruhigt. Seit meinem Erlebnis in Isabellas Kammer war mir mulmig zumute, sobald es um den Teufel ging. Trotzdem gefielen mir die Gruselgeschichten der alten Nonne deutlich besser, als ihre Moralpredigten über religiöse Tugenden, die ich nicht hatte, und auch gar nicht haben wollte.

»Oh, da gibt es viele Beispiele. Eines Nachmittags nähte Crocifissa ein Priester-Gewand, als Luzifer ihr den Stoff aus den Händen riss und ihn auf eine der Nonnen warf. Die fuhr herum, und da niemand den Teufel sehen konnte, dachte sie zuerst, Crocifissa hätte sie beworfen. Doch als sie das bleiche Gesicht ihrer Mitschwester sah, und hörte, wie sie *Gott, rette mich* flüsterte, war ihr sofort klar, wer hinter diesem Streich steckte. Diesmal hatte Satan versucht, die anderen Nonnen gegen Madre Crocifissa aufzubringen – doch er hatte wieder verloren.«

»Der Teufel war unsichtbar?«

Suor Immacolata nickte. »Madre Crocifissa hat ihn nie gesehen. Aber seine Präsenz, seine Boshaftigkeit und sein Gestank sind unverwechselbar. Da gibt es gar keine Zweifel. Wer ihm einmal begegnet ist, wird es nie wieder vergessen.« Sie blickte mich mit starren Augen an, sodass ich den Blick senken musste.

»Ein anderes Mal übernahm Crocifissa den Nachtdienst bei einer Nonne, die im Sterben lag. Zwei Stunden nach ihrem Tod hatte sie eine Vision der Verstorbenen, die im Himmel wilde Flüche ausstieß und von Dämonen umringt war. Crocifissa war erschüttert und brach in Tränen aus. Sie glaubte, die Seele ihrer Mitschwester sei verloren. Doch als sich die Gestalt der Kapelle mit dem Gemälde der Colomba Rosata näherte, stürzte sie mit einem Geschepper zu Boden, das so ohrenbetäubend war, als würde es die ganze Welt zerstören.« Suor Immacolata machte weit ausholende Bewegungen mit den Armen. »Dann offenbarte sie ihr wahres Gesicht: Satan war in den Körper der armen Nonne geschlüpft, um in Crocifissas Seele Misstrauen gegen Gott zu säen. Doch sie war nicht auf den Schwindel hereingefallen.«

Die Stuhlkanten drückten vom langen Sitzen in meine Oberschenkel und ich rutschte etwas nach vorne, um mein Gewicht zu verlagern. Die Teufelsgeschichten waren so spannend, dass ich darauf achtete, Suor Immacolata nicht in ihrem Redefluss zu stören. Nun hatte sie die Arme auf dem Tisch verschränkt und sich nach vorne gebeugt.

»Als Nächstes begann Satan, Crocifissas ohnehin schwache Gesundheit anzugreifen, indem er ihre Nachtruhe störte. Sobald sie einschlief, wachte sie von einer Stimme auf, die flüsterte: *Steh auf, du hast verschlafen. Du musst die Glocken läuten.* Crocifissa fuhr jedes Mal auf, stellte jedoch fest, dass es noch mitten in der Nacht war, und versuchte, weiterzuschlafen.«

»Das ist echt gemein«, flüsterte ich. »Wo sie doch eh schon jede Nacht um zwei und um vier Uhr zum Beten aufstehen musste.«

Suor Immacolata lachte auf. »Der Teufel *ist* gemein. Bösartig. Niederträchtig. Heimtückisch. Und seine Präsenz wurde immer stärker.«

Die Ecken des Aufenthaltsraumes kamen mir dunkler vor als sonst. Versteckte sich dort etwas? Lauschte noch jemand den Geschichten der Gruselgreisin?

»Eines Tages hörten ihre Mitschwestern, wie Crocifissa unter großer Anstrengung *Jesus, Jesus, Jesus* ächzte. Immer wieder *Jesus, Jesus, Jesus.* Die Nonnen fragten sie verwundert: *Kannst du denn nichts anderes mehr sagen?* Crocifissa antwortete: *Wenn ihr wüsstet, was es mich kostet, Jesus zu rufen ...* Denn der Teufel suchte sie mittlerweile sogar dann heim, wenn sie betete. Er wisperte Flüche in ihre Ohren und in ihr Herz. Sie verband mit dem Beelzebub nur das Adjektiv *verdammt,* und so versuchte er, sie dazu zu bringen, ihren Gott im Gebet zu verdammen. Irgendwann getraute sie sich nicht einmal mehr, den Namen Jesu auszusprechen, aus Angst, sie könnte ihn mit einem Fluch beschmutzen. Verstehst du?«

Ich nickte. Gebannt starrte ich Suor Immacolata an, die sich unter ihrem Habit zusammenkrümmte.

»Satan zermürbte Madre Crocifissa. Sie fürchtete, nicht genug gebetet zu haben. Sie war überzeugt davon, dass sie gesündigt hatte, deshalb ihr Leben lang leiden müsste und am Ende doch in der Hölle enden würde. Aus lauter Angst davor, auch noch große Schuld gegen Gott auf sich zu laden, wollte sie ihr Leben beenden.«

Ich starrte Suor Immacolata mit offenem Mund an. »Aber Selbstmord ist doch eine Todsünde«, wisperte ich tonlos und presste meine Hände zusammen.

»Allerdings.« Die Greisin nickte. »Madre Crocifissa ging in eine dunkle Ecke des Klosters, fiel dort vor einem Bild der Madonna auf die Knie und erzählte ihr weinend von ihrer ausweglosen Situation. Doch diesmal konnte nicht einmal Mutter Maria den Teufel aufhalten. Er sah seine Chance gekommen, Crocifissa endlich zu holen. Die Luft war so verpestet von seinem Gestank, dass sie kaum noch atmen konnte, und es war so heiß, als würden im Gang Flammen lodern. Eine boshafte Stimme befahl ihr immer wieder: *Bring dich um! Bring dich doch endlich um! Dein Gott liebt dich nicht mehr, siehst du das nicht? Er hat dich unserer Macht überlassen.*«

Ich presste meine Handflächen aneinander. Sie waren feucht. Dann schluckte ich trocken.

»Im letzten Moment wurde Madre Crocifissa klar, welchen Triumph sie Satan mit einem Selbstmord gönnen würde. Und widerstand.«

»Zum Glück«, entfuhr es mir, und mein Ausruf riss Suor Immacolata jäh aus ihrem Erzählfluss.

Sie tauchte aus ihrer gebückten Haltung und aus ihrer Geschichte auf. »Schluss für heute«, sagte sie. »Geh wieder zu den anderen Kindern.«

Jetzt erst merkte ich, mit welcher Anspannung ich ihr gelauscht hatte. Meine Kiefermuskeln waren hart, denn ich hatte die Zähne vor Aufregung zusammengebissen. Nun holte ich tief Luft und versuchte, die düsteren Bilder abzuschütteln, die in meinem Kopf herumspukten.

Eines wusste ich nun sicher: Ich wollte nicht so enden wie Isabella. Ich wollte nicht mein ganzes Leben lang zwischen diesen düsteren Mauern eingesperrt sein und immer nur beten, beten, beten. Und wozu das alles? Damit der Teufel mich irgendwann in den Selbstmord trieb? Nein. Ich musste hier raus.

Madre Crocifissa hatte die ganze Beterei offensichtlich nichts geholfen. Der Satan hatte sie trotzdem verfolgt und gequält. Er lauerte hier in jeder Ecke.

Ich erhob mich, zog meine Schuluniform glatt und verabschiedete mich von Suor Immacolata. Dann verließ ich den Aufenthaltsraum der Nonnen. Ich musste mich jetzt zwei ganz weltlichen Problemen widmen: meinem Streit mit Angela und meiner Flucht aus dem Kloster.

Flucht

Am Abend stand ich allein im Waschraum und putzte mir die Zähne. Als ich den Schaum ins Waschbecken spuckte, sah ich einen hellroten Faden. Ich hatte Zahnfleischbluten. Ich beobachtete, wie der Schaum in das dunkle Loch des Abflusses tropfte. Dann hob ich die Augen zum Spiegel und begann, Grimassen zu schneiden. »Eitelkeit ist Sünde. Wenn ihr zu lange in den Spiegel schaut, blickt euch irgendwann der Teufel daraus entgegen«, hatte Suor Immacolata einmal gesagt. Doch wenn ich allein war, schnitt ich trotzdem heimlich meine Grimassen. Es machte mir Spaß zu beobachten, wie sich mein Gesicht veränderte, wenn ich die Zunge herausstreckte oder die Mundwinkel auseinanderzog. Und mit Eitelkeit hatte das sicher nichts zu tun. Ich grinste und entblößte dabei meine Zähne.

Da sah ich in dem milchigen Glas, wie meine Pupillen oval wurden und die Form von Katzenaugen annahmen. Ich erstarrte. Durch meine eigenen Gesichtszüge schimmerte eine Fratze hindurch, so als wäre meine Haut durchsichtig. Blitzschnell streckte die Grimasse im Spiegel mir die Zunge heraus. Ich sprang zurück, kniff die Augen fest zusammen, und als ich sie wieder öffnete, sah ich nur mein eigenes Spiegelbild.

Ich rannte aus dem Waschraum, warf mich aufs Bett und vergrub den Kopf im Kissen. Ich versuchte, zu beten.

Mutter Maria voll der Gnade. Doch das Bild, das ich eben im Spiegel gesehen hatte, spukte in meinem Geist herum und lenkte mich ab. Ich konnte mich beim besten Willen nicht auf mein Herz konzentrieren, das ich mit Liebe anfüllen sollte, so wie es mir Isabella geraten hatte. Ich spürte keine Liebe, ich spürte nur Verzweiflung und Angst. Was war das gewesen?

»Was ist mit dir los?«, fragte Angela. Sie war zu mir gekommen und hatte sich auf die Bettkante gesetzt.

Erleichterung durchflutete mich. Eigentlich hatte ich vorgehabt, mich heute bei ihr zu entschuldigen, doch ich hatte es den ganzen Nachmittag vor mir her geschoben. Nun war ich unendlich froh, dass sie den ersten Schritt gemacht hatte. Es tat mir leid, dass ich so abweisend zu ihr gewesen war, doch das sagte ich ihr nicht. Stattdessen erzählte ich ihr mit klappernden Zähnen, was mir gerade passiert war. »Wer oder was war das? Verfolgt mich Satan jetzt, so wie er Isabella verfolgt hat? Oder hat er schon Besitz von mir ergriffen?« Mit tränenglänzenden Augen schaute ich sie an und griff nach ihrer Hand. »Ich will hier weg.«

»Ja.« Angela nickte bestimmt. »Du musst hier unbedingt raus. Und ich habe auch schon eine Idee. Wie wäre es, wenn du während der Pause vom Schulhof fliehst?«

Ich setzte mich auf und starrte sie an. Dass ich darauf nicht selbst gekommen war! Wir Klosterschülerinnen mussten zwar im ersten Stock bleiben und durften das Schulhaus während der Pause nicht verlassen. Aber auf dem Schulhof wimmelte es nur so vor Kindern, und es gab nur eine einzige Lehrerin, die Aufsicht führte. Da konnte ich bestimmt unbemerkt nach unten kommen und verschwinden. Denn nur ein niedriges Tor trennte den Pausenhof von der Straße.

»Hör zu.« Angelas Augen funkelten. »Ich lenke Signorina Sambito gleich zu Beginn der Pause ab, und du gibst Fersengeld. Du musst als Erste auf dem Hof sein, vor den anderen Kindern, damit dich keiner sieht und verpetzt. Dann rennst du los, so schnell du kannst. Erst wenn nach der Pause alle wieder ins Klassenzimmer zurückkommen, wird Signorina Sambito merken, dass du fehlst. Aber zu diesem Zeitpunkt hast du schon eine halbe Stunde Vorsprung.«

Ich nickte. »Das ist ein toller Plan.« Die Vorstellung, das Kloster zu verlassen und draußen durch die Straßen zu laufen, beflügelte mich. »Probieren wir es gleich heute?«

In den ersten beiden Schulstunden spielte ich die ganze Zeit mit meinem Füller herum, sodass meine Finger irgendwann voller Tintenflecken waren. Zum Glück rief mich Signorina Sambito nicht auf, denn ich hätte bestimmt gestottert. In meinem Kopf kreisten immer wieder dieselben Fragen: Würde unser Plan funktionieren? Würde mir die Flucht aus dem Kloster gelingen?

Als die Lehrerin endlich ihr Buch zuklappte, schoss ich von meinem Platz hoch und flitzte zur Tür hinaus. »Ich muss mal«, rief ich.

Im selben Moment hörte ich Angelas Stimme: »Signorina Sambito, mir ist schlecht, ich muss gleich spucken!«

Dann rannte ich los.

Wieselflink raste ich die Treppe hinunter, durch die Schultür und an der Mauer entlang bis zum Tor, über das ich mit einem einzigen Sprung hinwegsetzte. Es war, als würde sich all mein Heimweh in einer unglaublichen

Kraft entladen, die in meine Beine strömte und mich wie der Blitz die Gassen entlangflitzen ließ. Ich war frei.

Ich sog den Geruch der Draußenwelt ein. Heißer Asphalt und Currykraut. Mitten im Laufen machte ich einen Freudensprung und juchzte. Ein paar ältere Herren, die auf der Piazza herumstanden, sahen mir verwundert nach und schüttelten die Köpfe. Meine Lunge brannte, doch ich rannte immer weiter, bis ich in unserer Straße war und schließlich vor unserem Haus stand. Dann stützte ich die Hände auf die Oberschenkel und pumpte.

Die Fensterläden waren geschlossen und das Gras stand hoch im Garten. Faulige Früchte, die niemand geerntet hatte, lagen am Boden herum. Ich kletterte über das Gartentor und ging hinüber zum Stall. Leise rief ich Rominas Namen. Die Holztür ließ sich mit einem Quietschen öffnen und mir schlug der vertraute Geruch nach Ziege entgegen, der dem Stroh auf dem Boden entströmte. Der Stall war leer.

Ich ging hinter das Haus, berührte kurz den knorrigen Stamm des Olivenbaums und rief noch einmal nach meinem Hund. Ich lauschte, doch ich hörte nur das Sirren von Insekten und das leise Rauschen der Blätter im Wind. Dann machte ich mich auf den Weg zum Kalvarienberg. Ich würde Romina dort suchen.

Ich war erschöpft. Seit ich im Kloster war, war ich nicht mehr richtig gerannt, und schon gar nicht so eine lange Strecke. Doch die Aufregung und die Sorge um meinen Hund trieben mich wieder an, sodass ich im Dauerlauf zum Ort hinaustrabte, auf die Ruinen der Kirche zu. Hier draußen konnte ich lauter sein. »Romina!«, schrie ich gegen den Wind an. »Romina, wo bist du?«

Da sah ich einen braunen Hundekörper zwischen zwei Felsen und Freudentränen schossen mir in die Augen. »Romina!«, schrie ich und rannte auf das Tier zu. Doch als der Hund mit eingeklemmtem Schwanz die Flucht ergriff, sah ich, dass es gar nicht Romina war.

Ich wanderte nun zwischen den Gesteinsbrocken herum, schaute hinter Säulen und in den Bogengang, rief immer wieder ihren Namen. »Romina! Romina!« Wie ein Gebet, wie ein Zauberspruch, mit immer mehr Verzweiflung in der Stimme. Ach, könnte ich nur so inbrünstig beten, wie ich den Namen meines Hundes rief.

Irgendwann gab ich auf. Ich setzte mich auf einen Gesteinsbrocken, von dem aus man bis zum Meer sehen konnte, und ließ meinen Tränen freien Lauf.

Wie eine zähe, klebrige Flüssigkeit tropfte der ganze Schmerz des letzten Jahres aus meinem kleinen Körper heraus. Meine salzigen Tränen schienen sich mit der spiegelnden Fläche am Horizont verbinden zu wollen, bis sie endlich versiegten und nur Leere und Erschöpfung zurückließen.

Meine letzte Hoffnung war dahin. Das letzte Glühen, das mich noch an mein altes Leben gebunden hatte, war erloschen. Meine Familie hatte mich verlassen, mein Haus war nicht mehr mein Zuhause und meine treue Hündin war verschwunden.

Ich versuchte mir einzureden, dass Mama Romina an jemanden verschenkt hatte, der sie gern hatte. Dass sie ein liebevolles Zuhause gefunden hatte. Doch ich wusste selbst, dass das sehr unwahrscheinlich war. Viel eher hatte sich die treue Hündin aufgemacht, um uns zu suchen. Ihre Familie. Mich. Als ich mir vorstellte, wie sie abgemagert und mit wunden Pfoten die Küstenstraße entlanglief, stiegen wieder Tränen in meiner Kehle auf.

Meine Flucht war geglückt. Doch was sollte ich jetzt tun? Wohin könnte ich gehen? Sollte ich mich in unserem alten Ziegenstall verstecken? Dort könnte ich sicher die nächste Nacht verbringen. Aber dann? Ich hatte hier draußen keinen Menschen, der mir helfen würde. Ich war ein Kind. Ich hatte weder Geld noch etwas zu Essen.

Wie dumm ich gewesen war. Ich hatte nur an die Flucht gedacht und mir keine Sekunde lang überlegt, wohin sie führen sollte. Ich war so fest davon überzeugt gewesen, Romina zu finden. Zusammen mit meiner Beschützerin hätte ich jedes Abenteuer gewagt. Aber in Wirklichkeit hatte ich niemanden.

Diese Erkenntnis brannte sich glühend in mein Herz ein und saugte alle Kraft aus ihm heraus. Ich war mutterseelenallein. Keiner wollte mich. Nicht einmal meine eigene Mutter. Und das war schlimmer, als dem Teufel zu begegnen.

Da ich nicht wusste, was ich tun sollte, blieb ich einfach auf meinem Felsbrocken sitzen und sah weiter aufs Meer hinaus. Atmete Weite. Atmete Freiheit. Füllte meinen Brustkorb mit Meerwind an.

Schmerzlich wurde mir bewusst, dass die einzigen Menschen, die sich für mich interessierten, Angela und Suor Immacolata waren. Und der einzige Ort, an dem ich Schutz und Geborgenheit finden konnte, war das Kloster. Meine einzige Heimat. Was ich so lange bekämpft hatte, wogegen ich mich mit jeder Faser meines Körpers gewehrt hatte, war meine einzige Alternative. Es war absurd. Aber es war so. Meine ganze schöne Freiheit hier draußen würde mir rein gar nichts helfen, denn sie bedeutete nur Hunger und Elend.

Als sie kamen, um mich zu holen, hatte ich meinen Frieden mit dem Kloster gemacht. Ich sah die beiden Frauen am Ende des Weges auftauchen wie eine Fata Morgana. Mit energisch ausschlagenden Ellbogen kamen die Oblatinnen Calogera und Francesca immer näher.

»Du freche Göre«, zeterte Calogera schon von weitem los und gestikulierte wild. »Bist Du wahnsinnig, einfach wegzulaufen? Suor Immacolata wird fast verrückt vor Angst um dich.« Sie blähte die Nasenflügel. »Das ist also der Dank dafür, dass wir dich im Kloster durchfüttern.«

Ich wehrte mich nicht, als sie mich am Arm packte und grob von meinem Felsen herabzerrte. Dann verpasste sie mir eine schallende Ohrfeige. Und noch eine.

»Jetzt reicht es aber«, sagte Francesca zu ihr.

»Los, komm mit!« Calogera stieß mich vor sich her in Richtung Kloster.

Mir war diese Behandlung völlig egal. Ich war wie betäubt. Wie eine Marionette setzte ich einen Fuß vor den anderen. Die ganze Hauptstraße entlang. Auch als wir in eine Schafherde gerieten, die gerade durchs Dorf getrieben wurde, trottete ich stur weiter. Die Tiere schabten mit ihrer Wolle an meinen Strumpfhosen entlang, doch ich spürte sie gar nicht.

Calogera wetterte immer wieder los. »Nicht zu fassen!«, rief sie aus. Oder: »Ich glaube es einfach nicht!«, bis wir schließlich am Fuß der steinernen Treppe angekommen waren, die ich zuletzt mit meiner Mutter hinaufgestiegen war. Nun erklomm ich sie alleine und dachte dabei an Isabella, die ebenfalls ein zweites Mal ins Kloster gegangen war. Ich versuchte, dieselbe Überzeugung an den Tag zu legen, welche die junge Tomasi gehabt hatte.

Ab sofort würde ich es wirklich versuchen. Zu beten, Sünder zu retten und zwischen den Klostermauern Demut zu üben. Ich würde den Weg annehmen, den Gott, Madre Crocifissa und Suor Immacolata für mich vorgesehen hatten, und wenn er auch noch so viele Entbehrungen für mich bereithielt. Ich hatte keine andere Wahl. Es gab eine Zeit zu zweifeln und eine Zeit zu glauben. Und die war jetzt gekommen.

Noch einmal atmete ich tief durch, dann nahm ich den eisernen Ring und klopfte damit dreimal fest gegen die Holztür, bevor die Oblatinnen das für mich tun konnten.

Als sich die Tür öffnete, erschrak ich. Suor Immacolata war völlig verstört. Ihre Strenge hatte sich in Tränen aufgelöst und sich durch die Furchen in ihrer Haut über das ganze Gesicht verteilt.

»Bitte verzeiht mir, *Matri me*«, murmelte ich zutiefst beschämt und fiel vor ihr auf die Knie. »Ich werde nie wieder weglaufen.« Mit gesenktem Kopf erwartete ich meine Strafe, doch was dann geschah, warf mich völlig aus der Bahn. Die Greisin umarmte mich.

»Ich habe mir solche Sorgen um dich gemacht«, flüsterte sie mit erstickter Stimme. »Du dummes Kind.«

Ich kuschelte mich in ihren schwarzen Habit, der meine Tränen aufsaugte. Ich wollte für immer in dieser unbeholfenen und etwas kantigen Umarmung versinken, in der ich mir die Nase am Busen der alten Nonne plattdrückte. Genau so hatte ich mir das Wiedersehen mit meiner Mutter tausendmal erträumt. Es gab sehr wohl jemanden auf dieser Welt, der mich liebte. Das *Matri me* –

meine Mutter, gegen das ich mich so lange gewehrt hatte, war wie von selbst über meine Lippen gekommen.

»Geh zur Madonnina und bete«, sagte sie.

Verwirrt sah ich auf. Bekam ich keine Strafe?

Die Greisin scheuchte mich mit wedelnden Handbewegungen fort. Schnell stand ich auf und rannte ins Studierzimmer. Dort kniete ich mich zitternd vor die Statue hin. Zum ersten Mal gelang es mir, aufrichtig zu ihr zu beten, lang und innig. Ich versprach ihr, eine brave Gottesdienerin zu werden und bat sie darum, mich auf meinem Weg zu beschützen. Denn nun waren wir alle auf ewig zusammen eingesperrt: Isabella, der Teufel und ich.

Der Brief des Teufels

Mein Fluchtversuch hatte alles verändert. Die Kinder begegneten mir jetzt mit der gleichen Bewunderung, die sie Angela entgegenbrachten, und auch die Froschaugen-Königin selbst zeigte offen ihre Freundschaft zu mir. Ich war eine Art Heldin geworden. Die erste Klosterschülerin, die es nicht nur gewagt, sondern es auch geschafft hatte, abzuhauen.

Selbst Suor Immacolata verhielt sich nun anders. Unter dem Vorwand, dass sie schließlich ein Auge auf mich haben müsse, falls ich wieder versuchen würde zu fliehen, befasste sie sich noch häufiger mit mir als früher. Die Mädchen waren deswegen aber nicht mehr eifersüchtig, sondern akzeptierten meine Sonderstellung. Das Einzige, was ihnen merkwürdig vorkam, war meine neue Frömmigkeit.

Ich betete mit kräftiger Stimme, schloss dabei die Augen und hob sogar die Hände inbrünstig zur Decke. Vor allem Angela sah mich oft skeptisch von der Seite an.

Suor Immacolata war hingegen äußerst zufrieden. »Du bist ein Vorbild für alle anderen«, lobte sie mich, und ich durfte als Belohnung für mein christliches Verhalten ständig die Kurbel in der Kirche drehen.

Als die Kinder in den Weihnachtsferien wieder zuhause waren, saß ich oft stundenlang mit der Nonne an dem langen Tisch im Aufenthaltsraum. Es schien, als würde es hinter den Fenstergittern überhaupt nicht mehr hell werden. Die immerwährende Kälte kroch mir in die Knochen. Ich fröstelte ständig, denn es gab keine Heizung, und die feuchte Luft hatte lediglich um die zehn Grad Temperatur. Sogar meine Schuluniform war klamm.

Wir bastelten Krippenfiguren und knüpften Rosenkränze aus getrockneten Orangen, die schwarz, schrumpelig und klein wie Murmeln waren. Dabei erklärte mir die Greisin Bibel-Gleichnisse. Sie sprach ununterbrochen von Jesus, Mutter Maria und dem Herrn im Himmel. Und natürlich redete sie auch davon, wie erfüllend es sei, Gott zu folgen und Nonne zu werden.

Ich versuchte zuzuhören, doch meist schweifte ich nach einer gewissen Zeit ab und gab mich meinen eigenen Gedanken und Erinnerungen hin. Voller Sehnsucht dachte ich an die Weihnachtszeit bei uns zu Hause mit Mama zurück. Dort bullerte ein warmes Feuer im Ofen und ich durfte auf der Kommode im Wohnzimmer eine Krippe mit Holztieren aufbauen. Über dem Stall, in dem das Jesuskind lag, montierte Mama zum Schluss eine bunte Lichterkette, die lustig blinkte.

Das Schönste an der Adventszeit war, dass die lange Treppe unseres Doms jeden Samstagnachmittag zu einer lebenden Krippe wurde. Die Dorfbewohner verkleideten sich als Hirten, als Heilige Drei Könige und als Maria und Josef. Es gab sogar ein echtes Baby. Für die Familie, die auserwählt wurde, ihr Neugeborenes als Jesuskind zur Verfügung zu stellen, war das eine große Ehre.

Antike Marktstände säumten die Straße, Musiker und Tänzer traten auf, und die Hirten zimmerten Gehege, in denen sie ihre Tiere zur Schau stellten. Auch ich hatte letztes Jahr einen Verschlag für unsere Ziege Emma aufgebaut und dick mit goldgelbem Stroh ausgelegt.

Ich schloss die Augen und versuchte, mir den Duft des leckeren Weihnachtsreises ins Gedächtnis zu rufen, der jedes Jahr durchs Haus zog, wenn meine Mutter am 25. Dezember mittags die Ofentür aufzog. Zimt- und Nelkenaromen mischten sich mit dem Geruch des zart gekochten Truthahn-, Rinder- und Schweinefleisches. Es gab nur selten Fleisch, deshalb war dieses Gericht eine echte Spezialität für uns. Am leckersten war aber die Kruste aus Mozzarella, die knackte, wenn man draufbiss. Danach grillten wir Artischockenhälften mit Olivenöl und Salz. Mir lief das Wasser im Mund zusammen.

Ich hatte mich dem Alltag im Kloster hingegeben. Die tägliche Routine hatte etwas Tröstliches. Ich hörte auf, ständig nachzugrübeln, denn das führte ohnehin zu nichts. Ich stand auf, sprach meine Gebete, erledigte meine Aufgaben, aß, ging zu Bett. Doch in solchen Momenten, wenn ich an die Zeit mit meiner Mutter zurückdachte, packte mich wieder die Wehmut. Zusammen mit der Traurigkeit und der Sehnsucht, die mich langsam aber unaufhörlich anfüllten, bis ich Angst hatte überzulaufen, kamen auch die bohrenden Fragen zurück. Warum hatte mich meine Mutter verlassen? Was hatte ich ihr getan? Warum liebte sie jemanden wie meinen Vater mehr als mich? Wo war sie? Wie ging es ihr? Würde sie je wiederkommen, um mich hier herauszuholen? Würde ich sie überhaupt je wiedersehen?

An diesem eisigen Dezembertag formte sich zum ersten Mal eine ganz neue Frage in meinem Kopf, die mich erschreckte: Wollte ich meine Mutter überhaupt noch wiedersehen? Oder war die Verletzung so schmerzhaft, der Zorn so brennend, die Enttäuschung so dunkelschwarz, dass es besser wäre, mit ihr abzuschließen?

Im Alltag spürte ich den Stachel, der tief in meinem Herzen steckte, kaum. Mein Körper und ich hatten uns an ihn gewöhnt und blendeten ihn einfach aus. Aber wenn er sich in solchen Augenblicken bemerkbar machte und mein Herz anfing, sich um ihn herum zu bewegen, begann er erst zu stören, dann zu reiben und schließlich zu stechen. Das einzige, was mir Erleichterung verschaffte, war, mein inneres Leid in einem äußeren, körperlichen Schmerz zu kanalisieren.

»Alles in Ordnung?« Suor Immacolata blickte von ihrem Rosenkranz auf.

»Ja klar.«

Ich wartete, bis sie ihre Arbeit wieder aufnahm. Dann versteckte ich den linken Daumen hinter meiner Handfläche und schob mit der rechten Hand die Nadelspitze unter meinen Fingernagel. Die Haut trennte sich mit einem scharfen Brennen vom Horn. Langsam trieb ich die Nadel weiter in mein Nagelbett hinein und hielt die Luft an. Der Schmerz wurde fast unerträglich. Ich bewegte den dünnen Metallstift hin und her, bis sich die Wunde mit Blut füllte und zu pulsieren begann. Alle meine Sinne sammelten sich in dem winzigen Loch. Ich zog die Nadel heraus und konnte wieder ruhig atmen.

Ich wollte mit niemandem über meine Mutter sprechen, denn es war weniger schmerzhaft, wenn der Stachel unbemerkt blieb und keiner an ihm rührte. An meiner Situation änderte es ohnehin nichts. Im Gegenteil. Es riss nur immer wieder alte Wunden auf, über Mama nachzudenken. Deshalb war es besser, meine Trauer für mich zu behalten und wieder tief nach unten zu schieben.

»Erzählen Sie mir von Madre Crocifissa?«, bat ich Suor Immacolata, um mich von meinen trüben Gedanken abzulenken. Außerdem brauchte ich eine Abwechslung von den ganzen Bibelgeschichten.

»Wo waren wir letztes Mal stehengeblieben?«, fragte sie mich, während sie mit ihrer Nadel ein Loch durch eine getrocknete Orange bohrte.

»Bei Crocifissas Begegnungen mit dem Satan.«

Die alte Nonne nickte und dachte kurz nach. »Vom Brief des Teufels habe ich dir noch nicht erzählt, oder?« Als ich den Kopf schüttelte, raunte Suor Immacolata: »Dann hör jetzt gut zu.« Sie legte die Nadel weg und rieb sich die Hände.

»Eines Nachmittags versammelten sich die Nonnen im Chor, doch Crocifissa erschien nicht. Das war ungewöhnlich, denn sie ließ nie ein Gebet aus. Die Äbtissin war beunruhigt und wollte nach ihr sehen. Sie pochte an die Zellentüre, erhielt aber keine Antwort.

Als sie die Tür öffnete, schrie sie auf. Crocifissa saß zusammengesunken auf dem Boden, bleich und schwer atmend. Sie stütze sich mit ihren Armen ab, als hätte sie vergeblich versucht aufzustehen. Ihr Kopf hing herab und ihr Blick war starr auf den Boden gerichtet. Neben ihr lag ein umgekipptes Tintenfass, aus dem eine schwarze Pfütze sickerte und sich um Crocifissas Schreibfeder sammelte.«

Ich legte ebenfalls Nadel und Faden ab und lauschte Suor Immacolata. Was war Isabella diesmal passiert? Was hatte ihr der Teufel diesmal angetan?

»Die anderen Nonnen waren herbeigeeilt, und Crocifissas Schwester Lanceata schob die Äbtissin auf die Seite, um einen Blick in die Zelle zu werfen. *Was ist mit dir?*, flüsterte sie besorgt und näherte sich der Nonne vorsichtig. Sie kniete sich hinter ihre Schwester und berührte sanft ihre Schulter. Crocifissa antwortete nicht. Nur ein kaum hörbares Ächzen kam über ihre Lippen. Lanceata sah, dass sich die Schweißperlen, die unter ihrem weißen Schleier hervortraten, kurz vor ihrem rechten Ohr zu einem Rinnsal sammelten. *Sie ist nicht bei Sinnen*, flüsterte Lanceata den anderen Frauen zu, die sich vor der Tür drängten. *Sie hat wieder eine ihrer Visionen.* Die Äbtissin bekreuzigte sich und murmelte: *Hoffentlich haben ihr die Dämonen diesmal nicht allzu übel mitgespielt.*«

Suor Immacolata schnellte plötzlich von ihrem Stuhl hoch und ich fuhr zusammen. Dann wurde ihre Stimme lauter: »Ruckartig richtete Crocifissa ihren Oberkörper auf, hob den Kopf und starrte ihre Schwester mit stierem Blick an. Lanceata zuckte zurück. Crocifissas linke Gesichtshälfte war mit schwarzer Tinte verschmiert. Nun streckte ihr die Nonne wortlos ein Stück Papier entgegen. Lanceata konnte die merkwürdigen Zeichen darauf nicht entziffern.«

Suor Immacolata begann, um den Tisch herumzuschleichen und duckte sich dabei. »*Was ist das?*, fragte Lanceata. Das Blut unter Crocifissas wächserner Haut schien langsamer zu fließen und kälter zu sein als sonst. *Das ist der Brief des Teufels*, wisperte sie.«

Suor Immacolata stand nun vor mir und ballte die Hände zu Fäusten. »Lanceata öffnete die Finger ihrer Schwester, die das Papier so fest umkrallten, dass ihre

Knöchel weiß leuchteten. Die anderen Nonnen betraten nun ebenfalls die Zelle und sahen sich dabei unruhig um. Vielleicht hockte das Böse, das ihre Mitschwester zweifelsohne wieder heimgesucht hatte, noch in irgendeiner Ecke?«

Mein Blick irrte in dem düsteren Aufenthaltsraum herum und mit dem Zeigefinger drückte ich immer wieder auf meinen blutunterlaufen Daumennagel.

»Lanceata übergab der Äbtissin das Dokument, das über und über mit schnörkeligen Zeichen beschrieben war, die sie noch nie gesehen hatte. Die Mutter Oberin zog ihre Augenbrauen hoch, und die anderen Nonnen, die sich um sie drängten, um einen Blick auf das Papier zu erhaschen, zuckten die Schultern. *Was ist das?*, fragte nun auch die Äbtissin.«

»Ja, was war das?« Ich hielt die Spannung kaum noch aus und widerstand nur mit Mühe dem Impuls, ebenfalls aufzustehen.

Suor Immacolata war wieder an ihren Platz zurückgekehrt, legte ihre Hände auf die Stuhllehne und sah mich über den Tisch hinweg an. »Crocifissas Stimme krächzte vor Anstrengung, als sie ihren Mitschwestern berichtete, was geschehen war.«

»Und was?« Ich rutschte auf meinem Stuhl herum.

»Sie war gerade dabei gewesen, an ihren Beichtvater zu schreiben, als sie ein Brausen vernahm. *Diese Sache* begann wieder. Undeutliche Stimmen kamen und gingen. Dann drangen immer mehr raue, metallisch klingende Wörter zu ihr durch. Eine ganze Horde Dämonen musste in ihre Zelle eingebrochen sein. Aus dem Gewirr hörte sie eine modrige Stimme heraus, die in ihr Ohr hauchte: *Schreib doch nicht so eine dumme und nutzlose Abhandlung an deinen Beichtvater! Schreib stattdessen einen Brief direkt an Gott. Los. Ich diktiere ihn dir.* Crocifissa war starr vor Angst und ihr Herz pochte wild unter dem schwarzen Habit. *Hör zu. Gott ist in Wahrheit ungerecht.* Die Stimme wurde jetzt lauter. *Schreib ihm das!* Doch was ihr der Teufel dann diktierte, trieb der Nonne Tränen in die Augen.«

»Und was war das?«

Suor Immacolata winkte ärgerlich ab und ging nicht auf meine Frage ein. »Crocifissa verstand sofort, worauf Luzifer hinauswollte. Er wollte eine Beschwerde direkt aus der Höllenglut an den Herrn im Himmel richten, und sie, die heilige Nonne, sollte ihn verfassen, damit Gott ihn auch lesen würde. Einen Brief des Satans würde er überhaupt nicht beachten. Aber ein Schreiben von ihr, seiner treuesten Dienerin, sehr wohl.«

Suor Immacolata fuhr ihren Geschichten-Zeigefinger aus. »Natürlich weigerte sie sich, diesen blasphemischen Forderungen nachzukommen.«

»Klar.« Ich nickte.

Jetzt verstellte Suor Immacolata ihre Stimme und imitierte das Fauchen des Teufels. »*Dann muss ich den Brief eben selbst schreiben!* Crocifissa versuchte, den Befehl zu ignorieren und weiter an ihren Beichtvater zu schreiben. Doch die Feder kratzte immer schwerer über das Papier, bis Crocifissa sie nicht mehr bewegen konnte. Die Verzweiflung wollte sie übermannen. Und in diesem Augenblick der Schwäche übernahm etwas anderes die Kontrolle. Ihre Hand glitt jetzt schnell und sicher übers Papier und kritzelte rätselhafte Symbole darauf, die der

Nonne völlig fremd waren, obwohl sie sehr gebildet war. Sie beherrschte mehrere Sprachen, doch das, was der Teufel da mit ihrer Hand schrieb, war weder Latein noch Griechisch.

Sie versuchte mit aller Kraft, die Kontrolle über die Feder wiederzuerlangen. Es gelang ihr für einen kurzen Moment. Gerade genug, um den verzweifelten Klagelaut *ojemine* niederzuschreiben. Ein winziges, menschliches Wort unter all den mächtigen Hieroglyphen. Dann riss Satan die Feder wieder an sich.«

Suor Immacolatas Augenbrauen tanzten und sie schüttelte ihren Zeigefinger. »Doch der Teufel hatte noch lange nicht genug. Nun versuchten die Dämonen, die Nonne mit immer schmählicheren Beleidigungen und grausameren Drohungen dazu zu bewegen, ihre Unterschrift unter den Brief des Teufels zu setzen. Sie schubsten sie herum und schlugen auf sie ein. Crocifissa war am Ende ihrer Kräfte. Schließlich nahm sie die Feder in die Hand. Doch sie setzte ihren Namen nicht unter das Schreiben. Denn hätte sie diese Anschuldigung unterzeichnet, hätte das ja bedeutet, dass sie damit einverstanden war, was dort geschrieben stand. Nein. Solche Vorwürfe gegen Gott konnte sie nicht erheben. Lieber würde sie sich totschlagen lassen.«

Ich hielt die Luft an. Würde Isabella es auch diesmal schaffen, Satan die Stirn zu bieten?

»Der Teufel, der sich seines Triumphes bereits sicher gefühlt hatte, brüllte vor Wut. Die Dämonen hieben auf sie ein, um ihrem Zorn Luft zu machen, obwohl sie längst begriffen hatten, dass die Nonne stärker war als sie. Als sie die Zelle endlich verließen, hielt Satan inne, hob das

Tintenfass auf und schleuderte es Madre Crocifissa ins Gesicht, sodass die pechschwarze Tinte über ihre Wange spritzte.« Suor Immacolata bekreuzigte sich.

»Und was stand nun in dem Brief?«, fragte ich atemlos.

»Das weiß niemand.« Die Nonne hob die Schultern. »Crocifissa wollte nie verraten, wie die Botschaft des Teufels lautete, und welche Anschuldigungen er gegen Gott erhob. Sie wollte Satan kein Gehör verschaffen. Deshalb nahm sie ihr Geheimnis mit ins Grab.«

Ich war erleichtert, weil Isabella auch diesmal wieder als Siegerin aus ihrem Kampf mit dem Teufel hervorgegangen war. Gleichzeitig war ich aber auch enttäuscht. »Hat ihn denn nie jemand lesen können? Gar niemand?«

Suor Immacolata schüttelte den Kopf. »Der Brief wurde oft untersucht, doch bis heute konnte kein Wissenschaftler die unheimlichen Zeichen entziffern.«

Mein Magen kribbelte. »Und wo ist der Brief jetzt?«

»In Madre Crocifissas Zelle.« Die Greisin nahm ihre Nadel wieder auf und durchbohrte die nächste getrocknete Orange. Dann sah sie mich scharf an. »Untersteh dich, dort hinzugehen. Der Brief ist Teufelswerk.«

Als ich abends im Bett lag, wartete ich ungeduldig auf das leise Schnarchen hinter dem Vorhang, um meinen heimlichen Streifzug anzutreten. Ich hatte mir zwar geschworen, nachts nicht mehr alleine im Kloster herumzuschleichen, und Suor Immacolata hatte es mir ausdrücklich verboten. Doch diesen Brief musste ich mir einfach ansehen. Nach den letzten Monaten der Eintönigkeit elektrisierte mich die Lust auf ein wenig Abwechslung. Außerdem hatte ich so innig gebetet, dass ich mich einigermaßen sicher fühlte.

Ich schreckte von einem unheimlichen Heulen auf. War ich doch eingeschlafen? Ich starrte in die Dunkelheit des leeren Schlafsaales und hielt den Atem an. Dort war nichts. Nur undurchdringliche Schwärze. Das Heulen wurde lauter, und nun mischte sich auch ein Sirren und Pfeifen dazu. Dann erschütterte ein ohrenbetäubender Knall das ganze Kloster, und nur wenige Sekunden darauf wurde es für einen Moment taghell. Ich atmete erleichtert auf. Das war nur ein Gewitter.

Draußen tobte ein Unwetter. Der Sturmwind pfiff um die Klosterecken, rüttelte an den Läden und fuhr durchs Gebälk. Ich lauschte den unheimlichen Geräuschen und rutschte tief unter meine Bettdecke. Der nächste Donner klang schon etwas leiser, und der Abstand zum nächsten Blitz war ebenfalls länger. Ich entspannte mich etwas. Das Gewitter zog schon wieder fort. Das Heulen des Windes ebbte jedoch keineswegs ab, und je länger ich ihm lauschte, desto sicherer war ich, dass ich noch etwas anderes hörte. Ein Wehklagen, das leiser wurde und dann wieder anschwoll. Weinte da jemand? Ich dachte an die Kinder, die niemand wollte. Hatte etwa eine Mutter ihr Neugeborenes in das hölzerne Drehregal unten im Vorraum gelegt? Sollte ich nachsehen?

»Liebe Madonnina, liebe Isabella, bitte beschützt mich«, flüsterte ich, bekreuzigte mich dabei und kroch dann unter der Bettdecke hervor. Die Kälte des Steinbodens ließ meinen ganzen Körper erschauern. Ich warf meine Schuluniform über, schlüpfte in ein Paar Wollsocken und schlich aus dem Schlafsaal.

Das Wimmern kam nicht von unten, sondern aus dem Korridor, der zu Madre Crocifissas Zelle führte – die letzte Tür in diesem Gang. Ich schob mich langsam an der Wand entlang und spürte meinen Herzschlag bis in die Schläfen. Angestrengt starrte ich in die Richtung, aus der das Geräusch kam. Neben der Tür zu Madre Crocifissas Zelle war eine kleine Kapelle aus dunklem Holz, auf deren Altar immer Kerzen brannten. Das Licht flackerte wild und ließ Schatten an der Wand entlang tanzen.

Je näher ich der Zellentür und der Kapelle kam, desto kälter wurde es. Ein eisiger Lufthauch fuhr mir um die nackten Beine. Es war bestimmt nur der Wind, der hier so heulte und wimmerte, versuchte ich mir einzureden. Die Rückseite der Kapelle war offen. Sie bestand nur aus einem blickdichten Gitter, das auf die Piazza hinaus ging. Dort brauste der Sturm herein, brachte das Metall zum Sirren und löschte beinahe die Kerzen. Ja, es war nur der Wind. Ich atmete auf. Aber nur kurz. Denn nun schoss mir ein anderer Gedanke durch den Kopf: Hoffentlich verloschen die Kerzen nicht. Dann würde ich hier im Stockdunkeln stehen. Ich musste mich beeilen.

Ich drückte die Klinke herunter und huschte durch die finstere Türöffnung. In dem unruhigen Licht, das vom Flur hereinfiel, suchte ich mit den Augen Madre Crocifissas Andenken ab. Da sah ich ihn. Den Brief. Bei meinem ersten Besuch hatte ich ihn nicht bemerkt. Ein unauffälliges, zusammengerolltes Stück Papier zwischen all den Geißeln und Bußgürteln.

Vorsichtig griff ich nach dem Dokument und passte auf, dass meine Finger die Marterinstrumente nicht berührten. Zur Sicherheit murmelte ich ein *Vater Unser* vor mich hin. Dann löste ich behutsam das Band, das ihn zusammenhielt, rollte das filigrane Stück Papier auseinander und betrachtete die geheimnisvollen Zeichen. Manche ähnelten Buchstaben aus unserem Alphabet, andere sahen eher aus wie kleine Zeichnungen oder Symbole, die ich in meinem Schulbuch im Kapitel über die alten Ägypter gesehen hatte. Ich starrte den Brief an, bis die diabolischen Buchstaben vor meinen Augen verschwammen. Mir wurde schwindelig und ich strauchelte gegen die Wand. Da spürte ich, wie die Mauer unter meinen Händen heiß wurde und zuckte wieder zurück. Ein modriger Gestank durchdrang die Zelle und legte sich zäh in meine Nasenlöcher. Um die geheimnisvollen Zeichen breiteten sich schwarze Flecken aus. Flammen züngelten auf und zerfraßen das teuflische Dokument.

Ich fühlte einen brennenden Schmerz an der Hand, ließ das Pergament auf den Boden fallen und schlug die Tür hinter mir zu. So schnell wie diesmal war ich noch nie gerannt. Instinktiv lief ich zum Studierzimmer und warf mich vor der Madonnina auf den Boden. War das der Teufel gewesen? Spürte er, dass ich in Wahrheit immer noch nicht aufrichtig glaubte, so sehr ich es auch allen anderen, und am meisten mir selbst, vorspielte? Versuchte er jetzt, mich zu holen?

Wie dumm war ich nur gewesen, Suor Immacolatas Warnung in den Wind zu schlagen. Ich umklammerte den Fuß der Statue und wünschte, ich wäre in Isabellas Kammer, damit sie mir helfen könnte.

Ich kniff die Augen fest zusammen und dachte immer wieder: *Isabella! Isabella! Isabella!*, bis sich ein ziehender Schmerz in meinem Kopf ausbreitete. Dann öffnete ich die Augen wieder und richtete mich zum Knien auf. Tatsächlich. Dort hinten sah ich das Nachthemd des Mädchens in der Finsternis leuchten. Ich seufzte erleichtert. Zum Glück war sie da.

Nun erklang auch ihre helle Kinderstimme. »Nimm dich in Acht, Filomena. Satan ist mitten unter uns.« Sie sah mich an, und mir fiel auf, wie schwarz ihre Augen aus dem blassen Gesicht hervorstachen. »Die Menschheit hat ihren Frieden verloren. Neid, Eifersucht, Missgunst, Zorn, Hass und Krieg sind untrügliche Zeichen dafür, dass Luzifer mitten unter uns weilt.«

Ich stellte mir vor, wie ein kniehoher Kobold kichernd zwischen den Beinen der Menschen umherhuschte.

Isabella schüttelte den Kopf und lächelte. »Nein, nein, er ist keineswegs das freche Teufelchen mit zwei Hörnern und roter Kleidung, wie du vielleicht glaubst.«

Ich erschrak. Konnte sie meine Gedanken lesen? Sie kam ein paar Schritte auf mich zu, und das Leuchten ihres weißen Gewandes wurde heller. »Weißt du, dass der Teufel einst ein Engel war? Einer der herrlichsten und prächtigsten oben im Himmel?«

Ich schüttelte den Kopf.

»Luzifer bedeutet Lichtbringer. Er war ein leuchtendes Beispiel für die anderen Engel, der Sohn der Morgenröte, der Morgenstern. Doch er wurde hochmütig und wollte Gott nicht mehr als seinen Herrn anerkennen. *Zum Himmel will ich hinaufsteigen, hoch über die Sterne Gottes meinen Thron erheben.* Ja, er wollte sich gar über ihn stellen. Mit einem Gefolge von Engeln zog er in den Kampf gegen den Erzengel Michael.«

Ich sah Gott in einem Strahlenkranz vor mir, voll überfließender Liebe, großmütig und barmherzig, wie er milde auf die Erde hinabsah. Dann betrat Luzifer die

Himmelsbühne. Ein anmutiger Krieger mit stolz erhobenem Haupt, in dessen Blick das Feuer der Freiheit loderte. Er hatte hohe Wangenknochen und ließ seine Muskeln spielen. So sehr ich mich auch dagegen wehrte, ich fand ihn toll. Und ich konnte mich viel besser in ihn hineinfühlen, als in den ewig leidenden Christus am Kreuz, der sich immer nur demütigen ließ und alles hinnahm.

Ich hatte noch immer nicht genau verstanden, warum Gott aus Liebe zu den Menschen zugelassen hatte, dass sein eigener Sohn gekreuzigt worden war. Aus irgendeinem Grund war das nötig, damit den Menschen ihre Sünden vergeben werden konnten. Doch mir war nicht klar, warum. Es war ja Gott selbst, der die Sünden vergab. Dann hätte er das doch auch einfach so tun können, ohne dass Jesus so grausam gefoltert wurde, oder?

Eine vernünftige Antwort auf diese Frage hatte mir nicht einmal Suor Immacolata geben können. Sie schärfte mir nur ein, dass ich trotz allen Einflüsterungen des Bösen – und nichts anders waren solche Zweifel – fest daran glauben musste, sonst würde ich der ewigen Verdammnis anheimfallen. In die Unterwelt hinabfahren. Für immer im Fegefeuer braten.

Vor meinem inneren Auge sah ich also zwei junge Männer vor mir, beide stark, beide auf ihre Art und Weise glänzend. Ebenbürtige Gegner.

Konnte tatsächlich der Lichtbringer, dieser schöne Rebell, der für seine Freiheit kämpfte, die ewige Verdammnis sein? Unwillkürlich schüttelte ich den Kopf. Beinahe hätte ich diese Frage laut ausgesprochen, doch solch lästerliche Worte an einem heiligen Ort zu formulieren, war unerhört.

Isabella hatte mich nun fast erreicht. »Natürlich ist Luzifer unserem Herrn im Himmel nicht ebenbürtig«, sagte sie. »Nichts und niemand kann je so herrlich sein wie Gott. Hochmut ist Sünde. Und zur Strafe für seinen Ungehorsam wurde Luzifer mitsamt all der Engel, die ihm bei seiner Rebellion folgten, in die Hölle hinabgestürzt. Von dort aus rächt er sich nun bis in alle Ewigkeit, indem er die Menschen zur Sünde verführt. Um Gott wehzutun, versucht er, sich seine brävsten Lämmer zu holen. Seine glühendsten Verehrer. Seine demütigsten Diener.«

So dicht war Isabella noch nie vor mir gestanden. Ihre Augen waren genau wie auf dem Porträt: gleichzeitig leer und durchdringend. Ein schwacher Rosenduft wehte mir um die Nase. Sie streckte die Hand nach mir aus.

»Satan ist die Qual aller Heiligen. Aber die Heiligen sind auch die Qual Satans. Und wenn der Teufel uns eines Tages nicht mehr heimsucht, dann sind wir seine Freunde geworden. Also nimm dich in Acht vor seinen Versuchungen, Filomena.«

Ich spürte eine warme Berührung auf meiner Schulter, dann war sie verschwunden.

Welche Versuchungen?, fragte ich mich. Was sollte es hier im Kloster schon für Versuchungen geben? Im selben Moment wurde mir klar, dass der leuchtende Luzifer, den ich gerade gesehen hatte, eine solche Versuchung war. Eine Hitzewelle schoss durch meinen Körper. Es konnte ja nicht angehen, dass der Teufel ein herrlicher Engel gewesen war, der nur für seine Freiheit einstand. Dieser Impuls, ihm zu folgen, die Faszination bei seinem Anblick war nichts anderes als eine Verblendung gewesen. Das war er, Satan, der mich holen wollte. Jetzt verstand ich alles.

»Danke für deine Warnung, Isabella«, flüsterte ich in die Düsternis hinein, bekreuzigte mich und setzte zu einem *Vater Unser* an. Sie musste ja schließlich wissen, wovon sie sprach. Immerhin hatte sie ihr ganzes Leben lang mit Luzifer gerungen. Und gerade hatte sie mich schon wieder vor ihm beschützt. Die eisige Kälte des Steinbodens löschte die Hitze in mir.

Die Tür knallte auf. »Hier bist du!«, rief Suor Immacolata. Sie trug nur ein Nachthemd und die Haube auf ihrem Haar war verrutscht, sodass ein paar graue Strähnen heraushingen. »Ich habe dich schreien gehört.«

Hatte ich wirklich geschrien? Ich konnte mich gar nicht daran erinnern.

»Steh auf.« Sie hatte rote Flecken auf den Wangen. »Was ist passiert? Was machst du hier?«

Ich konnte kaum sprechen, so sehr zitterte ich, vor Kälte und vor Grauen. Abgehackt berichtete ich, was geschehen war.

»Ich hätte wissen müssen, dass du nicht widerstehen kannst«, knurrte Suor Immacolata. »Komm, wir schauen nach.«

»Ich geh da nicht mehr rein«, wimmerte ich. »Da ist der Teufel drin.«

»Wer aufrichtig glaubt, braucht Satan nicht zu fürchten«, sagte die Greisin so laut in das Halbdunkel hinein, dass ihre Stimme widerhallte. Sie marschierte weiter, forsch auf die Türe zu.

Ich blieb hinter ihr, gut geschützt durch ihren Körper, und doch möglichst nah, um in dem dunklen Gang nicht zurückzubleiben. Ich hatte das Gefühl, als würden mich aus der Schwärze heraus viele glitzernde Augen anstarren, doch als ich mich umblickte, sah ich nur Dunkelheit.

Als Suor Immacolata die Zellentür mit einem einzigen Schwung aufriss, hielt ich die Luft an. Sie steckte erst das Gesicht durch den Spalt. Nichts passierte. Dann ging sie ganz in den Raum hinein.

»Hier ist alles in Ordnung«, sagte sie. »Komm rein.«

Zögernd betrat ich die Zelle. Ich erwartete, verkohlte Papierstücke auf dem Boden zu sehen. Doch da war nichts. Kein Gestank nach Verbranntem, kein Fitzelchen Asche. Mein Blick fiel auf den Schrank und ich erstarrte. Da lag er. Der Brief des Teufels. Brav zusammengerollt und völlig unversehrt zwischen den Geißeln von Madre Crocifissa. Ich starrte meine Hand an. An der Stelle, wo die Flammen sie berührt hatten, war meine Haut rot und brannte höllisch.

Das Erdbeben

»Bist du sicher, dass du das nicht geträumt hast?«

»Natürlich!«, rief ich und Tränen stiegen mir in die Augen. Glaubte mir Suor Immacolata jetzt etwa auch nicht mehr?

»Weißt du, Träume fühlen sich manchmal an wie die Realität«, wollte sie mich besänftigen.

»Es war aber kein Traum, und damit basta!« Schmollend marschierte ich zurück in den Schlafsaal.

Suor Immacolata sah mir mit hochgezogenen Augenbrauen nach, doch sie tadelte mich nicht für meinen respektlosen Ton.

Ich setzte mich auf mein Bett und stütze das Gesicht in beide Hände, um nachzudenken. Welche Botschaft enthielt dieser verdammte Brief wohl? Und was hatte das alles zu bedeuten? Erst ging er in meinen Händen in Flammen auf, dann lag er einfach wieder eingerollt im Schrank und Suor Immacolata zweifelte daran, dass ich die Wahrheit sagte.

»Ich habe nicht gesagt, dass du lügst«, sagte die Nonne, als hätte sie meine Gedanken gelesen. Sie war mir nachgekommen und stand nun vor meinem Bett. »Ich habe nur gefragt, ob du ganz sicher bist, dass das wirklich geschehen ist.«

Ich nickte voller Inbrunst und streckte ihr meine rechte Hand entgegen, auf der sich mittlerweile eine Brandblase gebildet hatte. »Ich habe mich sogar verbrannt, als der Brief Feuer gefangen hat.«

»Vielleicht hattest du eine Vision.« Die alte Nonne setzte sich neben mich. »So wie Madre Crocifissa. Weißt du, Visionen fühlen sich an wie die Wirklichkeit, manchmal überschreiten sie sogar die Schwelle zur Realität.«

»Was meinen Sie damit?«

»Ich meine damit, dass Visionen so intensiv sein können, dass sie körperliche Spuren hinterlassen. Bei Madre Crocifissa war das oft so.«

»Zum Beispiel?« Ich wusste nicht, ob ich die Antwort wirklich hören wollte. Andererseits musste ich wissen, was noch alles auf mich zukommen könnte. Ich unterdrückte den Impuls zu schreien. Warum geschah das ausgerechnet mir?

Suor Immacolata setzte sich zu mir und faltete die Hände in ihrem Schoß. Dann seufzte sie. »Crocifissas längste und schmerzhafteste Vision begann am Gründonnerstag 1678. Sie wurde ohnmächtig, während sie betete. Ihre Mitschwestern beobachteten erschüttert, wie sie die Passion Christi durchlebte. Der Schmerz zeichnete sich auf ihrem Gesicht ab und Tränen rannen aus ihren tiefliegenden Augen. Mit schwacher Stimme kommentierte sie, was sie erlebte. Jesus´ Verhaftung, den Verrat durch Judas, die Folter, aber auch den Schmerz der Mutter und die Schmähungen durch den Vater. Dann zeichneten sich auf Madre Crocifissas Stirn die roten Kratzer einer Dornenkrone ab, und als Jesus seine Mutter Maria traf, weinte die Nonne voller Verzweiflung mit ihr.«

Auch ich blinzelte ein paar Tränen weg. »Sie hatte plötzlich Kratzer auf der Stirn? Von ganz alleine?«

Suor Immacolata nickte. »Schließlich breitete Madre Crocifissa ihre zitternden Arme aus, wurde totenbleich und sprach die Worte, die Jesus in seinem Todeskampf am Kreuz gesagt hatte: *Mein Gott, warum hast du mich verlassen?* Dann kippte ihr Kopf zur Seite und die Nonnen dachten voller Entsetzen, sie sei zusammen mit dem Heiland gestorben. Als sie sich über Crocifissas schlaffen Körper beugten, bemerkten sie, dass er nach Rosen duftete. Also öffneten sie ihr Gewand. Auf ihrer Brust leuchtete ein Kreuz mit einem Durchmesser von etwa zehn Zentimetern und in der Farbe eines Granatapfels. An seinen Seiten standen zwei Buchstaben: *A-S.* Das stand für *Amor Sculpsit – Durch Liebe eingebrannt.* Jesus hatte genau über ihrem Herzen für immer das Zeichen seiner Liebe hinterlassen. Nach insgesamt neunundvierzig Stunden kam Crocifissa wieder zu sich.«

»Ihre Vision dauerte zwei Tage lang und sie bekam davon eine echte Brandwunde?« Ich riss die Augen auf und starrte auf meine Hand.

»Ja. Und sie bat Gott sogar darum, dass er ihr nicht nur eine kleine Wunde, sondern eine offene Verletzung schenken sollte, genau wie die von Jesus.«

Ich verschränkte die Arme. Das würde ich garantiert nicht tun. Niemals!

»Ihr Wunsch wurde erhört. Am darauffolgenden Sonntag öffnete sich das Kreuz auf ihrer Brust und begann zu bluten. Erst nach dreiundvierzig Tagen schloss sich die schmerzhafte Wunde wieder. Es blieb eine Narbe zurück, die der Bischof von Agrigent nach ihrem Tod in Augenschein nahm. Du siehst also, Visionen können durchaus Auswirkungen auf die Wirklichkeit haben.«

»Ich will aber keine Visionen haben«, begehrte ich auf. »Und auch keine blutenden Wunden. Ich habe Angst.«

Suor Immacolata zog ihre buschigen Augenbrauen zusammen. »Wie kannst du so etwas sagen! Du solltest dankbar sein, dass Madre Crocifissa dich auserwählt hat. Die Gabe, Visionen zu durchleben, ist etwas ganz Besonderes. Ich wäre froh ...« Sie brach ab.

Misstrauisch sah ich sie an. »Hatten Sie denn schonmal eine Vision?«

Die Greisin schüttelte den Kopf und wechselte schnell das Thema. »Ich bin sicher, dir wird nichts geschehen, solange du dich Gott anvertraust.«

Ihr Zögern ließ mich aufhorchen. Sie hatte also selbst noch nie eine Erscheinung gehabt. Warum war es ihr dann so wichtig, dass ich meine Visionen akzeptierte? Wollte sie vielleicht deshalb unbedingt, dass ich die Gabe hatte, weil sie selbst nicht darüber verfügte? Das wagte ich natürlich nicht zu sagen. Stattdessen fragte ich: »Und was bedeutet das nun? Was will der Teufel von mir?«

»Er will dich in Versuchung führen und vom rechten Weg abbringen. Das ist doch völlig klar.«

»Aber was soll ich denn jetzt tun?« Ich schrie fast.

»Beten.«

Ich verdrehte die Augen. Beten, beten, immer nur beten. Am liebsten hätte ich die alte Nonne an ihrem Habit gepackt und geschüttelt. »Das tue ich doch sowieso von früh bis spät. Und trotzdem ist er mir erschienen.« Wütend trat ich gegen den Fuß meines Bettes.

»Weil du ungehorsam warst und mit ihm in Kontakt getreten bist!« Die Stimme von Suor Immacolata grollte wie ein Gewitter in der Unterwelt.

Ich senkte den Kopf.

Die Nonne überlegte einen Moment und sagte dann mit zusammengekniffenen Augen: »Finde heraus, welche Schuld du trägst. Gestehe deine Fehler ein. Und bitte Gott um Vergebung.« Dabei drohte ihr Zeigefinger in meine Richtung. »Der Teufel kann dich nur angreifen, wenn irgendetwas Schändliches in dir ist. Neid, Eifersucht, Missgunst, Zorn, Hass ... Gibt es etwas, das dir keine Ruhe lässt? Treibt dich etwas um?«

Suor Immacolata formulierte genau dieselben Gefühle, die auch Isabella als Beweis für die Existenz des Teufels genannt hatte. Und alle brannten in mir. Doch das behielt ich lieber für mich.

Die Nonne fixierte mein Gesicht, um darin eine Antwort abzulesen. Sie wusste genau, welcher Stachel in meinem Herzen steckte, doch sie drängte mich nicht, darüber zu sprechen. Ich presste die Lippen zusammen und schwieg, denn ich hatte Angst vor der Gewalt der Gefühle, die mich überschwemmen würde, wenn ich ihn herauszog. Ein Teil von mir wusste: Eines Tages würde ich mich dem Abgrund in mir stellen müssen. Aber der andere Teil sagte: nicht jetzt. Nicht jetzt! Und schob den Stachel wieder zurück an seinen gewohnten Platz.

Ich hoffte, Angela würde nach den Ferien Neuigkeiten von meiner Familie mitbringen, doch sie hatte nichts herausgefunden. Meine Eltern und Geschwister waren in Deutschland, mehr wusste man im Dorf nicht.

Sie hatte mir jedoch noch etwas anderes mitgebracht: eine Tafel Vollmilch-Schokolade. Ich versteckte sie unter meinem Bett und ließ jeden Abend heimlich ein Stück auf meiner Zunge zergehen. Aber nur eines. Mit geschlossenen Augen verteilte ich die Süße über Zunge und Gaumen und wagte es fast nicht zu schlucken, um den herrlichen Geschmack möglichst lange im Mund zu behalten.

Die Angst vor dem Teufel verfolgte mich Tag und Nacht. Also versuchte ich, noch mehr zu beten. Noch mehr zu glauben. Keine Zweifel mehr zuzulassen. Noch schönere Rosen für den Altar der Colomba Rosata auszuwählen. Und Isabella noch öfter in ihrer Kammer zu besuchen.

Seit Suor Immacolata eingeweiht war, musste ich meine Besuche bei ihr nicht mehr verstecken. Im Gegenteil. Die Nonne bekräftigte mich darin, so oft wie möglich an ihrem Sarg zu beten. So schlich ich nicht mehr in der Dunkelheit herum, sondern konnte mich am helllichten Tag auf das Marmorpodest setzen.

Ich erzählte ihr alles, was mich beschäftigte. Das einzige Thema, über das ich nicht einmal ihr berichtete, war meine Mutter. Isabella antwortete mir nicht, aber das war auch nicht nötig. Ich fühlte mich geborgen und wusste, sie hörte mir zu. Am Ende jedes Besuches bat ich sie darum, mich vor dem Teufel zu beschützen. Es funktionierte. Zumindest spürte ich die Anwesenheit des Bösen nicht mehr. Ich war auf dem richtigen Weg.

Nur manchmal rissen mich die Momente, in denen ein Gruß aus der Draußenwelt durch die Fenstergitter drang, jäh aus meiner Routine. So, als würde man eine Ohnmächtige schütteln und ihr zwei Ohrfeigen verpassen, um sie aufzuwecken.

Eines Tages hörte ich Musik, die immer näherkam. Ich rannte zum Fenster des Schlafsaals in Richtung der

Piazza und drückte das rechte Ohr ans Gitter. Wie lange hatte ich schon keine Musik mehr gehört? Es machte mich wahnsinnig, dass ich nicht sehen konnte, was draußen vor sich ging. Geschrei und Gelächter zogen auf, und Disko-Beats mischten sich mit dem Brummen einer Menschenmenge. Auch die anderen Kinder rannten herbei und drängten sich am Fenster.

»Das sind die Karnevalswägen!«, rief ich.

Wir lauschten der Fröhlichkeit dort draußen und in meiner Brust machte sich Sehnsucht breit. Würde ich jemals wieder tanzen und lachen? Dann fluteten Erinnerungen meinen Kopf. Als Kind war ich oft auf der Mauer des Automechanikers gesessen, wo die Jungs aus unserem Viertel ihren Karnevalswagen bauten. Sie trafen sich einen Monat lang jeden Nachmittag, um gigantische Pappmaché-Figuren auf einem Anhänger zu bauen. Jedes Viertel hatte ein eigenes Gespann. Am Faschingsdienstag gab es schließlich eine Parade, bei der alle Einwohner verkleidet hinter ihrem Wagen her tanzten. Die Anhänger wurden von Traktoren gezogen und ihr Knattern mischte sich unter die Faschingsmusik.

Angela sah mir wohl an, dass mich das Heimweh mal wieder in seiner eisernen Klaue gefangen hielt, denn sie hob die Arme in die Luft und schwang ihre Hüfte. »Los«, rief sie. »Lasst uns mittanzen!«

Die anderen Mädchen nahmen ihre Idee auf und begannen, im Takt der Musik herumzuhüpfen und ihre Körper zu schütteln. Bald hatten wir allesamt rote Gesichter und lachten immer noch ausgelassen, als die Musik schon in der Ferne verklungen war.

»Was ist das für ein Tumult!«, schrie Suor Immacolata.

Wir fuhren zusammen. Die Nonne klatsche zweimal in die Hände und schnaubte durch die Nase. »Diese Popmusik ist nichts als Teufelswerk! Zum Gebet!«

Mit einem Schlag war unsere ganze Fröhlichkeit verpufft, als hätten die düsteren Mauern sie in einem Happen verschluckt. Zurück blieb eine Stille, die noch schwerer auf uns lastete als zuvor. Mit gesenkten Köpfen stellten wir uns in einer Zweierreihe auf. Heute hatte ich überhaupt keine Lust, meinen Platz am Fenster zu verlassen, um den abendlichen Rosenkranz zu beten. Aber ich hatte ja versprochen, meinen Pflichten ohne Widerworte nachzukommen. Außerdem wollte ich dem Teufel keine Angriffsfläche bieten.

Gegrüßet seist Du Maria, voll der Gnade. Trotzdem kam wieder ein Zweifel in mir auf. Dass Popmusik Teufelswerk war, glaubte ich nicht. Der Herr sei mit Dir. Was war denn schon Satanisches an etwas Fröhlichkeit und guter Laune? Du bist gebenedeit unter den Frauen, und gebenedeit sei die Frucht deines Leibes, Jesus. Mir kam ein schrecklicher Gedanke. Wenn diese Musik tatsächlich Teufelswerk war, handelte es sich möglicherweise um eine Versuchung. Wollte Satan mich vom Beten abhalten und mich mit seiner Lebenslust vom richtigen Weg abbringen? Heilige Maria, Mutter Gottes, bitte für uns Sünder, jetzt und in der Stunde unseres Todes. Ich betete so laut, dass Suor Immacolata meine Stimme aus dem Chor der anderen Kinder heraushörte und zufrieden nickte. Amen.

Es dauerte nur ein paar Wochen, bis die nächste Menschenmenge vor dem Kloster zu hören war. Am Sonntag nach Ostern wurde die *Madonna del Castello* aus der Burg geholt, die auf einem Felsen hoch über dem Meer thronte. Alle Dorfbewohner, die in der Lage waren, so weit zu laufen, brachen im Morgengrauen auf, um ihre geliebte Marienstatue zu holen. Wer etwas auf sich hielt, ging den ganzen Weg barfuß.

In meinem letzten Jahr in der Draußenwelt ließ Mama mich die Pilgerwallfahrt zum ersten Mal mitlaufen. Die blasse Morgenluft hatte vibriert, als sich all die aufgekratzten Menschen auf der Piazza sammelten. In den Platanen zwitscherten hunderte Vögel, als wäre der letzte Tag der Schöpfung angebrochen.

Mit den Pilgern zusammen loszuziehen, war ein wahres Abenteuer. Ich spürte den kühlen, rauen Asphalt noch jetzt unter meinen Fußsohlen. Zum Glück war ich es gewohnt, barfuß zu laufen, denn nach ein paar Kilometern begann der steinige Feldweg, der steil zur Burg hinauf führte. Kapernbüsche krochen über die Felsen und es duftete nach Currykraut.

Viele Pilger, die bisher geredet, gebetet und gesungen hatten, wurden nun still. Sie konzentrierten sich auf ihre schmerzenden Füße, und ab und an hörte ich auch ein kurzes Ächzen oder Wehklagen, wenn sich eine scharfe Kante oder eine Steinspitze in die empfindliche Haut irgendeines nackten Fußes bohrte.

Nie werde ich den Anblick vergessen, der sich mir bot, als wir auf dem Gipfel ankamen. Die Strahlen der aufgehenden Sonne ließen das Meer in allen nur erdenklichen Rot-, Lila- und Gelbtönen aufleuchten. Hier oben traf mein Blick kein Hindernis mehr. Mein Herz wurde weit, und meine Seele flog über die glitzernde Wasseroberfläche, als wäre sie eine der vorwitzigen Möwen, die in den

Himmel stachen, sich dann im Sturzflug wieder herabfallen ließen und mit ihren Köpfen in das morgenkühle Wasser eintauchten.

Die Madonnenstatue war seit jeher dort oben zuhause. Ich liebte die Chiaramonte-Burg fast so sehr wie den Kalvarienberg. Auch sie steckte voller Legenden. Einst war sie ein Stützpunkt im Kampf gegen Piraten gewesen. Später dann ein wichtiger Umschlagplatz für Waren. Eine steinerne Röhre, die in den Felsen gehauen war, verband die Burg mit dem Strand. Wenn man oben hineinrief, kam die Stimme unten aus dem Berg heraus. So konnten sich die Burgbewohner mit den Kapitänen der Schiffe verständigen.

Als wir zur Burg hinaufstiegen, sagte Mama: »Siehst du die Höhle dort?« Sie zeigte auf ein schwarzes Loch im Berg. »Das ist der Eingang zu einem Tunnelsystem im Felsen. Irgendwo da drinnen ist ein Goldschatz versteckt. Wenn man ein kleines Mädchen am Freitag den Dreizehnten dorthin bringt, und erst am Sonntag wieder abholt, findet man den Schatz in der Höhle.« Sie sah mich mit einem merkwürdigen Glitzern in den Augen an, das mich empörte.

»Und was passiert in der Zeit mit dem Mädchen?«

Mama zuckte die Schultern und zeigte ihr seltenes Lächeln, das diesmal sogar spitzbübisch wirkte. »Bisher hatte noch keiner den Mut, es auszuprobieren.«

Ich grinste und marschierte ein paar Schritte vor, um einen Blick auf die Madonna zu erhaschen. Sie hatte einen Schnitt quer durch den Hals, und jedes Kind im Dorf kannte die Geschichte, wie es dazu gekommen war: 1553 war die Marmorstatue von türkischen Piraten geraubt worden, doch sobald die Korsaren sie an Bord gebracht hatten, wurde sie so schwer, dass sie nicht auslaufen konnten. Das Schiff drohte unterzugehen. Die Piraten hatten keine andere Wahl. Um sich zu retten, warfen die Muselmanen die Madonna unter Flüchen ins Meer. Vor lauter Zorn schlug ihr der Kapitän aber vorher noch das Haupt ab.

Sobald das Korsarenschiff sich weit genug von der Küste entfernt hatte, stiegen die Burgbewohner hinab zum Strand und begannen, zu tauchen. Schließlich fanden sie sowohl die Madonna als auch ihren Kopf auf dem Meeresgrund, holten beides in die Kapelle zurück und klebten sie wieder zusammen. Die Madonna del Castello war wieder zuhause.

Seitdem wurde die Statue jedes Jahr einmal aus der Burg geholt. Die Leute begleiteten sie den ganzen Weg, und immer wieder löste sich jemand aus der Menge, um zu ihrer Sänfte zu traben und ihr Geld oder Schmuck anzustecken. Die edelsten Pferde der Provinz und bunt geschmückte Kutschen geleiteten sie.

Wie gerne würde ich dieses Spektakel jetzt sehen und mich inmitten der Menschen hin und her schieben lassen. Ich setzte mich ans Fenster, damit ich dem Dorffest zumindest lauschen konnte.

Endlich! Am späten Vormittag kündigten Salutschüsse an, dass die Prozession am Eingang des Dorfes angekommen war. Hufgetrappel hallte durch die Gassen. Jetzt wurde die Madonna durch sämtliche Straßen des Dorfes getragen, damit sie all ihre Kinder besuchen und ihnen ihren Segen nach Hause bringen konnte. Die Menge jubelte, betete, lachte. Warum durfte Religion dort draußen fröhlich sein, und hier drinnen nicht?

Eine Woche später zog die Madonna del Castello zu uns in die Klosterkirche um. Neunundzwanzig Tage lang badete sie hier in einem Meer aus Blumen und Kerzen, und unzählige Gläubige statteten ihr einen Besuch ab. Das gefiel mir, denn so viele Menschen sah ich sonst das ganze Jahr über nicht in unserer beschaulichen Kirche. Ich stand gerne im Chor und beobachtete durch die winzigen Löcher im Gitter die Leute, die kamen und gingen.

Es passierte am Sonntag. Nach der heiligen Messe, als die Kirche noch vom Gemurmel und dem Kratzen der Schuhe hunderter Gläubiger erfüllt war, tat es plötzlich einen Schlag. Die Menschen im Kirchenschiff schrien auf. Ich fuhr herum, drückte meine Nase gegen das Gitter und versuchte zu erkennen, was passiert war. An einer Stelle der Kirche waren die Leute auseinandergestoben, aufgeregt zeigten sie nach oben und dann wieder nach unten. Auf dem Boden lag ein Gesteinsbrocken, der sich offenbar von der Decke gelöst hatte.

»Die Kirche stürzt ein!«, schrie jemand.

»Ein Erdbeben!«, rief ein anderer.

Die Leute drängten in heller Aufregung zur Kirchentür hinaus und schubsten sich gegenseitig. Wir Kinder starrten Suor Immacolata mit angsterfüllten Augen an. Ein Mädchen begann leise zu schluchzen.

»Kniet nieder und betet«, befahl uns die Nonne mit fester Stimme, »dann wird euch nichts geschehen.«

Was hätte sie auch anderes sagen sollen? Die Nonnen durften das Kloster keinesfalls verlassen, das schrieb die päpstliche Klausur unabdingbar vor. Also beteten wir.

Als nach einem *Vater Unser* und einem *Ave Maria* nichts weiter passiert war, wuchtete sich die Greisin umständlich hoch und strich ihren Habit glatt. Sie war zufrieden.

»Seht ihr, Madre Crocifissa beschützt uns.«

Wir atmeten erleichtert auf.

Dann bekam Suor Immacolata ihr Erzähl-Gesicht. »Wisst ihr, 1693 erschütterte schon einmal ein starkes Erdbeben dieses Kloster. Es rüttelte ganz Sizilien durch, und es gab zahlreiche Tote und Verletzte. Die Nonnen versammelten sich zum Gebet, und Madre Crocifissa bat Gott darum, seine Wut an ihr auszulassen, um die anderen Menschen zu verschonen.« Suor Immacolata kreuzte die Arme vor der Brust und senkte demütig den Kopf, so als wollte sie sich bei Crocifissa bedanken. »Da ergriff ein schrecklicher Schmerz Besitz von ihrem Körper, der sie bis zu ihrem Tod verfolgen sollte. Aber«, die Nonne hob ihren Zeigefinger, »von diesem Tag an gab es trotz weiterer Erdstöße keine Toten mehr.«

Wir waren beeindruckt.

Später stellte sich heraus, dass es sich gar nicht um ein Erdbeben gehandelt hatte, und die Kirche war auch nicht eingestürzt. Es hatte sich einfach nur ein Gesteinsbrocken von der altersschwachen Decke gelöst, die dringend eine Renovierung nötig hatte. Doch dieser Vorfall zog trotzdem weitreichende Veränderungen nach sich.

Die Nonnen berieten sich an diesem Abend lange über die Frage, was im Fall großer Gefahr zu tun sei. Sollten sie tatsächlich im Kloster ihrem Schicksal überlassen bleiben, oder wäre es möglich, die päpstliche Klausur so zu lockern, dass man sie evakuieren könnte? Und wenn ja, wie weit durfte diese Lockerung gehen?

Schließlich deuteten die Nonnen den Gesteinsbrocken als Zeichen Gottes, Veränderungen einzuleiten. Die Äbtissin stellte einen Antrag, die päpstliche Klausur von 1659 in eine bischöfliche Klausur umzuwandeln. Das würde bedeuten, dass das Erdgeschoss ab und an für die Öffentlichkeit zugänglich wäre. So könnten Pilger die Reliquien von Madre Crocifissa besuchen. Außerdem dürften die Nonnen im Notfall oder aus wichtigem Grund das Kloster verlassen. Natürlich nur mit Genehmigung der Mutter Oberin. Die oberen Stockwerke sollten der Welt allerdings weiterhin verschlossen bleiben, um den Nonnen ihre klösterliche Abgeschiedenheit zu bewahren.

Es sollte zwar noch über zehn Jahre dauern, bis das Dekret eintraf, welches die bischöfliche Klausur endgültig im Kloster einführte. Trotzdem änderte sich im Laufe der nächsten Jahre vieles. Es war, als würde sich das Wasser seinen Weg durch feine Ritzen in einem Damm suchen, der ohnehin zu brechen drohte.

In Erwartung des Dekrets weichte die Mutter Oberin bereits die eine oder andere Regel auf. Hatte eine Nonne ernsthafte gesundheitliche Probleme, wurde sie nicht mehr im Krankenzimmer behandelt, sondern konnte zum Arzt oder ins Krankenhaus gehen. Die Äbtissin erledigte wichtige Einkäufe gelegentlich selbst und veranlasste sogar, dass die jüngste Nonne einen Führerschein machte. Die Menschen draußen winkten und applaudierten, wenn die beiden Ordensschwestern in ihrer himmelblauen Isetta durch die Straßen des Dorfes fuhren.

Wenn Besuch kam, mussten die Gespräche zwar noch immer durch das Gitter hindurch geführt werden, aber das Doppelgitter wurde durch ein einfaches ersetzt. Der Vorhang, der jeden Blick ins Gesicht des Gegenübers unterbunden hatte, wurde gänzlich entfernt. So konnten sich Kinder und Eltern zwar noch immer nicht berühren, aber zumindest sehen. Wenn Mama eines Tages doch noch zu Besuch käme, könnte ich sie jetzt anschauen. Doch sie kam nicht.

Eine frische Brise wehte zwischen den Klostermauern und vertrieb die Unerbittlichkeit der päpstlichen Klausur, die hier dreihundert Jahre lang festgehangen war, zumindest ein wenig. Vielleicht lag es daran, dass mir der Klosteralltag nicht mehr ganz so monoton erschien, die Gänge nicht mehr ganz so düster, die Atmosphäre nicht mehr ganz so gruselig. Vielleicht wurde ich auch einfach nur Älter und nahm mein Leben aus einem anderen Blickwinkel war. Oder hatte ich mich im Laufe der Jahre an die Drinnenwelt gewöhnt?

Zwischen Angela und mir entwickelte sich eine enge Freundschaft. Wir saßen oft zusammen und besprachen alle wichtigen Themen, die uns beschäftigten. Sie verdrehte zwar manchmal die Augen über meine Frömmigkeit, und ich schalt sie, wenn sie mal wieder Zweifel an der katholischen Religion äußerte.

»Warum müssen wir unbedingt einen Toten anbeten?«, fragte sie mich einmal. »Warum ist ausgerechnet der gekreuzigte Jesus unsere Ikone, und nicht der lebende?«

»Pssst. Angela!« Ich schaute mich erschrocken um. »Gott hat seinen Sohn für uns geopfert!«

»Aber warum?« Sie hob ratlos die Schultern. »Und wem? Wenn er doch der Schöpfer des Universums ist, wem muss er dann etwas opfern?« Sie schüttelte den

Kopf. »Ich verstehe das nicht. Diese ganze Religion zielt nur auf den Tod hin. Immer nur Askese und Entsagung, Leid und Schmerz.«

Ich wollte diese Überlegungen gar nicht hören. Ich wollte nicht, dass meine kleine Welt schon wieder ins Wanken geriet. »Lass mich endlich in Ruhe mit deinen Zweifeln«, fuhr ich Angela deshalb an, und sie grinste, weil es ihr gelungen war, meine neue Glaubensstärke anzukratzen. Denn in Wirklichkeit hatte ich auch keine Antworten auf ihre Fragen.

In diesem Jahr war ich nahezu glücklich. Ich hatte mich mit meinem Leben im Kloster abgefunden und durfte mich weiter um den Garten und die Hühner kümmern. Ich hatte nicht nur eine Sonderstellung bei meiner Ziehmutter und den anderen Kindern, sondern zum ersten Mal in meinem Leben auch eine richtige Freundin. Vielleicht wäre es doch das beste, für immer hierzubleiben?

Der unterirdische Gang

Mein Glück währte nur kurz, denn der Weg, den Gott und Madre Crocifissa für mich vorgesehen hatten, hielt schon die nächste große Entbehrung bereit. Am Ende des Schuljahres war unsere gemeinsame Zeit vorbei. Angela wechselte in die Mittelstufe.

Wir sahen uns zwar noch beim Essen oder abends während der Fernsehzeit, doch wir schliefen nicht mehr im selben Schlafsaal und hatten keine gemeinsame Spielzeit mehr. Unsere Begegnungen waren oft flüchtig, und ich beobachtete eifersüchtig, wie sie mit den älteren Mädchen herumkicherte.

Bei den Kindern der Grundstufe nahm ich automatisch ihren Platz ein. Ich war mit meinen zwölf Jahren nun die Älteste und damit die Anführerin, doch das war mir nur ein schwacher Trost. Ich war zwar oberflächlich mit den Mädchen befreundet, doch sie kamen mir albern und kindisch vor. Mit keiner von ihnen würde ich je solche Gespräche führen können wie mit Angela.

Dafür wurden die Zwiegespräche mit Suor Immacolata inniger. Ich saß oft stundenlang mit ihr am Nähtisch und sah ihr zu, wie sie Messgewänder schneiderte. Heute bestickte sie eine Stola mit winzigen Korallen, und während sie die roten Steinchen mit dem Faden festzog, erzählte sie mir Isabellas Geschichte zu Ende.

»Seit Crocifissa ihr Stigma erhalten hatte, versuchte sie noch mehr als zuvor, die Leiden Christi zu leben. Sie zog in die kleinste und dunkelste Zelle des Klosters um. Für sie war dieser karge Raum eine Wohltat. Das winzige Gitterfenster ging zur Kirche, und sie sah nachts den Schein der Kerzen vor dem silbernen Tabernakel flackern. *Das ist wie ein Treffen mit den Engeln, die das heilige Sakrament beschützen,* sagte sie. *Gott zeigt sich in der Stille und Dunkelheit der Nacht noch leuchtender.* In dieser Zeit erreichte ihr Geist ungeahnte Höhen.« Suor Immacolata breitete die Arme aus und sah nach oben zum Kreuz.

»Ihr Ruf war mit den Jahren über die Klostermauern hinausgedrungen. Sie bekam hunderte von Briefen, in denen Gläubige ihre Sorgen schilderten und sie um Rat und Trost baten. Madre Crocifissa beantwortete jeden Einzelnen. Stell dir vor, sie hat knapp tausendfünfhundert Briefe geschrieben.«

Mit großen Augen sah ich Suor Immacolata an. Einen solchen Berg Papier konnte ich mir gar nicht vorstellen.

»In besonders tragischen Fällen beauftragte sie auch ihre Neffen, den Bittstellern finanzielle Unterstützung zukommen zu lassen. Zahlreiche Anfragen, Klöster einzuweihen oder gar zu leiten, lehnte sie jedoch ab. Auch in ihrem eigenen Kloster wollte sie keine besondere Stellung einnehmen. Sie gab sogar freiwillig alle ihre Rechte ab, um stets die Niederste zu sein. Die Letzte. Die Unterste.«

Ich presste meine Zähne aufeinander. Das mit der Demut ärgerte mich noch immer. Warum durfte man nicht stolz darauf sein, wenn man eine vorbildliche Gottesdienerin war?

»Ihre Visionen nahmen ab, sie lebte nun in sich gekehrt, in Zweisamkeit mit Gott, und ihre Gesundheit wurde zusehends schlechter. 1692 starb ihre geliebte Mutter, Suor Seppellita. Madre Crocifissa konnte es kaum mehr erwarten, zu ihren Eltern ins Himmelreich einzuziehen. Doch sie hatte noch sieben schwere Jahre vor sich. Schon bald konnte sie ihre Zelle nicht mehr verlassen, versank in Einsamkeit und Stille.«

Ich schluckte. Nach diesem kargen Leben, das Isabella nur Gott gewidmet hatte, ließ er sie allein in ihrer Zelle herumliegen und Schmerzen leiden? War das gerecht? War das seine überfließende Liebe? Fast hätte ich den Kopf geschüttelt.

»Einer ihrer innigsten Wünsche ging allerdings noch in Erfüllung.« Suor Immacolatas Gesicht wurde von einem Lächeln erhellt. »Seit die Dämonen aus dem Klostergarten vertrieben waren, hatte sich Madre Crocifissa für den Altar nicht nur ein Gemälde, sondern eine hölzerne Statue ihrer Madonna gewünscht. Doch wo sollte sie die herbekommen?

Die Jahre vergingen, aber Crocifissas Begehren verblasste nicht – und wurde schließlich erhört. Eines Tages fragte die Gräfin von Osseda: *Kann ich Eurer Klostergemeinschaft etwas Gutes tun?* Crocifissa berichtete ihr von ihrem drängenden Wunsch, eine Madonnenstatue zum Schutz des Klosters im Garten aufzustellen. Die Gräfin ließ daraufhin eine hölzerne Statue der Colomba Rosata anfertigen. Im Jahre 1696 kam sie im Kloster an, drei Jahre vor Madre Crocifissas Tod.«

Es freute mich, dass Madre Crocifissa ihre Statue noch bekam, auch wenn ich nicht verstehen konnte, wie so etwas in ihrer Situation der dringendste Wunsch sein konnte. Mir würden da ganz andere Dinge einfallen.

»Die alte Nonne war bereits bettlägerig, doch ihre Schwestern trugen sie hinunter in den Garten, um ihr die liebliche Statue zu zeigen. Madre Crocifissa betrachtete sie noch ganz entrückt, als eine Nonne zu ihr sagte: *Leg dich in die Kiste, in der die Statue hierhergebracht wurde.* Zuerst zierte sie sich, doch die andere Nonne bestand darauf. *Die Madonna hat es mir gesagt. Leg dich in die Kiste,* wiederholte sie immer wieder. Schließlich halfen ihr die Schwestern, in die Holzkiste zu steigen. Es sah aus, als würde sie sich in einen Sarg legen.« Bei diesen Worten funkelten Suor Immacolatas Augen. »Und stell dir vor: Madre Crocifissas Schmerzen verschwanden von einer Sekunde auf die andere! Sie kletterte sogar aus eigener Kraft wieder aus der Kiste heraus. Die Nonnen weinten vor Freude und umarmten sie.«

Ich seufzte erleichtert auf. Es gab also doch noch ein Happy End für Isabella. Doch ich hatte mich zu früh gefreut. Die Geschichte ging noch weiter.

»Madre Crocifissa kniete sich vor die Statue hin und sprach: Wenn Ihr hierhergekommen seid, um mich zu heilen, könnt Ihr gleich wieder zurückkehren. Ich will all mein Leid zurück.«

Nein, das durfte sie nicht tun, dachte ich, und ballte meine Hände zu Fäusten. Und auch die Mutter Maria durfte das nicht tun.

Suor Immacolatas Stirn legte sich in Falten. »Das war ein harter Schlag für ihre Mitschwestern. Sie warfen Crocifissa Undankbarkeit vor. *In dieser Welt gibt es keine Wertschätzung mehr,* jammerten sie.«

Ich wusste, dass Suor Immacolata keine Widerworte duldete. Trotzdem brach es jetzt aus mir heraus: »Das stimmt!« Ich konnte die Tränen nur mit Mühe zurückhalten. »Warum wollte sie denn nicht wieder gesund sein?«

Die Nonne sah mich ungerührt an. »Das, was Madre Crocifissa der Madonna gesagt hat, war keine Undankbarkeit. Es war nur ihr innigster Wunsch, am Leid der Madonna und am Leid ihres Sohnes Jesus teilzuhaben.«

Nein! Diesmal schüttelte ich den Kopf wirklich. Das konnte ich beim besten Willen nicht verstehen. Ohne körperliche Beschwerden hätte sie wenigstens ihre letzten Jahre noch einigermaßen würdig verbringen können. Das hätte sie wirklich verdient.

»Die letzten drei Jahre ihres Lebens blieb Madre Crocifissa weiter ans Bett gefesselt. Sie erblindete langsam aber stetig. Als sie spürte, dass sie bald gar nichts mehr sehen und auch nicht mehr schreiben könnte, schnitt sie sich mit einem Messer in den Finger und schrieb mit ihrem eigenen Blut ein spirituelles Vermächtnis. Mithilfe ihrer Schwester Lanceata versteckte sie das Dokument im Sockel des Altars im Garten, bei ihrer Statue.«

»Auf meinem Altar?«, fragte ich aufgeregt dazwischen. »Und was stand da?«

Gebannt starrte ich auf die Lippen der Nonne.

»Dort stand: *Ich bin nicht würdig, mich Eurem Antlitz zu zeigen. Ich bin ein Nichts. Ich bin eine Sünderin und gehöre in die Hölle hinabgeworfen. Aber ich habe großes Vertrauen in die Madonna. Ich glaube an Gott, an seinen Sohn Jesus Christus und den Heiligen Geist. Ich glaube an die Kirche, ich glaube an dich, Maria, Mutter aller Sünder, und Mutter solch elender Kreaturen wie mir.* Und während Lanceata dieses Vermächtnis im Sockel versteckte, sprach Madre Crocifissa: *Ich lege hier kein Stück Papier nieder, sondern mein Herz. Deine Anhänger mögen es mit Füßen treten, denn ich bin Deiner nicht würdig. Dennoch blickst du mit mütterlichen und barmherzigen Augen auf mich hernieder.*« Suor Immacolata seufzte gerührt. »Das war ihre Liebeserklärung an Mutter Maria, verstehst du?«

Jetzt reichte es mir. Warum musste sich Isabella immer selbst so herabwürdigen? Sogar in ihrem Vermächtnis, kurz vor ihrem Tod, nach diesem Leben voller Entbehrungen? Wütend zerknüllte ich den Stoff meiner Schuluniform.

Suor Immacolata hatte hingegen ganz verklärte Augen und drückte die Handflächen fromm zusammen. »Die Statue der Colomba Rosata war also gerade noch rechtzeitig im Kloster angekommen. Fortan beschützte sie den Klostergarten vor dem Bösen. Und jetzt beschützt sie euch Kinder im Studierzimmer.«

Ich ließ mein Gewand los. »Die Colomba Rosata ist die Madonnina aus dem Studierzimmer?«

Über Suor Immacolatas Gesicht huschte ein flüchtiges Lächeln. Sie nickte.

Jetzt war mir klar, warum die Statue so eine Anziehungskraft auf mich ausübte, und warum ich mich bei ihr so geborgen fühlte. Sie war auch Isabellas Madonnina gewesen und hatte jahrhundertelang das Kloster behütet. Und jetzt passte sie auf mich auf.

»Wie ging es dann mit Madre Crocifissa weiter?«

Suor Immacolata seufzte. »Kurz vor ihrem Tod quälte sie der Teufel noch einmal so sehr, dass sie Tag und Nacht weinte. Unter Aufbietung all ihrer Kräfte stammelte sie in einem fort *Jesus! Jesus! Jesus!,* und schaffte es so, Luzifer sogar in ihrem jämmerlichen Zustand zu widerstehen. Verzweifelt betete sie: *Herr, nichts als Schmerzen und Versuchungen. Ich kann nicht mehr! Erinnert Euch daran, dass ich aus Fleisch und Blut bin.*« Suor Immacolata hob die Hände zum Kreuz, so als sei sie es selbst, die Gnade von Gott erflehte.

»Dann hatte sie noch eine letzte Vision. Durch ihre Zelle lief eine Prozession aller Nonnen, die je im Kloster gestorben waren. Jede trug ein Kreuz, das einen Lichtkranz ausstrahlte. Sie stellten sich alle in ihrer Zelle auf und lächelten sie an. Dann erschien das Jesuskind in den Armen der Madonna, und Madre Crocifissa erhielt den Segen von Mutter Maria. Die Nonnen erhoben ihre Kreuze und luden sie in den Himmel ein.«

Ich schluckte wieder und wünschte Isabella von ganzem Herzen, dass sie nun in Frieden gehen könnte.

»Im Oktober 1699 spürte Madre Crocifissa das Ende nahen. Obwohl ihre Finger vor Schmerzen verkrümmt waren, hatte sie für jede ihrer Schwestern einen Rosenkranz als Erinnerung geknüpft. Sie überreichte ihre Geschenke mit den Worten: *Oh meine lieben Schwestern, ich halte euch fest umarmt und würde euch so gerne alle mit ins Paradies nehmen.* In einer Sternennacht vom 15. auf den 16. Oktober sprach sie im Morgengrauen ihre letzten Worte: *Sanctus, sanctus, sanctus.*«

Die Geschichte war zu Ende. Madre Crocifissa war tot. Betroffen sah ich Suor Immacolata an. Obwohl das alles dreihundert Jahre her war, fühlte ich eine bodenlose Leere in mir, so als wäre meine Freundin Isabella gerade erst gestorben. Suor Immacolata tätschelte mir den Kopf, erhob sich und ging wortlos hinaus. Obwohl sie diese Geschichte sicher schon oft erzählt hatte, schien auch sie selbst tief bewegt zu sein.

Seit ich durch Frömmigkeit glänzte, war Isabella mir nicht mehr erschienen, und ich hatte auch ihre Stimme nicht mehr gehört. Trotzdem hatte ich mich ihr durch Suor Immacolatas Erzählungen und durch meine Besuche in ihrer Kammer immer nahe gefühlt. Und jetzt war ihre Geschichte einfach vorbei.

Isabella würde mir fehlen. Melancholie ergriff mich. Ich rieb mir die Schläfen, denn Kopfschmerzen zuckten hinter meiner Stirn auf. Mich überkam das starke Bedürfnis, an den Ort zu gehen, an dem Isabella mir immer am nächsten gewesen war. Schlagartig wurde mir klar, dass das nicht die Kammer war, in der ihre Gebeine lagen, sondern der Platz im Kloster, den sie am allermeisten geliebt hatte. Ihr Garten.

Ich öffnete die Tür, trat hinaus in die Sonne, wanderte zwischen den Zitronenbäumen und den Rosenbüschen herum und stellte mich schließlich vor den Altar. Dann schloss ich die Augen und sog den Blumenduft tief in meine Nase ein.

Ich hätte erwartet, dass am Ende von Madre Crocifissas Leben noch ein finaler Kampf mit dem Teufel stattfinden, dass ein Wunder oder zumindest irgendetwas Spektakuläres geschehen würde. Aber sie war ganz still gegangen.

Wer weiß, ob sich ihr Vermächtnis noch hier im Sockel befand?, fragte ich mich. Ich kniete mich nieder und betrachtete den rauen Quader. Dort, wo der Stein aufhörte und die Erde begann, sah ich einen kleinen Spalt im

Boden. Kaum sichtbar, aber doch da. Ich strich mit dem Zeigefinger darüber. Die trockene, lockere Erde ließ sich leicht wegschieben. Was war das?

Ich begann zu graben wie im Fieber, bis die Maserung von verwittertem Holz zum Vorschein kam. Meine Fingerkuppen stießen auf Metall. Ein eiserner Ring. Ich zog daran, doch nichts geschah. Ich grub weiter, bis ich eine Holzplatte freigelegt hatte, die etwa einen Meter Durchmesser hatte. Als ich mir übers Gesicht wischte sah ich, dass ich mir den Nagel meines rechten Zeigefingers abgebrochen hatte. Egal. Ich ergriff den Eisenring mit beiden Händen und stemmte mich mit meinem ganzen Gewicht dagegen.

Beim zweiten Versuch schaffte ich es, die Platte so weit anzuheben, dass ich meinen Fuß in den Spalt schieben konnte, um sie abzustützen. Ich atmete tief durch. Dann sammelte ich all meine Kraft und riss die Luke mit einem Ruck auf.

Ein kühler, modriger Lufthauch stieg mir in die Nase, als ich in das schwarze Loch hinabblickte, das nun vor mir lag. Dort waren Stufen in den Stein geschlagen. Sie führten hinunter in einen dunklen Gang.

Ohne nachzudenken, setze ich meinen rechten Fuß auf die erste Stufe und testete, ob sie stabil war. Als ich weder abrutschte, noch der Stein sich bewegte, stieg ich Schritt für Schritt hinab. Ich zählte fünfzehn hohe Stufen, bis ich auf dem lehmigen Untergrund ankam. Ich musste mich jetzt ein paar Meter unter der Erdoberfläche befinden. Mit den Händen tastete ich mich an der porösen Wand des Ganges entlang und setzte so lange vorsichtig einen Fuß vor den anderen, bis mich das Tageslicht nicht mehr erreichte. Die Dunkelheit wurde nun so undurchdringlich, dass ich mich nicht weiter wagte.

Mein Herz raste. Ich hatte ihn gefunden. Den Tunnel mit den sieben Pforten. Das war Isabellas letzter Gruß an mich gewesen. Sie hatte mir gezeigt, wo sich sein Eingang befand. Vor Dankbarkeit, Aufregung und Rührung stiegen Tränen in meiner Kehle hinauf. Wie gerne hätte ich sie jetzt umarmt.

Am liebsten wäre ich noch weiter gegangen, doch ich brauchte Licht. Außerdem wollte ich sicher gehen, dass niemand meine Entdeckung bemerkte. Deshalb beschloss ich, umzukehren und nachts noch einmal zurückzukommen. Als ich die Treppe wieder hinaufgestiegen war, verschloss ich den Zugang hinter mir sorgfältig und klopfte mir die Erde von den Knien. Dann lief ich in den Waschraum, um die schwarzen Ränder unter meinen Fingernägeln herauszukratzen und sie zu schneiden, damit der abgebrochene Nagel nicht so sehr auffiel.

Meine Wangen leuchteten rot vor Aufregung und ich schöpfte mir kaltes Wasser ins Gesicht. Ich musste mich mit Kerzen ausstatten, damit ich herausfinden konnte, wohin der unterirdische Gang führte. Kurz spielte ich mit dem Gedanken, Angela von meiner Entdeckung zu berichten, doch dann wäre ich mir wie eine Verräterin vorgekommen. Isabella hatte nur mir allein den Eingang zum geheimen Tunnel gezeigt. Nicht Angela.

Den ganzen restlichen Nachmittag lief ich ruhelos hin und her, konnte mich auf nichts konzentrieren und schaute immer wieder auf die Uhr. In einem unbeobachteten Moment schlüpfte ich in den Aufenthaltsraum der Nonnen, öffnete die oberste Schublade der Kommode und schob zwei Kerzen und eine Packung Zündhölzer unter meine Schuluniform. Dann versteckte ich sie unter meiner Matratze, wo sie mit mir zusammen ungeduldig auf die Nacht warteten.

Als ich schließlich im Bett lag, musste ich mich zwingen, ruhig zu liegen und mich nicht ständig hin und her zu wälzen, bis sich endlich kein Kind mehr rührte und ich Suor Immacolatas röchelnde Atemzüge hörte.

Endlich schlich ich aus dem Schlafsaal, nahm meine Schuhe aus dem Spind und huschte die Treppen hinunter. Im Korridor der lebendigen Augen winkte ich Crocifissa im Vorbeilaufen zu, dann war ich beim Klostergarten angekommen. Der Riegel klemmte und gab ein metallisches Knirschen von sich, als ich ihn schließlich mit einem Ruck aufriss. Ich hielt den Atem an und lauschte, ob jemand von dem ungewohnten Geräusch aufgewacht war. Alles blieb still. Vorsichtig schloss ich die Tür hinter mir und lief durch den Garten.

Der Mond schien und tauchte den Altar in ein bleiches Licht. Die Luke ließ sich jetzt viel leichter öffnen, als am Nachmittag. Ich zog meine Schuhe an und stieg die ersten Treppenstufen hinunter. Bevor ich ganz in dem schwarzen Loch verschwand, schaute ich noch einmal auf die Rose, die ich heute Morgen gepflückt hatte, und bekreuzigte mich. Dann schloss ich die Luke über mir. Undurchdringliche Dunkelheit umfasste mich.

Ich holte tief Luft und tastete mich mit der rechten Hand an der rauen Felswand entlang. Mit der Spitze des linken Fußes suchte ich vorsichtig die nächste Stufe, dann die nächste, und wieder die nächste. Als ich am Fuß der Treppe angekommen war, zog ich eine der Kerzen aus dem Bund meiner Strumpfhose, klemmte sie mir zwischen die Knie und tastete nach den Streichhölzern. Es zischte, als ich den roten Kopf über die raue Seite rieb, dann brach das Holz. Meine Hände zitterten zu sehr. Ich atmete tief durch, zwang mich zur Ruhe und versuchte es noch einmal. Jetzt züngelte eine vorwitzige Flamme auf und ich hielt sie unter den Docht der Kerze, der sogleich Feuer fing.

Die grob behauenen Felswände schienen sich im unruhigen Schein meiner Kerze zu bewegen. Ich kniff die Augen einmal kurz zusammen, um die optische Täuschung zu vertreiben, und konzentrierte mich darauf, zwischen den losen Steinen und den Felsbrocken auf dem unebenen Boden festen Halt zu finden. Schritt für Schritt arbeitete ich mich weiter vor, immer tiefer hinein in die Erde. Ich erstarrte, als irgendetwas raschelte, doch das Geräusch entfernte sich schnell und ich tastete mich mit der rechten Hand weiter an der Steinwand entlang.

Ich konnte nicht sagen, ob der Gang ebenerdig verlief oder leicht bergab führte, und ich hatte auch kein Gefühl mehr dafür, wie lange ich schon um Felsnasen herum gegangen und über Gesteinsbrocken geklettert war. An manchen Stellen zeugten Geröllhaufen davon, dass Teile der Decke eingestürzt waren, doch ich fand immer irgendeinen Spalt, durch den ich mich hindurchzwängen konnte. Bildete ich mir das ein, oder wurde die Luft dünner, je weiter ich in den Berg hineinging?

Sicherlich hatten die Tomasis dafür gesorgt, dass es in dem unterirdischen Gang eine Frischluft-Zufuhr gab. Aber ob diese immer noch funktionierte, wusste ich natürlich nicht. Meine Kerze brannte zuverlässig, noch gab es genug Sauerstoff. Doch die Vorstellung, dass die Flamme ausgehen könnte, und ich hier unten, meterweit unter dem Erdboden, in völliger Dunkelheit zurückbleiben würde, versetzte mich in Unruhe.

Vielleicht war es doch nicht so klug gewesen, die Luke über mir zu schließen? Niemand würde mich finden, wenn ich es nicht aus eigener Kraft schaffen sollte, an die Erdoberfläche zurückzugelangen. Aber jetzt umkehren wollte ich auf keinen Fall.

Als ich um die nächste Kurve bog, stand ich vor einem Geröllhaufen, der bis unter die Decke reichte. Ich blickte mich um, doch ich sah kein Loch, keinen Spalt. Keine Möglichkeit, weiterzugehen. Der Gang war eingestürzt. Ich versuchte, an den Gesteinsbrocken zu rütteln, bohrte meine Finger zwischen die Steine und trat gegen die unteren Felsen. Sie saßen fest.

Die Enttäuschung traf mich wie ein Tritt in den Magen. Ich ließ mich auf einen etwas größeren Felsblock fallen und verbarg mein Gesicht in den Händen. Warum wurde jede meiner Hoffnungen erstickt? Warum zeigte mir Isabella immer wieder einen neuen Weg, den ich unter Aufbietung all meiner Kräfte beschritt, und dann ging es doch nicht weiter? Machte sie sich einen Spaß mit mir? Wütend stieß ich einen Stein auf die Seite. Mein Abenteuer war zu Ende. Bevor die Kerze ausgehen würde, musste ich zurück sein.

Mir war schwindelig. War das die Enttäuschung, die in meinem Kopf herumrührte, oder brauchte ich dringend frische Luft? Meine Schläfen begannen zu schmerzen. Ich musste sofort umkehren, bevor ich ohnmächtig werden und für immer hier unten liegenbleiben würde.

Ich wandte mich gerade zum Gehen, da fiel mein Blick auf eine Holzschatulle. Sie stand in einer Nische, halb versteckt hinter einigen Steinen. Sie sah sehr alt aus, und ihr Schloss war rostig. Der Schlüssel steckte darin, wie eine Aufforderung an denjenigen, der die kleine Truhe finden würde. Mein Herz begann so heftig zu pochen, dass ich es in der dumpfen Stille, die hier unter der Erde herrschte, hören konnte.

Ich tropfte Wachs auf einen flachen Felsvorsprung und klebte meine Kerze darauf fest, um beide Hände frei zu haben. Dann schob ich das Geröll zur Seite, um das Kästchen freizulegen. Ich versuchte, den Schlüssel zu drehen, doch er steckte fest. Ich wackelte an ihm herum, versuchte ihn tiefer hineinzuschieben und dann wieder etwas herauszuziehen. Es half alles nichts. Das Schloss klemmte.

Isabellas Geheimnis

Der Rost ließ sich nicht vom Schloss abkratzen. Es blieb mir nichts anderes übrig: Ich musste die Schatulle aufbrechen. Als ich einen spitzen Stein unter das Metall schob, um den Beschlag aufzuhebeln, gab das morsche Holz nach. Es barst mit einem Knirschen und ich konnte das Schloss einfach herausnehmen. Vorsichtig öffnete ich den Deckel. Ein ledergebundenes Büchlein kam zum Vorschein. Ich nahm es in die Hand und strich behutsam über den Einband. Ich hielt etwas Wichtiges in der Hand, das spürte ich. Dann schlug ich feierlich die erste Seite auf und sah verschnörkelte Buchstaben im Kerzenschein tanzen: *Tagebuch der Isabella Tomasi.*

Ich hielt den Atem an. Isabellas Tagebuch. Das Papier fühlte sich so verletzlich an, als würde es jeden Augenblick zerbröseln. Mit schwitzigen Fingern blätterte ich um. Die alte Schrift war schwer zu entziffern und ich brauchte ein Zeit lang, um mich an die geschwungenen Buchstaben und die alte Sprache zu gewöhnen. Doch dann schaffte ich es, die erste Seite zu lesen.

5. September 1667

Die Klausur war für mich nie ein Gefängnis. Nein, mein Einzug ins Kloster war wie eine Befreiung. Sie war die Erlösung aus einer frevelhaften, bedrohlichen Welt. Die dicken Mauern boten mir sicheren Schutz vor Leid und Verdruss, den mir unser Grafenpalast bald nicht mehr hätte bieten können.

Ich fürchtete mich davor, einen Mann aus Fleisch und Blut zu heiraten. Einzig mit Gott, meinem Herrn, wollte ich eins werden. Die Versenkung in der Klausur ermöglichte es mir, mich ausschließlich Jesus Christus hinzugeben. Welch Labsal für meine empfindsame Seele.

Aber nun frage ich mich: Führt diese Abgeschiedenheit nicht dazu, dass man sich von der Gemeinschaft der Menschen entfernt? Zwingt sie einen nicht dazu, die Brüder und Schwestern außerhalb des Klosters zu vergessen? Ihren Sorgen und Nöten keine Beachtung mehr zu schenken? Bringt einen die Kontemplation dazu, die Rettung ihrer Seelen zu vernachlässigen?

Ich stutzte. Haderte Isabella etwa mit dem Leben in Klausur? Ich sah auf das Datum. 1667. Da war sie erst zweiundzwanzig Jahre alt gewesen. Vielleicht war das nur eine jugendliche Unsicherheit? Ich las weiter. Zum Glück beantwortete sie sich ihre Frage gleich selbst.

Nein, das tut sie nicht. Denn im Herzen sind wir Ordensschwestern für alle Menschen da, beten mit ihnen und für sie, und das hingebungsvoller, als wir es könnten, wenn wir nicht in Klausur leben würden. So nehmen auch wir an der weltlichen Gemeinschaft teil.

Erleichtert rieb ich mir die Nase und las weiter. Es folgten stichpunktartige Beschreibungen ihres Tagesablaufs, die ich nur überflog. Einige Einträge später stieß ich jedoch auf andere Fragen, die mich zutiefst beunruhigten. Ich beugte mich tief über das Büchlein, um die Schrift im Dämmerlicht erkennen zu können.

Wird die Welt vielleicht doch vom Zufall regiert, und nicht von Gott? Und welchen Sinn hat es dann, wenn ich mich bis zu meinem Tod in Klausur kasteie? Wäre es nicht doch besser, dem Weltlichen zu folgen?

Das konnte nicht wahr sein. Das durfte nicht wahr sein. Meine Isabella zweifelte an Gott? Madre Crocifissa zog es in Betracht, dem Weltlichen zu folgen? Ich begann kalt zu schwitzen und schlug das Tagebuch noch weiter hinten auf. Dass ich an die frische Luft musste, hatte ich völlig vergessen.

Ich spüre Gott nicht mehr in meiner Nähe. Meine Seele ruft verzweifelt nach ihm. Herr, erst hast du mich das Glück deiner Gegenwart spüren lassen, und jetzt verbirgst du dich vor mir. Jetzt zeigst du dich nicht mehr, jetzt hast du mich verlassen.

Das Gebet erscheint mir fad, der Gottesdienst langweilig. Ich sehne mich nicht mehr nach Jesus, und meine religiösen Pflichten ermüden mich.

In meinem Kopf drehte sich alles. Hastig überblätterte ich einige Seiten. Nun kamen nur noch einzelne, kurze Einträge, die vom Datum her weit auseinander lagen. Ich wusste, dass zahlreiche fromme Tagebücher, Briefe und Schriftstücke von Madre Crocifissa erhalten waren. Aber so etwas hatte ich nie, niemals aus ihrer Feder gelesen. Das war unerhört. Nun hatte ich mich gerade mit meinem Leben hier drinnen abgefunden, und ausgerechnet Isabella brachte wieder Zweifel auf. Die perfekte Isabella, die schon als Kind in die Klausur ziehen wollte.

Ich bin rastlos, finde keinen Trost, und in mir wächst eine unerklärliche Abneigung gegen alle Pfarrer und Priester – sogar gegen meinen eigenen Beichtvater. Immer wieder quält mich die Versuchung, Gott zu verfluchen. Die übelsten Schimpfwörter kommen mir dazu in den Kopf.

Ich frage mich: Ist Gott tatsächlich so gleichgültig und grausam, dass er mich leiden lässt, obwohl ich ihn mit jeder Faser meines Herzens anbete?

Das Ärgste ist, dass ich diesen Zweifeln nachgeben und mich gegen Gott wenden will. Ich ersticke fast an dieser schlammigen Welle des Unglaubens. Meine Seele treibt in einem Meer aus Pech. Was sie berührt, wird schwarz. Und wohin sie blickt, wird es dunkel.

Ich strich mir die Schweißperlen von der Stirn. Isabella haderte nicht nur mit dem Kloster, sie wollte sich auch gegen Gott wenden? Das war einfach unglaublich. Was war mit all den Geschichten, die mir Suor Immacolata erzählt hatte? Ich biss mir auf die Unterlippe. Hatte der Teufel am Ende doch noch gesiegt und sie vom rechten Glauben abgebracht?

Ich habe eine tiefschwarze Seele. Sie zieht die Kreaturen der Hölle an wie Metall einen Magneten. Die Nähe des Teufels und seiner Dämonen entlockt mir den Gestank und den Qualm der Hölle. Ich bin schwarz wie Pech. Ich fühle die Anwesenheit Luzifers so nah, als würde ich seinen verpesteten Atem einsaugen. Satan verfolgt mich Tag und Nacht. Er hindert mich am Schlafen, er verdirbt mir mein Essen und flüstert mir schreckliche Obszönitäten ein. Meine Mitschwestern sagen, ich sei ein Abbild des Todes. Und immer, immer wieder frage ich mich verzweifelt: Warum gerade ich? Was habe ich nur getan?

Um wieder auf den rechten Weg zu kommen und diesen sündigen Teil in mir zu bezwingen, betreibe ich meine Selbstgeißelungen in höchster Verzweiflung, bis fast zum Tod. Doch zurück bleibt immer nur die Frage: Wo ist bloß die Einheit mit Gott, die mich so lange gefangen gehalten hat? Verschwunden! Mein Herz ist kalt wie Eis.

Die abgrundtiefe Verzweiflung, die aus Isabellas Worten sprach, berührte mich zutiefst. Dieses Büchlein hier, das erst wie ein normales Tagebuch begonnen hatte, entpuppte sich als die Sammlung ihrer geheimsten Ängste und Fragen, die keiner erfahren durfte. War sie nachts, wenn der Teufel sie quälte, und sie nicht wusste wohin, in den unterirdischen Gang hinabgestiegen und hatte sich dort ihrem Tagebuch anvertraut? Weil sie sonst niemanden hatte, dem sie diese schändlichen, gotteslästerlichen Gedanken mitteilen konnte? Ich seufzte. Sie war noch einsamer gewesen als ich.

Herr, du hörst mich nicht mehr an. Aber ohne dich kann ich nicht leben. Was soll ich also tun? Ich werde mich an den Fuß deines Kreuzes klammern. Von dort kannst du mich nicht fortreißen. Und ich werde dort bleiben, um mit dir zu sterben, mein Gekreuzigter. Denn selbst wenn ich dich nicht mehr fühle, weiß ich doch, dass du da bist.

Gebannt starrte ich auf die vergilbte Seite. Isabella war stärker! Trotz aller Versuchungen hielt sie sich an Jesus Christus fest und widerstand dem Bösen. Ich bewunderte sie so sehr.

Ich werde auch diese Zweifel annehmen. Bestimmt sind sie die nächste Prüfung Gottes, die nächste Station auf dem Kreuzweg. Wenn die Zweifel der Wille Gottes sind, so werde ich eben an ihnen leiden müssen. Aber ich werde ihnen niemals nachgeben!

Das war der letzte Eintrag. Ich atmete erleichtert auf. Sie hatte es geschafft. Madre Crocifissa war aufrecht in den Tod gegangen und hatte dem Teufel, der Misstrauen und Zweifel in ihrer Seele säen wollte, bis zum Ende widerstanden. Seine Botschaft an Gott war für immer verstummt, erst hinter Madre Crocifissas versiegelten Lippen eingeschlossen, und nun in ihrem Sarg. Ich klappte das Büchlein zu und ließ meinen Blick über die grob behauenen Felsen wandern. Isabella hatte ihr Tagebuch einst in dem unterirdischen Gang versteckt und mich nun zu seinem Eingang geführt. War das ihr Ziel gewesen? Dass ich es fand? War das ihr wahres Vermächtnis? War das die wahre Isabella?

Das erste Mal war sie mir in einem Fiebertraum erschienen, hatte durchs Fenstergitter zu mir hereingesehen und für mich gebetet. Das zweite Mal hatte ich im Schlaf die Schmerzen ihrer Selbstgeißelungen gespürt. Dann hatte sie im Traum die Arme nach mir ausgestreckt. Das vierte Mal hatte ich sie in höchster Verzweiflung um Hilfe gebeten, als meine Mutter mich endgültig verlassen hatte. Ihre Nachricht an mich war gewesen: Leid entsteht durch Liebe. Dann hatte sie mich in ihrer Kammer vor dem Bösen beschützt und gesagt: Lass Liebe in dein Herz ein. Zuletzt hatte sie mich vor den Versuchungen des Teufels gewarnt, mir aber gleichzeitig den schönen Luzifer als Symbol für das sündige Leben gezeigt.

Jetzt, da ich ihre geheimen Zweifel kannte, erschien mir Isabella in einem anderen Licht. Was wäre, wenn ihre Nachrichten an mich gar nicht bedeuteten, dass ich in ihre Fußstapfen treten, Nonne werden, mein Leben Gott widmen und ihren Kampf gegen den Teufel fortführen sollte? Ich knetete meine Hände. Was, wenn sie mir stattdessen sagen wollte, dass das Leben im Kloster schmerzhaft und voller Entbehrungen war? Dass ich nicht mein Leben damit zubringen sollte, mit dem Teufel zu ringen, sondern stattdessen Liebe suchen sollte, um mein Herz damit zu füllen? Dass ich mein Leben genießen sollte?

Ich saß auf dem Steinbrocken und starrte auf das Büchlein in meiner Hand. Die Fragen, die Isabella niedergeschrieben hatte, waren mir nur allzu vertraut, und ich verstand auch, dass sie diese nur sich selbst, ganz im Geheimen, stellen durfte. Auch ich würde nie den Mut aufbringen, sie an diesem heiligen Ort auszusprechen. Deshalb hatte sie ihr wahres Tagebuch an einem sicheren Ort versteckt, und möglicherweise war ich nun der einzige Mensch, der ihre geheimen Ängste kannte. Isabellas Zweifel hatten etwas tief in meinem Inneren berührt. Etwas, das ich in den letzten Jahren an einem dunklen Ort vergraben und mit Frömmigkeit überdeckt hatte. Zaghaft begann es, in mir zu arbeiten.

Zärtlich legte ich das Tagebuch zurück in die Schatulle. Wer war Isabella wirklich gewesen? Eine Verrückte oder eine Heilige? Vom Teufel besessen? Oder war sie vielleicht einfach nur ein Kind, eine junge Frau gewesen, die von anderen in ihre Rolle gedrängt worden war und sich das Leben im Kloster irgendwie hatte schmackhaft machen müssen? Die nie eine Alternative gehabt hatte? Isabella war als Tochter eines Heiligen geboren, hatte heilig gelebt und musste als Heilige sterben.

»Wer bist du, Isabella?«, wisperte ich in den finsteren Gang hinein und erschrak vor meiner eigenen Stimme, die merkwürdig hohl klang.

Da sah ich ein schwaches Licht glimmen und blinzelte. »Isabella«, flüsterte ich. Ja, da war sie. Sie saß zusammengesunken auf einem Felsvorsprung und schien tief in Gedanken versunken. »Isabella!«, sagte ich noch einmal, diesmal lauter.

Sie hob den Kopf, drehte das Gesicht zu mir und ich sah, dass Tränen über ihre Wangen liefen. Sie war noch bleicher als sonst, noch durchscheinender. Das ganze

Leid ihres Lebens war in ihren zarten Gesichtszügen eingemeißelt. Sie streckte ihre Hand nach mir aus, doch sie blieb sitzen, als sei sie zu schwach, um aufzustehen. Also erhob ich mich, und zum ersten Mal ging ich auf sie zu.

»Wolltest du mir dein Tagebuch zeigen?«, flüsterte ich.

Sie nickte und versuchte zu lächeln.

»Ich verstehe dich. Ich verstehe dich so gut.«

Die Tränen rannen weiter aus ihren Augen, doch jetzt entspannten sich ihre Gesichtszüge und das Lächeln gelang ihr. Es waren Tränen der Erleichterung. Sie ergriff meine Hand. Ihre Haut fühlte sich kühl an und ihre Finger waren winzig, wie die einer Puppe. Trotzdem ging von dieser Berührung eine unglaubliche Kraft aus, die begann, durch meinen Körper, mein Herz, meine Seele zu fließen. Sie sah mich mit ihren schwarzen Augen an.

»Willst du wirklich Nonne werden?«, wisperte sie.

Ihre Augen zogen meinen Blick tief in sich hinein und saugten die leibhaftige Wahrheit aus meiner Seele. Ich konnte mir selbst nicht mehr widerstehen. Die Hülle aus Frömmigkeit, die ich um mich herum errichtet hatte, bröckelte ab. Die Zweifel stiegen aus ihrem dunklen Loch auf. In Wirklichkeit begann jede Faser meines Körpers zu schmerzen, wenn ich mir vorstellte, dass ich für immer in der Drinnenwelt leben müsste. Eingeschlossen mit ein paar alten Nonnen, immer dieselben Gesichter, dieselben Geschichten, dieselben Gebete, tagein, tagaus, bis an mein Lebensende. Ohne jede Hoffnung auf eine Rückkehr ins Leben. Ich schüttelte den Kopf. Nein. Das wollte ich nicht.

»Dann geh, Filomena. Geh deinen Weg. Such deine Mutter, damit du endlich Frieden findest.«

»Wie denn?«, fragte ich verzweifelt. »Wie soll ich hier jemals herauskommen? Von was soll ich draußen leben? Zu wem kann ich gehen?«

Isabella verblasste.

»Warte«, rief ich in den unterirdischen Tunnel hinein und versuchte, sie festzuhalten. Doch der Druck ihrer Finger, die auch die meinen fest umklammerten, wurde immer schwächer. Es war das Letzte, was ich von ihr spürte. Ich hätte noch so viele Fragen an sie gehabt, aber ich blieb allein zurück, in diesem dunklen Gang, tief unter der Erde. Doch ich war gar nicht allein. Ich hatte mich selbst wiedergefunden.

Nein, ich wollte keine Nonne werden. Aber wie sollte ich das Suor Immacolata beibringen? Und was würde es für Folgen haben? Bestimmt würde mich die Mutter Oberin hochkant aus dem Kloster werfen, und meine Ziehmutter würde mich genauso verstoßen, wie es meine echte Mutter getan hatte. Dann wäre ich zwar in der Draußenwelt, aber vollkommen allein. Ein einsames, mittelloses Kind.

Schmerzlich wurde mir bewusst, dass ich neben Suor Immacolata noch eine andere Mutter hatte, die mich geboren und großgezogen hatte. Die mich nicht mehr gewollt hatte. Und die bittere Frage, warum sie mich im Kloster zurückgelassen hatte, trieb noch immer ihr Unwesen in meinem Herzen. Eines Tages musste ich sie suchen gehen, um sie danach zu fragen. Ich wusste, dass dies der einzige Weg sein würde, Frieden zu finden und wirklich frei zu sein. Isabella hatte recht.

Plötzlich spürte ich wieder, dass mir schwindelig war. Ich musste hier raus. Der Rückweg erschien mir länger als der Weg, den ich vorhin in die Erde hinein gegangen war, und Panik drückte meinen Brustkorb zusammen. Die Wände des Tunnels schienen immer enger zusammenzurücken. Am liebsten wäre ich dem Ausgang entgegengerannt, doch ich stolperte über Steine, strauchelte, stieß gegen Felsvorsprünge. Als ich die Treppe endlich erreichte, fühlte ich mich schwach. Ich keuchte und mein Arm schmerzte, als ich die Luke über mir aufdrückte. Gierig sog ich die Nachtluft ein. Ich hatte es geschafft.

Ich erzählte nie jemandem von Isabellas Tagebuch, weder Suor Immacolata noch Angela. Ich trug ihr Geheimnis in meinem Herzen. Ihre letzte Botschaft an mich gab mir über die Jahre hinweg eine Kraft, die nie versiegte. Isabella hatte mich wieder zu der Person zurückgeführt, die ich wirklich war: Nicht die fromme, unterwürfige Klosterschülerin, deren einziges Ziel es war, möglichst oft die Belohnungs-Kurbel in der Kirche zu drehen, sondern das rebellische und vorwitzige Kind, das nie aufhören würde, einen Weg zurück in die Draußenwelt zu suchen. Zurück in die Freiheit.

Isabella hatte mich gerettet. Sie hatte mich davor bewahrt, so zu enden wie sie selbst. Und vielleicht hatte auch ich sie gerettet, denn ich war der erste Mensch, der ihre Zweifel und Ängste verstand.

Die Monate flossen dahin wie ein trüber Fluss. Irgendwann hatte ich vergessen, wie alt ich genau war, denn im Kloster wurden keine Geburtstage gefeiert. Etwas so Oberflächliches wie das Alter hatte in der Drinnenwelt keine Bedeutung. So schob ich den Moment, in dem ich meiner Ziehmutter endlich die Wahrheit sagen würde, immer weiter vor mir her. Ich brachte nicht den Mut auf, sie vor den Kopf zu stoßen und damit möglicherweise den einzigen Menschen zu verlieren, der mich liebte. Nach außen blieb ich weiterhin Suor Immacolatas fromme Schülerin. Aber Isabellas Stärke trug ich wie eine lodernde Flamme in mir, die nicht verlöschen würde, bis mein Moment käme. Und eines Tages würde er kommen, davon war ich fest überzeugt.

Ich war dreizehn Jahre alt, als die einzige Freundin, die ich je gehabt hatte, das Kloster für immer verließ. Angela hatte ihren Schulabschluss bestanden und kehrte nach Hause zurück.

»Ich werde dich jeden Mittwoch besuchen«, versprach sie mir. Dann drückte sie mich einmal fest und ging, ohne sich noch einmal umzudrehen. Ich kannte sie gut genug, um zu wissen, dass sie nur ihre Tränen vor mir verstecken wollte.

Angela ging hinaus, in ein neues Leben im Schoß ihrer Familie. Sie durfte die Oberschule besuchen und würde neue Freundinnen finden, während ich hier drinnen versauerte und mein Leben ungelebt an mir vorbeizog. Neid packte mich und zerrte wütend in meiner Brust. Mal sehen, ob sie wirklich jeden Mittwoch käme, oder ob sie nun besseres zu tun hätte, dachte ich. Das würden wir schon noch sehen. Ich biss die Zähne zusammen, denn auch ich wollte nicht, dass die anderen Mädchen meine Tränen sahen. Es war wieder soweit. Ich war allein.

Die Lüge

Nicht nur Angela war fort. Nach den Sommerferien wechselte ich in die Mittelstufe und musste mich an Suor Rosaria als neue Erzieherin gewöhnen. Sie war deutlich jünger als Suor Immacolata, was mir gefiel. Auch war sie, im Vergleich zu den anderen Nonnen, eine echte Schönheit. Hinter ihrer runden, randlosen Brille versteckten sich Mandelaugen und sie hatte glatte, rosige Haut.

Von einem Tag auf den anderen verlor ich all die Sonderstellungen, die ich mir bei meiner Ziehmutter im Laufe der Jahre erarbeitet hatte. Suor Rosaria war nett, aber sie behandelte mich genauso, wie jedes andere Kind.

Ich wechselte Stockwerk und Schlafsaal, und auch unter den Mädchen fing ich wieder ganz von vorne an. Während ich bei den Grundschülern völlig selbstverständlich Angelas Rolle als Anführerin eingenommen hatte, war ich hier oben wieder die Zuletztgekommene. An unterster Stelle der Hierarchie. Ich fühlte mich wie eine Fremde und zog mich zurück, hatte nur Kontakt zu den wenigen Mädchen, die mit mir zusammen gewechselt waren. Und die langweilten mich.

Ich suchte nach Isabella. In ihrer Kammer, im Garten. Ich stieg sogar noch einmal in den unterirdischen Gang hinab und las ihr Tagebuch ein zweites Mal, in der Hoffnung, dass sie mir wieder erscheinen würde. Doch sie schwieg.

Zeigte sie sich deshalb nicht mehr, weil ich ihre Botschaft endlich richtig verstanden hatte, oder wolle sie mir das Leben im Kloster so einsam wie möglich machen, damit ich weiter nach einem Ausweg suchen würde? Ich hatte noch immer keine Idee, wie ich in die Draußenwelt gelangen und dort zurechtkommen sollte.

Das Leben als Mittelstufenschülerin war beschwerlicher als das der kleinen Kinder. Wir mussten morgens, gleich nach dem ersten Gebet, den Holzofen in der Küche anschüren und mussten einmal in der Woche Wäsche waschen. Dafür durften wir das abendliche Fernsehprogramm bestimmen und kleine Botengänge übernehmen. Die Chance darauf hatte ich mir durch meinen Fluchtversuch freilich selbst vereitelt. Ich beneidete die anderen Mädchen, die ab und zu Eis für alle holen durften, doch ich wagte es nicht, Suor Rosaria darum zu bitten, mitgehen zu dürfen.

Es gab noch eine neue, aufregende Freiheit. Suor Rosaria erlaubte uns manchmal, die schwarzen Schuluniformen auszuziehen. Dann stellten wir uns vor, unsere Strumpfhosen seien echte Hosen und stolzierten durch den Schlafsaal. Der skandalöse Gedanke, dass Mädchen Hosen anhatten, war so unerhört, dass er nur hinter vorgehaltener Hand verbreitet wurde. Viel zu groß war die Angst davor, diese kleine Freizügigkeit gleich wieder zu verlieren.

Wir trugen zwar keine Ordensgewänder wie die Nonnen, doch die Schuluniform war trotzdem ein Zeichen der Gemeinschaft, das die Individualität aufhob, und ein Symbol für das bescheidene Leben, das wir hier erlernen sollten. Wenn Suor Immacolata erfahren würde, dass

Suor Rosaria diese Regel ab und zu lockerte, würde ein grollendes Donnerwetter losbrechen, und es wäre auf der Stelle vorbei damit.

In diesem Schuljahr waren wir nur wenige Kinder. Die Schlafsäle wirkten verwaist. Wo einst um die hundert Mädchen wohnten, waren es jetzt gerade mal zwanzig.

Suor Immacolata hob wehmütig die Hände. »In den Fünfziger- und Sechziger-Jahren hatten wir nicht nur Schülerinnen hier, sondern auch die Kleinkinder der Familien, die nach Deutschland ausgewandert sind«, erzählte sie mir. »Manchmal sogar ein Baby.«

»Sie ließen ihre Babys hier?« Die waren ja noch schlimmer als Mama, dachte ich empört.

Suor Immacolata zuckte die Schultern. »Die Eltern konnten ihre Kinder nicht mitnehmen und gaben sie lieber zu uns in sichere Obhut, als sie irgendwelchen Verwandten zu überlassen.« Ihre Augen glitzerten. »Das war herrlich. Wir waren eine große Familie. Weißt du, wenn ich nicht Nonne geworden wäre, hätte ich auch gerne Kinder bekommen.« Sie tätschelte meine Hand. »So eine Tochter wie dich.«

Überrascht sah ich sie an. Es war das erste Mal, dass sie mir etwas Persönliches erzählte. »Seit wann leben Sie denn im Kloster?«, fragte ich nach.

Plötzlich wirkte sie müde. »Seit den Zwanzigerjahren. Ich bin als junges Mädchen hierher gekommen, genau wie du.«

Als ich mir bewusst machte, dass Suor Immacolata seit ihrer Kindheit hier eingesperrt war, das Kloster aber bis heute nie wieder verlassen hatte, und es wohl auch nie mehr verlassen würde, wurde mein Hals ganz eng.

»Und warum sind Sie ins Kloster gekommen?«

Suor Immacolata schien es zu gefallen, dass sich jemand für ihr Leben interessierte, denn sie erzählte bereitwillig weiter. »Meine Familie war sehr arm, wir waren acht Kinder, und meine Eltern konnten uns nicht alle ernähren. Das Kloster sicherte damals das Überleben vieler Mädchen. Hier gab es Schutz, etwas zu essen und ein Dach über dem Kopf.«

»Und die Jungen?«

Die Nonne bekam einen bitteren Zug um den Mund. »Die Jungen waren wertvoller für die Familien. Sie konnten Geld verdienen. Für uns Mädchen gab es kaum Arbeit. Wir mussten erst durchgefüttert werden, und dann war auch noch die Mitgift fällig.« Die Nonne blickte mir in die Augen, und zum ersten Mal sah ich eine unerfüllte Sehnsucht darin glimmen. »Die Mädchen wurden entweder verheiratet, verdingten sich als Hausmädchen oder gingen eben ins Kloster. Andere Möglichkeiten gab es nicht. Für meine beiden größeren Schwestern reichte die Mitgift noch, aber für mich war nichts mehr übrig. Ich war die Jüngste.«

Suor Immacolata tat mir leid. »Hätten Sie lieber eine Familie gegründet, als Nonne zu werden?«, fragte ich behutsam. Ich wusste nicht, ob ich damit zu weit hing. Doch die Greisin war nicht böse über meine Frage.

»Nein.« Sie schüttelte den Kopf. »Meine Familie ist im Kloster. Die Mutter Oberin, meine Mitschwestern. Und natürlich die vielen Kinder, die ich hier großgezogen habe.« Sie lächelte versonnen, doch dann wurde sie mit einem Mal wieder traurig. »Aber jetzt?« Sie seufzte und sah in den halbleeren Schlafsaal hinein, in dem die meisten Betten schon lange nicht mehr benutzt worden waren. »Auch die Nonnen werden immer weniger. Die Alten sterben nach und nach weg, und es kommen kaum noch Mädchen, welche die Gelübde ablegen.« Dann sah sie mich an und ein Strahlen huschte über ihr faltiges Gesicht. »Zum Glück gibt es wenigstens ab und zu ein Kind wie dich, das nicht nach ein paar Jahren wieder geht, sondern bei uns bleibt.« Sie strich über meine Wange. »Du sicherst das Fortbestehen unseres Klosters.«

Meine Eingeweide zogen sich schuldbewusst zusammen. Ich hatte ihr noch immer nicht gesagt, dass ich keine Nonne werden wollte. Die Lüge begann, mich zu zermürben.

»Weißt du, es gab schonmal eine Zeit, in der das Kloster fast geschlossen worden wäre«, erzählte sie. »1908 waren nur noch drei alte Nonnen übrig. Obwohl das Kloster im Zuge der Säkularisation enteignet worden war, sprach ihnen in den Zwanziger-Jahren der faschistische Ortsvorsteher wieder einen Teil des Klosters zu. Das war wie ein Wunder.« Suor Immacolata bekreuzigte sich. »Und die nächste göttliche Fügung war dieses fünfzehnjährige Mädchen mit dem entschlossenen Blick, das 1925 aus dem Nachbarort zu uns kam. Ich erinnere mich noch gut an sie. Damals war ich selbst erst kurz im Kloster. Eigentlich sollte sie nur ein Jahr lang nähen lernen, doch danach legte sie die Gelübde ab, und zwar gegen den Willen ihrer Eltern.« Die Greisin hob den Zeigefinger nicht mehr ganz so hoch wie noch vor ein paar Jahren. »Das Mädchen rettete unser Kloster. Sie hatte nämlich die Idee, eine Singer-Strickmaschine anzuschaffen, mit der die Nonnen Socken herstellen und verkaufen konnten.

Die Ersparnisse der Schwestern reichten nicht aus, doch das Mädchen fand auch dafür eine Lösung: Sie sammelte vom Sprechraum aus Spenden der Bevölkerung, bis sie das Geld für ihre erste Strickmaschine zusammen hatte. Ein Jahr später produzierten die Nonnen rund vierzig Paar Socken täglich und verkauften sie so erfolgreich am Drehregal, dass sie sich bald eine zweite Nähmaschine leisten konnten. Nach dem Krieg verarbeiteten sie auch Wolle, wofür die Nonnen drei Spindeln mit Fußpedal anschafften. Außerdem wurde die Backstube in Betrieb genommen.

Der frische Wind, der plötzlich im Kloster herrschte, zog immer mehr Frauen an, die ihre Gelübde ablegen wollten. In den Vierziger-Jahren war es wieder mit Leben erfüllt. Fünfzig Nonnen und dreißig Schülerinnen lebten nun hier. In den Fünfziger- und Sechzigerjahren waren es sogar sechzig Nonnen und bis zu hundert Kinder.« Suor Immacolatas Augen leuchteten. »Verstehst du? Wenn dieses Mädchen nicht zu uns gekommen wäre, würde es unsere Ordensgemeinschaft schon lange nicht mehr geben.« Sie sah mich eindringlich an. »Wir brauchen wieder so eine junge Nonne, die neue Ideen und neuen Mut in die Gemeinschaft bringt. Der Herr hat dich geschickt, so wie er einst Madre Crocifissa und dann dieses Mädchen geschickt hat.«

Ihre Worte verursachten mir Beklemmungen. Ich würde ihre Erwartungen nicht erfüllen können. Um vom Thema abzulenken, fragte ich schnell: »Was ist aus diesem Mädchen geworden?«

Die alte Nonne lächelte. »Sie ist schon bald Äbtissin geworden. Es ist unsere Mutter Oberin.«

Anfangs besuchte ich Suor Immacolata häufig, doch mit der Zeit wurden unsere Treffen weniger. Sie redete immerzu davon, dass ich Nonne werden und das Kloster retten müsste, und ich wusste einfach nicht, was ich antworten sollte. Ein Schneidezahn war ihr ausgefallen und durch die Lücke zischelte nun die Luft, wenn sie sprach. Ihr Rücken war krumm und sie hielt sich am Geländer fest, wenn sie die Treppen Stufe um Stufe hinaufstieg. Ich brachte es nicht über mich, ihr altes Herz zu brechen.

Meine Ziehmutter setzte so viele Hoffnungen in mich, und letztendlich war sie der einzige Mensch, den ich hier drinnen hatte. Ich konnte und wollte sie nicht derart enttäuschen. Andererseits war es umso schrecklicher, dass ich ausgerechnet sie belog. Und irgendwann würde auch der Teufel wieder in irgendeiner Ecke auf mich lauern, wenn ich weiter sündigte.

Zum Glück hatte ich noch Angela. Sie hielt ihr Versprechen und ließ nie einen Besuchstag aus. Sie war mein Fenster nach draußen, meine Botschaft von der Welt. Jeden Mittwoch berichtete sie mir durch das Gitter hindurch von ihren Parties, Liebschaften und den Diskussionen mit ihren Eltern. Obwohl wir uns nur einmal in der Woche sahen, war unsere Freundschaft durch diese vertrauten Zweiergespräche wieder genauso innig wie zu unserer gemeinsamen Zeit in der Grundschule, oder vielleicht sogar noch inniger.

Manchmal stritten wir auch. Denn je länger Angela aus dem Kloster fort war, desto größer wurden ihre Zweifel an der Religion. Es war genau so, wie Suor Immacolata gesagt hatte: Die Welt verdarb die Menschen und brachte sie vom rechten Weg ab. Doch wenn ich ihr das sagte, lachte Angela nur und schüttelte belustigt den Kopf. »Ach, Filomena.«

Es ärgerte mich, dass sie manchmal mit mir sprach, als wäre ich ein kleines Kind, das keine Ahnung von der Welt und vom Leben hatte. Und weil sie damit recht hatte, ärgerte es mich gleich noch mehr.

»Hier draußen ist Religion für die meisten Menschen nur dann interessant, wenn es ihnen schlecht geht, Süße.«

Ich hasste es, wenn sie mich *Süße* nannte.

»Erst wenn die Leute Probleme haben, die sie nicht alleine lösen können, fangen sie an zu beten. Wenn sie krank sind oder ihre Arbeit verlieren. Aber helfen tut es doch nicht.«

»Woher willst du das wissen?«

Sie sah mich spöttisch an. »Oder sie gehen nur deshalb in die Kirche, weil sie Angst haben, sonst in die Hölle zu kommen ...« Sie verdrehte die Augen und sagte »Buh!«

»Mach dich bloß nicht über den Teufel lustig«, herrschte ich sie an.

Angela schnaubte auf. »Du glaubst doch nicht etwa immer noch an das Paradies und die Hölle? Ich bitte dich. Das ist ja lächerlich.«

Beleidigt verschränkte ich die Arme vor der Brust. »Weißt du nicht mehr, was Suor Immacolata über die Unterwelt erzählt hat? Dass Madre Crocifissa jedes Mal, wenn sie von Sündern erfuhr, die in die Hölle hinabgestürzt wurden, im Austausch ihre Buße anbot?«

»Ja, ja«, sagte Angela genervt, doch ich ließ mich nicht unterbrechen. »Die Dämonen freuten sich schon darauf, wenn Crocifissa zu ihnen hinabstieg und bereiteten die schlimmsten Qualen für sie vor. Einmal verbrachte sie in einer Vision sogar 40 Stunden in der Hölle.« Ich ertappte mich dabei, wie ich meinen Zeigefinger schwang, genau wie Suor Immacolata.

»40 Stunden Höllenqualen? Nur um ein paar Seelen zu retten? Ha! Schön blöd.« Angela hörte einfach nicht auf, sich über Isabella lustig zu machen.

Ich erhob die Stimme und redete einfach weiter. »Eines Tages fanden Serafica und Lanceata ihre Schwester im Bett. Ihr Körper war kalt wie Marmor, sie atmete kaum noch und ihr Gesicht war bleich und eingefallen. Sechs Stunden lang lag sie bewegungslos da, dann setzte sie sich plötzlich auf, nahm einen Stift und schrieb auf ein Blatt Papier: *Das Geschrei der Dämonen ist wie bittere Galle im Mund Gottes.* Dann wurde die ohnmächtig.

Ihre Schwestern blieben bei ihr, bis Crocifissa erwachte und mit drängender Stimme rief: *Ich muss sie mitnehmen. Ich muss die Sünder mitnehmen, damit sie zurück zu Gott finden.* Dann veränderte sich ihre Stimme völlig, wurde lieblich und sanft: *Auf Wiedersehen, Crocifissa! Auf Wiedersehen! Ich lasse dich guten Mutes zurück, um dich eines Tages am Kreuze wiederzutreffen.*

Sie kam wieder zu sich und berichtete den Schwestern, dass sie im Fegefeuer gewesen war. Was sie dort erlebt hatte, wollte sie jedoch nicht erzählen. *Diese Qualen will ich euch nicht schildern,* sagte sie nur. *Wenn Gott mir diese Erinnerung nicht aus dem Gedächtnis gelöscht hätte, wäre ich allein bei dem Gedanken daran gestorben.*

Serafica und Lanceata sahen sich mit großen Augen an. *Und von wem war die zweite Stimme, die sich von dir verabschiedet hat?,* wollten sie wissen. Jetzt lächelte Crocifissa und sagte: *Das war Mutter Maria.*«

»Das ist doch total schizophren.« Angela wedelte mit der Hand vor ihrem Gesicht herum.

Ich redete trotzdem weiter. Zu übermächtig waren die Erinnerungen an Suor Immacolatas Schilderungen, die sich tief in mein Gedächtnis eingegraben hatten. »An diesem Tag verbrannten die Nonnen ein Bild des Satans, um den Sieg von Madre Crocifissa über die Dämonen des Fegefeuers zu feiern. Jetzt war der Teufel vor Zorn nicht mehr zu halten. In dieser Nacht rächte er sich.«

Jetzt horchte meine Freundin doch auf. »Und wie?«

»In der Stille des Klosters schreckten die Nonnen von einem schrecklichen Lärm hoch und eilten mit wehenden Gewändern aus ihren Zellen. Es schlug eine Stunde nach Mitternacht, und die Tür zu Madre Crocifissas Zelle war verschlossen. Aus dem Inneren hörten sie dumpfe Schläge und das Jammern ihrer Schwester. Erschrocken blickten sich die Nonnen an und schlugen das Kreuzzeichen. Auf einmal sprang die Tür von alleine auf und sie sahen, wie sich Madre Crocifissa vor Schmerzen auf dem Boden krümmte. Ihr Körper war voller blauer Flecken und Verbrennungen.«

»Und wo soll sie die hergehabt haben?«

»Der Teufel hatte ihr eine ganze Gruppe Dämonen in die Zelle geschickt, die um sie herumschwirrten, sie quälten und schlugen, bis sie ohnmächtig wurde.«

»Na klar«, feixte Angela. »Du glaubst das nicht wirklich, oder?«

Ich zögerte. Eigentlich nicht. Aber irgendwie doch. Mir waren hier im Kloster schon so viele merkwürdige Sachen passiert, dass ich mir einfach nicht sicher war. In den letzten Jahren hatte sich meine Sichtweise auf viele

Dinge geändert. Ich glaubte nicht mehr alles, was die Nonnen erzählten, und manchmal zweifelte ich sogar selbst daran, ob alles, was ich erlebt hatte, wirklich geschehen war. Trotzdem steckte die Angst vor dem Teufel tief in meiner Seele.

»Ich weiß nicht«, sagte ich. Dann sah ich Angela direkt in die Augen. »Aber was machst du, wenn es doch wahr ist? Wenn doch die Hölle auf dich wartet, weil du vom Glauben abgefallen bist?«

»Na, vielleicht wirst du ja doch noch Nonne. Du redest schon daher wie Suor Immacolata«, murmelte sie kopfschüttelnd. »Komm, lass es gut sein.«

Manchmal erfuhr Angela Neuigkeiten von meiner Familie. Meine Eltern und Geschwister lebten in Pforzheim. Als sie versuchte, dieses lustige deutsche Wort auszusprechen, mussten wir so lachen, dass uns die Tränen übers Gesicht liefen. Aber eigentlich war die Geschichte traurig, denn seit meine Eltern unser Dorf verlassen hatten, waren sie nie wieder hierher zurückgekommen.

»Man munkelt, dein Vater hat mit der Stidda zu tun«, sagte sie geheimnisvoll.

»Mit was?«

»Die Stidda ist die sogenannte fünfte Mafia.« Angela senkte die Stimme. »Sie wurde von ehemaligen Mitgliedern der Cosa Nostra gegründet, die sich nach einem Streit abgespalten haben. Und zwar in unserem Dorf. Die Stiddari tätowieren sich einen kleinen, fünfzackigen Stern zwischen Daumen und Zeigefinger der rechten Hand.«

Das Bild von der Hand meines Vaters blitzte in meiner Erinnerung auf. »Und was machen diese Stiddari?«

»Ach, das Übliche«, sagte Angela. »Schutzgelder, Bestechung, Drogen ... Die Organisation ist genauso gewalttätig wie die Cosa Nostra, nur nicht so hierarchisch.«

»Und was hat mein Vater mit denen zu tun?«

Angela hob die Schultern. »Weiß nicht. Manche sagen, er war an einer Stidda-Operation beteiligt und ist danach ins Ausland abgehauen, damit er nicht ins Visier der Ermittlungen gerät. Andere behaupten, er arbeitet von Pforzheim aus für die Stiddari.«

»Das heißt, meine Familie ist vielleicht geflohen?«

»Genau weiß ich es wirklich nicht.« Angela schüttelte den Kopf. Sie trug heute ein buntes Tuch in den Haaren, das ihr ein verwegenes Aussehen gab. »Darüber spricht niemand gerne. Du weißt ja, wie das in unserem Dorf ist. Keiner hat etwas gesehen, keiner hat etwas gehört, keiner mischt sich ein.« Sie seufzte. Dann erzählte sie wieder von Pietro, dem hübschen Jungen, der in ihre Klasse ging.

Erste Liebe

Angela erklärte mir auch, dass es ganz normal sei, wenn meine Brust nun manchmal schmerzte und anfing zu wachsen, wenn ich Schamhaare bekam und sogar, was Menstruation bedeutete. Ich lief feuerrot an, als sie mir schilderte, was in meinem Körper vor sich ging, wenn ich bluten würde.

»Das mit der unbefleckten Empfängnis ist Quatsch. Sorry, Süße.« Sie zuckte die Schultern und grinste. Dann erklärte sie mir auch das.

Ich fand all das erschreckend und ekelhaft, aber Angela beruhigte mich. »Du brauchst keine Angst zu haben. Alle Frauen bekommen ihre Tage. Geh dann einfach zu Suor Rosaria und lass dir Damenbinden geben. Und was den Rest betrifft, besteht im Kloster ja sowieso keine Gefahr.« Sie zwinkerte mir zu.

Bei der Vorstellung, eine Nonne um so etwas Intimes wie Damenbinden zu bitten, brach mir der kalte Schweiß aus. Doch zumindest war es die jüngere Suor Rosaria, die ich danach fragen musste, und nicht Suor Immacolata. Als es irgendwann so weit war, und ich die ersten dunklen Tropfen in meiner Unterhose fand, blieb mir ohnehin nichts anderes übrig.

Ich stammelte und trat von einem Bein auf das andere. »Also in meiner Unterhose, ich meine ... da waren so rote Spuren.« Suor Rosaria winkte ab. Sie hatte mich schon verstanden. Erleichtert atmete ich auf, als sie einfach zu ihrem Schrank ging, eine Packung Slipeinlagen sowie einen Karton mit Damenbinden herausholte und mir in die Hand drückte. »Wirf sie nicht in die Toilette, sonst verstopft sie«, war das Einzige, was sie zu diesem Thema sagte. Ich nahm die Sachen und ging so schnell wie möglich aus ihrer Zelle, bevor sie mich doch noch in ein peinliches Gespräch verwickeln konnte.

Eines Tages brachte Angela mir etwas ganz Besonderes mit. Ein silbernes Kästchen, das durch ein dünnes Kabel mit einem Kopfhörer verbunden war. Dort, wo er auf den Ohren liegen sollte, war orangefarbener Schaumgummi angebracht. Sie zeigte mir das Ding verstohlen und steckte es dann hastig unter ihre Jacke zurück.

»Das ist ein Walkman«, flüsterte sie und hob den Kopfhörer ans Gitter. »Los, drück dein Ohr dagegen.«

Ich lehnte mich an das kühle Metall und hörte – Musik! Zwar blechern und leise, aber die Melodie machte mir sofort gute Laune.

»Das ist *Gloria* von Umberto Tozzi«, flüsterte Angela und ich wippte im Takt des Refrains mit. Sie spielte mir auch *Felicità* von Ricchi e Poveri vor, und dann ein Lied, das mich merkwürdig anrührte. Eine junge Männerstimme sang zu den Akkorden einer Gitarre. Erst lullte mich eine gefällige Melodie ein, doch beim Refrain wurde die Stimme des Sängers dramatisch und drang bis ins Innerste meiner Seele vor. Dort ließ sie mit jedem Wort den Wunsch wachsen, mich aufzulehnen. Gegen alles. Gegen mein Leben, gegen das Kloster, gegen – Gott? War Popmusik vielleicht doch Teufelswerk? Ich verscheuchte den Gedanken gleich wieder und konzentrierte mich lieber auf die Stimme, die gepresst klang, so als müsse sie ein Übermaß an Leidenschaft zurückhalten.

»Wer singt das? Kann ich es nochmal hören?« Eine merkwürdige Unruhe ergriff von mir Besitz.

»Das ist Eros Ramazzotti«, flüsterte Angela und zog eine Kassettenhülle aus der Tasche. Darauf war ein wunderschöner Junge abgebildet, mit vollen Lippen und dunklen, lockigen Haaren. Seine Augen waren wie von einem Schleier verhangen und schienen mich direkt anzusehen. Sie trafen mich mitten ins Herz und ich spürte, wie sich mein Bauch zusammenzog.

Beim zweiten Anhören lauschte ich den Worten aufmerksam. Er schien seinen Song nur für mich zu singen. Es ging darum, dass ihm all das, was er bisher erlebt hatte, nicht mehr genügte. Dass er verwirrt war und Angst vor der Zukunft hatte, aber dass er trotzdem seinen Weg weitergehen wollte. Er sang: *cuori agitati*, Herzen in Aufruhr. Und von diesem Moment an war auch mein Herz in Aufruhr.

»Er sieht toll aus, stimmt´s?« Angela grinste und nahm das Deckblatt aus der Kassettenhülle. Dann rollte sie es so eng ein, dass sie es durch das Gitter schieben konnte. Ich zog daran und ließ es schnell in meiner Tasche verschwinden.

»Hör dir mal dieses hier an«, sagte sie und spulte an der Kassette herum. »Damit hat er das Musikfestival von San Remo gewonnen.«

Im nächsten Song ging es um Jugendliche, die in weite Ferne reisen wollten, um neue Menschen zu treffen und neue Gefühle kennenzulernen. Sie liefen alleine durch die finsterste Nacht, auf der Suche nach einer anderen Welt, nach der *terra promessa*, dem gelobten Land, wo ihre Gedanken wachsen könnten. Am Ende wiederholte sich immer wieder eine Zeile: Wir suchen weiter nach unserem Weg.

Genau! Das war es. Ich wollte auch endlich meinen Weg suchen und finden und gehen. »Danke. Du bist wirklich eine echte Freundin«, wisperte ich Angela zu.

Einerseits war ich froh, dass ich durch ihre Erzählungen auch von der Drinnenwelt aus eine normale Jugend miterleben konnte, zumindest ein klein wenig. Gleichzeitig nährten ihre Besuche eine immer stärker werdende Sehnsucht. Schmerzlich wurde mir jeden Mittwoch aufs Neue bewusst, was ich alles versäumte. Das Leben mit all seinen Abenteuern und Überraschungen, mit seinen Höhen und Tiefen, zog dort draußen vorbei, während ich dazu verdammt war, jeden Tag das gleiche monotone Programm abzuspulen. Doch jetzt hatte ich Eros.

Jeden Abend zog ich heimlich sein Bild unter der Matratze hervor. Ich versank in seinem Schlafzimmerblick, der noch schöner war als der von Gott, und träumte davon, Hand in Hand mit ihm am Strand entlang zu gehen. Dann würde er stehenbleiben, sich zu mir drehen, mein Gesicht zwischen seinen sanften Händen halten und mich küssen. An dieser Stelle meiner Fantasie wurde mir jedes Mal ganz heiß.

Am nächsten Mittwoch brachte Angela mir ein noch viel aufregenderes Geschenk mit: Eine Zeitschrift, die *Bravo* hieß. Wieder hob sie die Jacke und ließ mich einen Blick auf das bunte Cover werfen, auf dem ein junger Mann mit nacktem Oberkörper zu sehen war. Mir blieb der Mund offen stehen. »Der hat ja gar nichts an!«

»Die Zeitschrift ist der Wahnsinn«, flüsterte Angela. »Du musst sie unbedingt lesen.«

»Wie soll das gehen?« Ich legte meine Hand ans Gitter. »Die Löcher sind zu klein.«

»Ich könnte dir die einzelnen Seiten herausreißen und zusammengerollt durch das Gitter schieben, so wie die Kassetten-Hülle.«

»Aber dann ist alles völlig verknittert. Oder du deponierst sie mir in der Kirche?« Die Kirche war der einzige Ort des Klosters, der zu bestimmten Zeiten öffentlich zugänglich war. Wenn sie verschlossen war, konnte ich von innen hinein gehen.

»Zu gefährlich. Da ist doch immer irgendeine Nonne unterwegs ... Oder der Pfarrer.« Angela kicherte. »Stell dir mal vor, der findet in seiner Kirche die Seite, in der es um Liebe geht.«

»Liebe? Was steht da drin?« Das war ja skandalös.

»Alles!«, wisperte Angela. »Sie beantworten Briefe, in denen Jugendliche fragen können, wie man küsst. Und noch viel aufregendere Sachen.«

Mein Gesicht färbte sich dunkelrot. Diese Zeitschrift musste ich haben! In diesem Moment betrat Suor Rosaria den Raum und ich musste husten.

»In der Schule läuft alles soweit gut, und bei dir?«, beeilte sich Angela, zu sagen.

Suor Rosaria blickte mich misstrauisch an. »Alles in Ordnung bei euch?«

»Ja, ja. Klar.« Ich nickte kräftig. Da hatte ich eine Idee. »Angela würde gerne Kekse kaufen«, sagte ich. »Kann ich ihr welche aus der Bäckerei holen?«

Angela begriff. »Genau«, sagte sie. »Ein Kilo bitte.«

Suor Rosaria nickte. »Natürlich, hol sie ruhig.«

Ich lief los, und die Euphorie, die mich packte, beflügelte meine Schritte. Ich schien durch den Gang der lebendigen Augen zu fliegen und grinste die Tomasis triumphierend an. Am liebsten hätte ich ihnen die Zunge herausgestreckt, aber das traute ich mich doch nicht.

Als ich mit dem Pappteller voller *Biscotti Ricci* zurück in den Sprechraum ging, war Suor Rosaria verschwunden.

»Los«, flüsterte ich aufgeregt. Laut sagte ich: »Das macht zehntausend Lire.« Ich stellte das Tablett in das Drehregal. Von der anderen Seite legte Angela den Geldschein und die Zeitschrift hinein. Dann drehte ich die Ruota und ließ die *Bravo* unter meiner Schuluniform verschwinden. Ich schob sie in den Bund meiner Strumpfhose und zog den schwarzen Stoff des Kleides darüber. Als ich die Uniform zurechtzupfte, kam Suor Rosaria wieder herein und sagte: »Die Besuchszeit ist vorbei.«

»In Ordnung.« Ich stand stocksteif da. Würden sich die Umrisse der Zeitschrift abdrücken, wenn ich mich bewegte? Würde das Papier rascheln? Ich begann zu schwitzen, lächelte aber tapfer weiter. »Ciao Angela, bis nächste Woche.«

»Ciao Filomena«, antwortete sie und warf mir noch einen letzten verschwörerischen Blick zu.

Zum Glück drehte sich Suor Rosaria um und ging vor mir her, sodass ich mir den Unterarm unauffällig gegen den Bauch drücken konnte. Ich musste dieses Ding schnellstmöglich loswerden, damit die Nonne es nicht entdeckte. Wenn da wirklich etwas über Sexualität drin stand, würde es das größte Donnerwetter geben, das ich hier jemals erlebt hatte. Das wäre sogar schlimmer als mein Fluchtversuch. Viel schlimmer. Denn Wollust war eine Todsünde.

»Ich muss mal«, murmelte ich, als wir an der Tür des Waschraums vorbeikamen und schlüpfte hinein, bevor die Nonne sich umdrehen konnte. Dann atmete ich tief durch und sah mich um. Wohin damit?

Mein Blick fiel auf den Spülkasten, der ziemlich weit oben unter der Decke angebracht war. Ich kletterte auf den Klodeckel, zog die *Bravo* aus meiner Strumpfhose und schob sie hinter den Kasten aus weißem Plastik. Die Wasserrohre, die aus der Wand kamen, machten einen Knick, bevor sie im Spülkasten mündeten, sodass sie das Papier hielten.

Ich zog die Spülung, falls Suor Rosaria lauschen sollte, wusch mir die Hände und rieb mir kaltes Wasser ins Gesicht, um meine glühenden Wangen ein wenig abzukühlen. Dann atmete ich nochmal tief durch und ging hinaus in den Flur.

Tatsächlich stand dort die Nonne mit verschränkten Armen und wartete auf mich. Prüfend sah sie mich an. »Ist wirklich alles in Ordnung? Du wirkst so aufgeregt.«

Mist! Sie sah mir an, dass ich gerade etwas Verbotenes getan hatte. Nun brauchte ich eine Erklärung. Und zwar schnell. »Angela wusste etwas Neues über meine Familie«, schwindelte ich.

»Und was?« Die Nonne zog die Stirn in Falten.

»Vielleicht hat mein Vater mit der Stidda zu tun.«

»Mit der Stidda? Und was?«

»Das wusste sie selbst auch nicht genau.« Ich zuckte die Schultern. »Aber es wäre doch schrecklich, oder?«

Suor Rosaria nickte.

»Aber vielleicht stimmt es ja gar nicht«, lenkte ich ein.

Sie wirkte zwar immer noch nicht ganz überzeugt, aber diese Geschichte schien ihr zumindest eine plausible Erklärung für meine Unruhe zu sein.

Den restlichen Tag und Abend versuchte ich, nicht aufzufallen und mied den Waschraum. Erst nachts, als alle schliefen, schlich ich hinüber, holte die *Bravo* aus ihrem Versteck, setzte mich aufs Klo und blätterte die erste Seite um. Wie schön die Mädchen waren, welche die neueste Mode und die beste Kosmetik präsentierten. Es gab Songtexte zu Liedern, die ich zwar nicht kannte, aber mir vorstellte. In meinem Kopf klangen sie alle so, als würde Eros sie singen. Ich seufzte.

Dann kam eine Seite mit den besten Tipps zum Zupfen von Augenbrauen und dem Entfernen von Damenbärten. Ich stellte mir vor, wie alle Nonnen im Aufenthaltsraum zusammen ihre buschigen Brauen in Ordnung brachten und die dunklen Haare über ihren Oberlippen mit Wachsstreifen ausrissen und musste grinsen.

Das Schönste war die Bildergeschichte. *Foto-Love-Story* stand darüber. Auf einem Bild küssten sich ein Junge und ein Mädchen so innig, dass man sogar ihre Zungen aufblitzen sah. Das Blut rauschte in meinen Ohren. Und dann kam die Seite mit den Briefen. Die Intimitäten, die dort beschrieben wurden, konnte ich fast nicht lesen, so sehr schämte ich mich. Gleichzeitig übten sie eine unwiderstehliche Faszination auf mich aus, und ein helles Ziehen durchfuhr meinen Unterleib.

Nachdem ich diese ungeheure Doppelseite fertig hatte, riss ich sie heraus, zerfetzte sie in winzige Stücke und warf sie in die Toilette. Die restliche Zeitschrift versteckte ich wieder hinterm Spülkasten. Dann zog ich an der Leine und wartete, bis auch der letzte Fitzel Papier im Strudel nach unten gesogen worden war.

Später im Bett gab ich mich ungestört meinen Fantasien hin, in denen ich alles, was ich gerade erfahren hatte, mit Eros Ramazzotti ausprobierte.

»So ändern sich die Zeiten«, sagte Angela eines Mittwochs mit einem süffisanten Grinsen. »Früher bist du nachts im Kloster herumgeschlichen, um Isabella zu besuchen. Jetzt hast du sie völlig vergessen und denkst nur noch an deinen Eros ...«

Fast bekam ich ein schlechtes Gewissen. Sie hatte recht. Doch Suor Rosaria sprach nie über Madre Crocifissa, und ich selbst kam mir mittlerweile albern dabei vor, neben einem Sarg zu sitzen und Selbstgespräche zu führen.

In diesem Jahr versetzte ein Ereignis das ganze Kloster in Euphorie. Isabellas Bruder, Giuseppe Maria Tomasi, wurde durch den Papst im Petersdom heiliggesprochen. Er war bereits 1803 seliggesprochen worden, und nun, seit dem 12. Oktober 1986, durften wir ihn endlich offiziell als Heiligen verehren.

Suor Rosaria hatte uns erklärt, dass Papst Johannes Paul II das Verfahren zur Seligsprechung drastisch vereinfacht hatte. Statt vier Wundern war nur noch eines nötig; zur Heiligsprechung dann noch ein zweites. Das bedeutete, dass Giuseppe Tomasi problemlos heiliggesprochen werden konnte. Die Nonnen waren begeistert davon, dass der Papst über tausend Selig- und fast fünfhundert Heiligsprechungen vornahm. Damit schuf er doppelt so viele Heilige wie seine Vorgänger in vierhundert Jahren zusammen. Wir Kinder ließen uns von der Euphorie der Nonnen mitreißen und genossen die gute Laune und die Fröhlichkeit, die wie eine warme Welle zwischen den düsteren Mauern hindurchschwappte.

Der selbe Postulator, der alle notwendigen Informationen für die Heiligsprechung von Giuseppe zusammengetragen hatte, machte sich nun mit Feuereifer daran, auch die Seligsprechung von Madre Crocifissa zu erwirken. Die Nonnen erfanden sogar ein eigenes Gebet, in dem sie Gott am Ende jeder Messe darum baten, ihrer Vorgängerin endlich zu der Ehre zu verhelfen, die ihr gebührte. Wir beteten es so oft, dass ich es bald genauso gut auswendig konnte wie das *Vater Unser* oder das *Ave Maria*.

Es ging so:

Heiliger Vater im Himmel, der Du unserer Suor Maria Crocifissa die unaussprechliche Gnade Deiner Liebe eröffnet hast, und der Du sie mit dem Feuer Deines Geistes an der Passion Deines Sohnes Jesus Christus hast teilhaben lassen, wir bitten Dich aus tiefstem Herzen, Deinen Glanz und Dein Licht durch sie scheinen zu lassen, damit sie auch unseren Weg zu Dir erleuchten möge.

In einer Welt, die immer mehr die Bereitschaft zur Buße verliert, und auch den ehrlichen Wunsch, zu Dir, oh Herr, zurückzukehren, sollen uns ihre völlige Hingabe an deinen Willen, ihre Teilnahme am Leiden Christi, ihre Offenheit für den Heiligen Geist und ihre leidenschaftliche Liebe für Mutter Maria ein leuchtendes Vorbild sein.

Herr im Himmel, erlaube uns, ihrem Beispiel zu folgen, auf dass Deine Liebe für uns stets das Höchste sei und wir würdig werden, an der endlosen Freude teilzuhaben, die Du für uns bereithältst.

»Warum ist Madre Crocifissa eigentlich noch nicht seliggesprochen?«, fragte ich Suor Immacolata eines Tages. Das war mir völlig schleierhaft.

Da vertrieb eine ernste Falte zwischen ihren Augenbrauen die ganze Fröhlichkeit. »Gleich im Jahr nach ihrem Tod begann in Agrigent der Prozess zur Seligsprechung, und Papst Pius VI erklärte Madre Crocifissa 1797 zur Venerabile«

»Was bedeutet Venerabile?«

»Dieser Titel wird als Vorstufe zur Selig- und Heiligsprechung vergeben, um die heldenhaften religiösen Tugenden einer Person anzuerkennen. Der Papst hat ihr Lebenswerk damit gewürdigt. Gott hab ihn selig.« Die Falte wurde tiefer. »Für eine Seligsprechung bedarf es jedoch eines Wunders.«

»Aber sie hat doch ganz viele Wunder vollbracht.«

»Das stimmt. Aber so ein Wunder muss auch von der Kirche anerkannt werden«, erklärte sie. »Da gibt es genaue Regeln. Es darf gemäß aktueller wissenschaftlicher Erkenntnisse nicht natürlich erklärbar sein.«

»Das ist doch unfair«, begehrte ich auf. »Im Siebzehnten Jahrhundert konnte man manche Dinge noch gar nicht nachweisen. War es damals nicht viel einfacher, heiliggesprochen zu werden als heute?«

Suor Immacolata nickte.

»Was könnte so ein Wunder sein?«

»Oft werden unheilbar Kranke gesund, nachdem der Selige oder Heilige für sie gebetet hat.«

»Aber sowas hat sie doch oft gemacht.« Ich dachte an die lange Liste all ihrer Gnaden und Wunder. »Zum Beispiel bei Kardinal Bonelli, der ihr aus Dankbarkeit für seine Heilung sogar die Gebeine von San Felice geschenkt hat.«

»Schon«, sagte die Nonne. »Aber diese Wunder müssen von mehreren Wissenschaftlern untersucht werden, und diese Untersuchungen muss man erst einmal finanzieren können.« Sie schnaubte verächtlich durch die Nase. »Du weißt ja, dass diese Wissenschaftler alles Ungläubige sind.« Sie schüttelte erbost den Kopf. »Es ist so. Die Krankheit muss unheilbar und nicht behandelbar sein, die Heilung muss spontan erfolgen, vollständig sein, und es darf keinen Rückfall geben. Außerdem muss durch Zeitzeugen belegt werden, dass dieses Wunder deshalb eingetreten ist, weil Madre Crocifissa Gott darum gebeten hat.«

Ich stemmte die Hände in die Hüften. »Und wo soll man bitte jetzt noch Zeitzeugen von vor dreihundert Jahren finden?«

»Keine Sorge.« Suor Immacolata tätschelte meine Hand. »Die Äbtissin hat damals alles dokumentiert, was Madre Crocifissa erlebt hat. Und unser Postulator wird es bestimmt schaffen, einen solchen Fall zu finden und zu beweisen.« Die alte Nonne bekreuzigte sich siegessicher. Sie wusste ja nicht, dass es nie dazu kommen würde. Zumindest nicht, solange sie lebte.

Abschied

»Suor Immacolata ist sehr krank«, sagte die Äbtissin. Sie hatte mich zu sich gerufen und empfing mich mit ernster Miene an ihrem Schreibtisch. Mein Magen zog sich schuldbewusst zusammen. Ich hatte meine Ziehmutter schon lange nicht mehr besucht.

»Was hat sie denn?«

»Das Alter ... Die Hitze ...« Die Mutter Oberin balancierte einen Füller zwischen ihren Fingern hin und her.

»War schon ein Arzt bei ihr?«

Sie schüttelte den Kopf. »Wenn es Gottes Wille ist, dass Suor Immacolata zu ihm geht, dann soll es so sein.« Sie legte den Füller ab und verschränkte ihre Finger.

Ein ungutes Gefühl breitete sich in mir aus. »Was soll das heißen – sie geht zu Gott?«

»Sie liegt im Sterben, Filomena.«

Die Wucht dieser Worte brachte mich zum Straucheln und ich musste mich an der Wand abstützen, um nicht in die Knie zu gehen. »Nein!«, rief ich. »Suor Immacolata darf nicht sterben!«

Plötzlich fühlte ich mich wieder wie ein kleines Kind. Wie die siebenjährige Filomena, die vor vielen Jahren mutterseelenallein im Kloster angekommen war und sich nach nichts mehr sehnte, als nach der Umarmung ihrer Mutter. Meinen Augen waren blind vor Tränen. Warum hatte ich Suor Immacolata nicht öfter besucht?

Die Äbtissin stand auf und trat zu mir. »Jeder stirbt eines Tages. Suor Immacolata wird ganz sicher ins Paradies einziehen. Das ist das Ziel unseres Lebens hier im Kloster. Für uns ist der Tod nichts Schlimmes. Im Gegenteil. Er ist der Übergang zu Gott, auf den wir unser ganzes Sein richten.« Sie legte mir die Hand auf die Schulter und lächelte. »Wir haben keine Angst vor dem Tod.«

Wie konnte sie lächeln, während Suor Immacolata mit dem Tod rang? Ich widerstand dem Impuls, die Hand abzuschütteln. Am liebsten hätte ich wild um mich geschlagen und nach der Mutter Oberin getreten, obwohl sie gar nichts dafür konnte.

»Aber Suor Immacolata soll nicht weg sein«, schrie ich. »Was soll ich denn ohne sie machen? Ich habe doch keine Mutter mehr, und wenn Suor Immacolata stirbt, nicht mal mehr eine Ziehmutter.«

»Gott ist immer für dich da. Und wir auch. Wenn du glaubst, bist du nie allein.« Sie streichelte mir sanft über die Schulter. »Suor Immacolata ist ihren Weg nun fast zu Ende gegangen. Du hast noch einen langen Weg vor dir, wer weiß, wohin er dich führen wird. Aber am Ende wirst auch du bei Gott ankommen. Nun komm, sie möchte dich sehen.«

Die Mutter Oberin ging den Gang entlang bis zur Zelle von Suor Immacolata. Dann trat sie zur Seite und ich stand vor der verschlossenen Türe. Ich hatte Angst vor dem Anblick einer Sterbenden. Angst davor, dass ich die Beherrschung verlieren und laut schreien und weinen würde. In meinem Brustkorb kratzten die Schuldgefühle. Ich hatte nicht einmal gewusst, dass sie krank war. Ich belog sie seit Monaten, hatte ihr immer noch nicht gesagt, dass ich keine Nonne werden wollte. Was war ich nur für eine Tochter?

Jetzt war die letzte Möglichkeit, reinen Tisch zu machen. Ich hatte den richtigen Moment verpasst, ihr die Wahrheit zu sagen. Wenn ich es jetzt nicht tat, würde ich für immer mit dieser Lüge, mit dieser Sünde, leben müssen, und könnte es nie wieder gut machen. Andererseits konnte ich sie doch unmöglich mit einer derartigen Enttäuschung in den Tod gehen lassen. Meine Augen weiteten sich bei dem Gedanken daran, ihr einen finalen Dolchstoß versetzen zu müssen und die Klinge in ihrem Herzen dann noch umzudrehen. Und warum? Nur weil ich feige und unaufrichtig gewesen war.

Ich wollte nicht, dass sie starb. Ich wollte es einfach nicht. Jede Faser meines Körpers sträubte sich dagegen, und doch wusste ich, dass ich machtlos war.

»Na komm, geh zu ihr hinein«, sagte die Mutter Oberin und nickte mir aufmunternd zu.

Ich atmete tief durch, schob die Tür auf und steckte zuerst den Kopf durch den Spalt. Ich sah Suor Immacolata in ihrem Bett liegen. Ihre Haut war genauso fahl wie das Leintuch und sie wirkte nur halb so groß wie sonst. Ihre Nase war spitzer geworden und die Wangenknochen stachen aus ihrem eingefallenen Gesicht hervor. Falten durchzogen ihre Haut wie dunkle Furchen.

Als ich ganz in das Zimmer hineinschlüpfte, machten mir die anderen Nonnen, die um ihr Bett standen, Platz. Suor Immacolata drehte den Kopf zu mir, öffnete kurz die Augen und griff mit ihrer kühlen Hand nach meinen Fingern. Sie drückte mir etwas in den Handteller. Es war ein Rosenkranz, den sie selbst geknüpft hatte. So wie

Madre Crocifissa auf dem Sterbebett ein Geschenk für jede Nonne bereitgehalten hatte, so hatte meine Ziehmutter in ihren letzten Tagen an mich gedacht.

»Haben Sie den für mich gemacht?« Die Welt verschwamm vor meinen Augen.

Suor Immacolata nickte und sah mich eindringlich an. »Du musst deinen Weg gehen«, flüsterte sie, ohne Begrüßung und ohne Einleitung. An ihrer Stimme hörte ich, dass sie nicht mehr viele Worte übrig hatte, und dass sie diese nicht mit unnützen Floskeln verschwenden wollte. Sie hatte mir etwas Wichtiges mitzuteilen.

Ich beugte mein Ohr zu ihrem Mund hinunter, damit ich sie besser verstehen konnte. »Ich möchte, dass du glücklich wirst. Folge deiner Bestimmung.« Sie brach ab und atmete schwer. Ich dachte erst, sie hätte fertig gesprochen, doch dann öffnete sie die Augen noch einmal. »Vielleicht habe ich mich getäuscht«, flüsterte sie. »Versprich mir, dass ...« Dann hörte ich nur noch unverständliches Murmeln.

»Wie bitte?« Ich hielt mein Ohr noch näher an ihre spröden, blutleeren Lippen. »Was meinen Sie damit? Worin haben Sie sich getäuscht? Was soll ich versprechen?«

Sie versuchte, noch etwas zu sagen, doch sie hatte keine Kraft mehr. Erschöpft schloss sie die Lider. Natürlich war mir klar, was sie für meine Bestimmung hielt: Ich sollte die Gelübde ablegen, Nonne werden und ihre Nachfolge antreten, vielleicht sogar die Nachfolge von Madre Crocifissa. Jetzt war die letzte Chance, die Wahrheit zu sagen. Doch ich brachte keinen Ton heraus. Denn in ihren Worten spürte ich eine aufrichtige Liebe zu mir. Sie liebte mich mehr, als es meine Mutter je getan hatte. Ihre letzte

Bitte an mich konnte ich ihr unmöglich abschlagen. Es war meine eigene Schuld, dass ich unaufrichtig gewesen war. Ich musste lügen, um sie in Frieden gehen zu lassen.

»Ja, *Matri me*«, presste ich mühsam heraus. »Ich verspreche es.« Dann verlor ich die Kontrolle. Ich konnte nicht mehr verhindern, dass sich mein Gesicht zu einer Grimasse verzog und meine warmen Tränen auf ihre Bettdecke tropften.

Sie holte ein letztes Mal Atem. »Weine nicht, Filomena«. Ihre Stimme war nur noch ein tonloses Wispern. »Ich gehe jetzt zu Gott und werde vom Himmel aus über dich wachen.« Dann erstarb die Stimme von Suor Immacolata für immer.

Sie rang ein paar Mal nach Atem. Die erstickten Laute waren so schrecklich, dass ich selbst das Gefühl hatte, keine Luft mehr zu bekommen. Ich hätte ihr so gerne geholfen, doch ich konnte nichts für sie tun. Ihr Kopf kippte zur Seite und ihr Atem blieb stehen. Ich warf mich über ihren zierlichen Körper, der sich unter der Bettdecke zart wie der eines Vögelchens anfühlte und begann zu schluchzen.

Die anderen Nonnen beteten leise und zündeten Kerzen an. Als der Raum in ein warmes Licht gehüllt war, überkreuzten sie Suor Immacolata sorgfältig die Arme. Ich hielt meine Ziehmutter noch immer umarmt und rollte mich neben ihr auf der Matratze zusammen wie ein Neugeborenes. Der Schmerz war so heftig, als sei meine wahre Mutter gestorben.

Jetzt hatten sie mich alle verlassen. Ich wusste nicht, wohin mit meiner Trauer. Ich rannte durch den Korridor der lebendigen Augen zu Isabellas Kammer. Als ich am

Bild von Madre Crocifissa vorbeikam, hielt ich inne. Da brannte die Kerze. Heißes Feuer. Ich starrte der Nonne tief in ihre leeren Augen und führte meinen Zeigefinger über die zuckende Flamme. Näher. Und noch näher. Als das gnadenlose Brennen endlich all meine Verzweiflung kanalisiert hatte, ging ich in die Kammer, legte mich dort auf den Boden und weinte so lange, bis ich vor Erschöpfung einschlief.

Ich träumte wirr, sah Suor Immacolata fröhlich zwischen all den Kindern, die sie im Kloster großgezogen hatte. Ich sah sie mit einem strahlenden Kreuz inmitten der Prozession aller hier verstorbenen Nonnen, die sie in den Himmel einluden. Sah sie im Paradies, umringt von Engeln. Meine liebe Mutter. Vielleicht hatte mir Isabella diese tröstlichen Bilder geschickt, so wie sie nach dem Tod ihres Vaters eine solche Vision erhalten hatte? Dieser Gedanke heiterte mich ein wenig auf. Ich bräuchte jetzt so dringend eine Freundin.

Als mich die Mutter Oberin das nächste Mal zu sich rief, war die Nachricht, die sie mir überbrachte, nicht ganz so schlimm wie letztes Mal. Aber schön war sie auch nicht.

Ich trauerte noch um Suor Immacolata und schlich durch die Gänge, ohne dass ich mich dazu aufraffen konnte, etwas zu tun. Immer wieder fragte ich mich: War es richtig gewesen, sie anzulügen? Ihr auf dem Sterbebett etwas vorzuspielen? Wenn ich daran dachte, was ich getan hatte, zog sich mein Herz zusammen. Ich hoffte, Suor Immacolata würde mich verstehen, wenn sie vom Himmel aus eines Tages beobachten würde, wie ich das Kloster verließ.

Noch immer hatte ich keine Ahnung, wie ich das als mittellose Jugendliche je bewerkstelligen sollte, und immer wieder verlor ich die Hoffnung. Dann suchte ich Isabella, in ihrer Kammer, beim Altar oder im unterirdischen Gang, doch ich fand sie nicht. Auch Angela war ratlos. Um mich zu trösten, sagte sie immer: »Wenn ich eines Tages arbeite und so viel Geld verdiene, dass wir beide davon leben können, kannst du bei mir wohnen. Dann hole ich dich hier heraus.«

Doch ich zweifelte daran, dass es jemals dazu kommen würde, denn sie berichtete davon, dass es mit unserem Dorf bergab ging. Die Stidda trieb weiter ihr Unwesen. Es gab immer weniger Arbeit und viele junge Leute verließen den Ort, um in größeren Städten oder gar im Ausland ihr Glück zu suchen.

Einstweilen schlich ich durch die Gänge wie eine leere Hülle meiner selbst und brachte kein Interesse für irgendetwas auf. Als ich die Zelle der Äbtissin betrat, sah ich sie gelangweilt an. Doch das, was sie mir zu sagen hatte, riss mich aus meiner Lethargie.

»Das Internat wird geschlossen.«

»Geschlossen? Warum?« Ich begriff nicht.

Sie hob die Arme vor den Bauch und ließ sie dann mit einer resignierten Geste wieder fallen. »Es gibt kaum Anmeldungen für das nächste Schuljahr. Weder der italienische Staat, noch die Region Sizilien, noch unsere Gemeinde wollen das Klosterinternat weiter finanzieren. Wir selbst haben nicht die Mittel dazu.« Sie schluckte.

»Und was wird aus mir?« Panik ergriff mich. »Ich muss doch weiter in die Schule gehen. Wenn ich nicht einmal die Pflichtschule abschließe, gelte ich als Analphabetin.«

»Du kannst doch lesen und schreiben. Alles andere ist hier im Kloster unwichtig.«

»Ja, hier drinnen schon. Aber draußen werde ich ohne Zeugnis nie einen Job finden.«

»Draußen? Einen Job?« Die Äbtissin zog die Augenbrauen hoch.

Erschrocken sah ich sie an. Das war mir so herausgerutscht. Schlagartig wurde mir klar, was meine Worte für Auswirkungen haben könnten, und ich krümmte die Zehen in meinen Schuhen so weit ich konnte.

»Ich dachte, du möchtest die Gelübde ablegen.« Ein Schatten flog über das Gesicht der Äbtissin. »Wir brauchen dich, Filomena. Wenn keine jungen Nonnen nachkommen, ist das Kloster dem Untergang geweiht.«

Ich wollte sie nicht verletzen, denn ich war dankbar dafür, dass sich die Nonnen all die Jahre um mich gekümmert hatten. Nachdem meine Familie verschwunden war, hätten sie mich genauso gut ins Waisenhaus stecken können, von dem man schreckliche Geschichten hörte. Dort mussten die Kinder, die nachts ins Bett machten, stundenlang in ihrem nassen Laken liegenbleiben. Doch die Nonnen hatten mich hierbehalten, hatten mich durchgefüttert und zur Schule geschickt, alles mit dem Ziel, dass ich eines Tages die Gelübde ablegen und ihrer Glaubensgemeinschaft eine Zukunft ermöglichen würde.

Ich hätte ihnen gerne geholfen. Aber ich konnte unmöglich mein ganzes Leben wegwerfen und einen Weg gehen, den andere für mich vorbestimmt hatten. Ich wollte endlich meinen eigenen Weg gehen, mein eigenes Leben leben. Das musste ich ihnen eines Tages sagen, selbst wenn sie mich dann fortjagen würden. Dass ich

Suor Immacolata belogen hatte, konnte ich nicht wieder gut machen. Doch ich konnte verhindern, dass ich mich auch an der Äbtissin versündigte. Eines Tages musste ich die Wahrheit sagen. Und dieser Tag war jetzt gekommen.

»Oder nicht?«, hakte die Mutter Oberin nach.

Ich atmete tief durch. »Nein«, sagte ich fast unhörbar und schüttelte den Kopf. »Es tut mir leid, Mutter Oberin, aber ich fühle keine Berufung, Nonne zu werden.«

Es war still im Raum. Die Äbtissin versuchte, ihre Enttäuschung zu verbergen, doch ich sah an der Art, wie sie die Lippen zusammenkniff, dass ich sie tief getroffen hatte. »Was ist mit deinen Visionen? Mit deiner Gabe, Madre Crocifissa zu sehen? Suor Immacolata hat mir gesagt, dass du auserwählt bist, ihre Nachfolge anzutreten.«

Suor Immacolata hatte in mir tatsächlich eine Erleuchtete gesehen, obwohl ich die ganze Zeit über nichts lieber gewollt hätte, als das Kloster zu verlassen. Es tat mir so unendlich leid, dass ich Hoffnungen in meiner Ziehmutter geweckt hatte, die ich nicht erfüllen konnte. Das Schweigen musste ein Ende haben. Jetzt.

Ich hob den Kopf und sah die Äbtissin fest an. »Ich danke Ihnen für alles, was Sie für mich getan haben, Mutter Oberin. Aber ich will raus in die Welt. Ich wünsche mir nichts sehnlicher, als mit meinen Freundinnen auf der Piazza ein Eis zu essen und im Meer zu baden. Ich möchte eine Familie gründen und Kinder bekommen. Und Isabella sehe ich schon lange nicht mehr.«

Jetzt war es raus.

Die Mutter Oberin schluckte. Und ich zog den Kopf zwischen die Schultern, denn ich erwartete, dass sie mich nun hinauswerfen würde. Dass ich doch ins Waisenhaus müsste. Dass sie mich unter diesen Umständen nicht mehr weiter durchfüttern würde.

»Ich habe gehofft, du bleibst bei uns.« Ihre mutlose Stimme schmerzte mich, und ich schämte mich zutiefst, sie trotz allem noch um etwas bitten zu müssen.

»Bitte schicken Sie mich nicht fort«, murmelte ich und sah auf den Boden. »Ich habe doch niemanden, zu dem ich gehen kann.«

»Fortschicken?« Die Stimme der Mutter Oberin wurde weich. »Ach, Filomena. Wir haben dich bei uns aufgenommen, und wir werden uns um dich kümmern, bis du volljährig bist. Ein Maul mehr oder weniger fällt nun wirklich nicht ins Gewicht.«

Ich atmete erleichtert auf und Dankbarkeit durchflutete mich. Die Äbtissin hatte keine Sekunde in Erwägung gezogen mich fortzujagen. Ich wollte mich bedanken, doch ich brachte kein Wort heraus.

»Es ist schade, dass du dich nicht zur Nonne berufen fühlst«, redete sie weiter. »Aber es ist richtig, dass du mir das gesagt hast. Die Gelübde abzulegen, ohne davon überzeugt zu sein, wäre eine schreckliche Sünde.« Sie machte eine kurze Pause. »Ganz abgesehen davon hätte es auch schlimme Konsequenzen für dich selbst. Das Leben im Kloster ist voller Entbehrungen. Wenn du dazu nicht bereit bist, ist es besser, du bereitest dich auf das Leben vor, das du wirklich führen willst.«

Ich nickte bewegt.

»Du kannst bleiben. Aber du musst deinen Teil zur Gemeinschaft beitragen. Und ich habe da auch schon eine Idee.« Das Gesicht der Äbtissin hellte sich auf. »Du kennst doch unsere Oblatinnen?«

Allerdings. Ich erinnerte mich noch gut daran, wie mich Calogera und Francesca vom Kalvarienberg zurück ins Kloster gebracht hatten.

Die Äbtissin sah mich auffordernd an. »Warum begleitest du sie nicht auf ihren Botengängen?«

Ich konnte es kaum glauben. Ich würde das Kloster verlassen dürfen? Ganz offiziell?

»Sie können dich morgens in die staatliche Schule bringen und mittags wieder abholen. Nachmittags arbeitest du im Kloster mit, du hilfst putzen, backen und kochen. Dafür kannst du hier wohnen und essen.«

Ich konnte noch immer nicht sprechen, so überwältigt war ich von der Möglichkeit, die sich mir auf einmal auftat. Deshalb nickte ich nur und nahm die Hand der Mutter Oberin in meine, um sie dankbar zu drücken.

Ich jubilierte innerlich. Mein größter Traum würde wahr werden. Ich durfte das Kloster verlassen, hinaus in die Freiheit ziehen, das pralle Leben einatmen. Was würde ich alles unternehmen? Als erstes würde ich mich mit Angela treffen. Wir würden ins Kino an der Piazza gehen, uns danach zwei Stücke Pizza in der Bar kaufen und dann gemeinsam unsere Köpfe über der aktuellsten Ausgabe der *Bravo* zusammenstecken. Und kichern. Lachen. Lachen, bis wir uns am Boden kugeln würden. Ich konnte es kaum erwarten. Doch mein neues Leben erwies sich als völlig anders, als ich es mir vorgestellt hatte.

Das vermächtnis

Die Oblatinnen waren wie Bluthunde. Und Botengänge kamen ohnehin nur äußerst selten vor. Zu allem Übel ließen mich die beiden dabei keine Sekunde aus ihren Wachhund- Augen. Ich stand unter ihrer Obhut und lebte im Kloster. Also hatte ich mich an die Regeln zu halten und durfte mich nicht ohne sie draußen aufhalten. Die Treffen mit Angela, die ich mir ausgemalt hatte, konnte ich vergessen.

Francesca und Calogera schwänzelten geifernd um mich herum, und eine von ihnen war immer an meiner Seite, um mich genau in dem Moment, in dem ich einen Fluchtversuch starten würde, fest am Oberarm zu packen. Ihr Verhalten ging mir auf die Nerven. Schließlich war ich kein kleines Kind mehr. Ich wurde langsam erwachsen und hatte sehr wohl verstanden, dass ich außerhalb des Klosters alleine nicht weit kommen würde. Doch meine bissigen Aufpasserinnen schienen nicht zu merken, dass ich brav hinter ihnen her trottete. Sie sahen immer nur das rebellische Gör vor sich, das vor fünf Jahren abgehauen war.

Die Hausarbeit im Kloster langweilte mich. Kochen, putzen, bügeln, sticken, stricken, nähen... Ich verdrehte innerlich die Augen, wenn ich nachmittags an meine Aufgaben ging. Am meisten hasste ich es, Wäsche zu waschen. Erst musste ich den Herd anschüren und Wasser in einem gewaltigen Topf zum Kochen bringen. Das Schwierigste war, das heiße Wasser so in den Bottich mit Stoff und Seife zu gießen, dass ich mich dabei nicht verbrannte. Mit einem Stock rührte ich dann in der Wäsche herum, bis sich Schaum bildete. Zuletzt rieb ich die einzelnen Kleidungsstücke über die Rillen des Waschzubers, bis mir die Arme schmerzten. Wenn ich die graue Brühe abgoss, war sie zum Glück abgekühlt. Aber schwer war der Bottich trotzdem noch. Ich schnaufte, und Schweiß rann über meine Schläfen, wenn ich ihn zum Ausguss stemmte. Dann musste ich mehrmals mit klarem Wasser nachspülen, den Bottich mit der sauberen Wäsche in den Garten schleppen und sie dort aufhängen.

Im ersten Jahr nach der Schließung des Internats durfte ich vormittags die Schule besuchen. Doch nachdem ich meinen Abschluss in der Tasche hatte, war auch das vorbei. Ohne andere Kinder gab es keinerlei Abwechslung mehr vom öden Klosteralltag. Ich war nun genauso wie die Nonnen dem Grundsatz des heiligen Benedikt unterstellt: *Bete und arbeite!* Mein Tag begann nun jede Früh um fünf Uhr mit dem Morgengebet.

Meine neue Freiheit, die in den schillerndsten Farben durch meinen Kopf gespukt war, hatte sich als Mogelpackung entpuppt. Statt erster Abenteuer in der Draußenwelt erlebte ich die langweiligsten fünf Jahre meines Lebens. Die Monotonie betäubte mich.

Im Kleinen hatte sich meine Situation trotzdem verbessert. Das sagte ich mir selbst immer wieder vor, wenn die Enttäuschung und die Wut über mein Schicksal Gift in meinem Herzen verspritzten. Die schönste Neuerung war mein erstes eigenes Zimmer.

Damit ich nicht alleine in einem der ausgestorbenen Schlafsäle wohnen musste, hatten mir die Nonnen eine Zelle zugewiesen. Ich nannte sie jedoch liebevoll Zimmer. Zum ersten Mal in meinem Leben hatte ich so etwas wie eine Privatsphäre.

In meinem Nachtkästchen bewahrte ich ein Notizbuch auf, das mir Angela geschenkt hatte. Darin notierte ich meine Gedanken. *Jedes Jahr: Frühling, Sommer, Herbst, Winter. Vielleicht siebzig Mal pro Leben? Schon fünfzehn Mal vergangen. Und nichts erlebt?*, schrieb ich zum Beispiel, und kam mir dabei unheimlich klug vor.

Angela hatte mir auch ein Büchlein mit Werken eines deutschen Dichters mitgebracht, das ich immer wieder las, bis ich es auswendig konnte. Rainer Maria Rilke hieß er. Am meisten liebte ich sein Herbstgedicht, das ich auf die erste Seite meines Tagebuches schrieb. *Die Blätter fallen, fallen wie von weit, als welkten in den Himmeln ferne Gärten; sie fallen mit verneinender Gebärde. Und in den Nächten fällt die schwarze Erde aus allen Sternen in die Einsamkeit.* Ich seufzte. Genau so fühlte ich mich.

Eigentlich sollte ich zufrieden sein. Ich war nicht fortgejagt worden, und die Äbtissin hatte die Regeln der Klausur für mich gelockert. Doch jedes Mal, wenn ich bei den kurzen Ausflügen mit den Oblatinnen in die Welt hinaus schnupperte, wurde mein Hunger nach dem Leben größer. Der Wunsch, endlich all das zu tun, wovon ich seit Jahren träumte, wurde durch die wenigen Botengänge nicht besänftigt, sondern wuchs ins Unermessliche. Das Einzige, was meine Lust auf Freiheit dämpfte, war das, was in der Draußenwelt vor sich ging. Denn das war schrecklich.

Das Dorf hatte sich verändert. Die Erinnerungen meiner Kindheit platzten schier vor Leben: Die Frauen saßen den ganzen Nachmittag vor ihren Häusern, klopften Mandeln auf oder schälten stachelige Kaktusfeigen. Wir Kinder saßen zu ihren Füßen, lauschten den Geschichten von früher und spielten mit Murmeln. Über uns flatterte Wäsche im Sommerwind und erfüllte die Gassen mit dem sauberen Geruch nach Waschmittel. Wenn es uns zu heiß wurde, sprangen wir zwischendurch mit Unterhosen in die Viehtränke auf dem Dorfplatz, prusteten und plantschten, und ließen uns danach auf irgendeinem Treppenabsatz wieder trocknen.

Nun war alles asphaltiert. Kein Kinderlachen hallte mehr durch die Luft, und über dem staubigen Hügel breiteten sich unverputzte Schwarzbauten aus. Die Autoschlange, die sich unaufhörlich durch die engen Gassen wand, hatte sogar die Alten von ihren wackeligen Stühlen vertrieben. Sie spähten jetzt hinter halb zugezogenen Gardinen aus dem Fenster.

Diese misstrauische, fast schon feindselige Atmosphäre passte genau zu dem, was mir Angela erzählte. Unsere Treffen mussten zwar weiterhin im Kloster stattfinden, doch die Äbtissin hatte mir erlaubt, mich im Sprechraum neben Angela auf die Bank zu setzen. Endlich musste ich nicht mehr hinter dem Gitter verborgen bleiben, konnte meiner Freundin ins Gesicht sehen und sie berühren.

»Das ganze Dorf brütet Kriminalität aus«, erzählte mir Angela. »Die Mafia hat unseren Ort mit einem Netz überzogen, aus dem es kein Entrinnen mehr gibt.« Sie legte die Stirn in energische Falten. »Früher hatten die feinen Herren nur Interesse an Geschäften, bei denen viel Geld im Spiel war. Die normale Bevölkerung blieb davon unberührt. Aber jetzt trifft es uns alle.«

»Seit wann interessierst du dich denn für Politik und sowas?« Ich schlug die Beine übereinander und lehnte mich lässig gegen die Wand.

»Seit ...« Sie rieb sich die rechte Wange und schluckte.

»Was ist denn passiert?«

»Das Kino an der Piazza ist ausgebrannt.«

Betroffen schaute ich sie an.

»Sie haben es angezündet. Vermutlich eine Schutzgeld-Sache.« Sie rieb sich über das Gesicht.

»Das ist ja schrecklich.« Dabei hatte ich mir so oft ausgemalt, wie ich zusammen mit Angela genau dort einen Film ansehen würde.

»Das ist nicht das Einzige.« Angelas Stimme wurde lauter. Zorniger. »Du weißt doch, wo der Sportplatz ist. Oder besser gesagt, wo er war. Dort wird gerade ein riesiges Mietshaus gebaut. Und weißt du, wem das gehört? Dem Bürgermeister. Dem, der sich eigentlich darum kümmern sollte, dass die Kinder genug Platz zum Spielen haben. Verstehst du?«

So kämpferisch kannte ich meine Freundin gar nicht. Bisher hatte sie nie von solch ernsthaften Dinge geredet, sondern immer nur über Jungs und Liebe.

»Alles, worauf die Bürger in einer zivilisierten Gesellschaft Anspruch haben, ist jetzt ein Gefallen, der mit einer Gegenleistung bezahlt werden muss.« Sie stand auf und begann, hin und her zu laufen.

Ich wunderte mich über ihre gestelzte Ausdrucksweise und sah ihr in die eine Richtung hinterher, dann in die andere. Ich kam mir unglaublich dumm vor, weil ich mich hier in meiner Drinnenwelt noch nie mit Politik befasst hatte. »Was meinst du damit?«

»Stell dir vor, meine Mutter hat letzte Woche den ganzen Vormittag auf dem Einwohnermeldeamt gewartet, weil sie eine Geburtsurkunde gebraucht hat. Sie kam nicht dran.« Sie stemmte die Hände in die Hüften.

»Den ganzen Vormittag nicht?«

Angela schüttelte den Kopf. »Kurz vor Schließung kam dann der Cousin des Bürgermeisters rein und wurde sofort durchgewinkt. Alle anderen, die zum Pöbel gehören, mussten unverrichteter Dinge nach Hause gehen. Ist das nicht zum Kotzen?«

Ich zuckte zusammen. Dann kam es wie von selbst aus mir heraus: »Schweinerei.« Es war das erste Schimpfwort, das ich in meinem ganzen Leben aussprach, und ich schmeckte vorsichtig daran herum.

»Genau! Es ist eine einzige Schweinerei.«

»Pssssst!«, machte ich.

»Dasselbe passiert beim Arzt. Mittellose Alte sitzen Stunde um Stunde auf den harten Bänken im Wartezimmer herum, obwohl ihnen alles weh tut. Und die Tochter des Kommunalpolitikers darf mit ihrem Kind, das ein wenig Fieber hat, sofort ins Sprechzimmer.«

Was sie da erzählte, stieß auch mir bitter auf. Es widersprach nicht nur meinem persönlichen Gerechtigkeitsempfinden, sondern auch allem, was ich hier im Kloster lernte. Waren nicht alle Menschen gleich? Hatten nicht alle dieselben Rechte?

Als ich das sagte, lachte Angela trocken auf. »Ach Filomena, du bist echt naiv. Was weißt du schon vom wirklichen Leben.«

Ihr herablassender Ton kränkte mich, doch ich wusste nicht, was ich darauf erwidern sollte, denn sie hatte recht. Ich hatte tatsächlich keine Ahnung von der Draußenwelt.

In Zukunft brachte mir Angela jedenfalls nicht mehr die *Bravo* mit, sondern die Tageszeitung. »Damit du weißt, was da draußen so alles vor sich geht«, sagte sie und zeigte auf die Tür. Dann grinste sie schief und zwinkerte mir zu. »Vielleicht wäre es nicht das Schlechteste für dich, doch im Kloster zu bleiben?«

Am 21. September 1990 wurde der Richter Rosario Livatino von der Stidda ermordet. Er war erst achtunddreißig Jahre alt. Angela weinte, als sie mir den Zeitungsartikel vorlas.

»Es war ein heißer Freitagmorgen. Rosario Livatino war gerade auf dem Weg zur Arbeit, als sein alter Ford Fiesta von der Straße abgedrängt wurde. Er versuchte, zu Fuß über die Felder zu fliehen, doch die Killer schossen hinter ihm her und durchlöcherte ihn mit Maschinengewehr-Salven.« Ihre Stimme brach.

Ich hielt mir erschrocken die Hand vor den Mund. »Warum wurde er denn ermordet?«

»Er hat in einem großen Schmiergeldskandal gegen die Mafia ermittelt, und das sehr effektiv. Außerdem wollte die Stidda ihre Unabhängigkeit von der Cosa Nostra beweisen, indem sie diesen Anschlag in Eigenregie durchgeführt hat. Weißt du, was das Schlimmste ist?« Sie sah mich mit geröteten Augen an. »Die Mörder sind von hier.«

»Aus unserem Dorf?« Ich war bestürzt. Was geschah nur dort draußen? War das wirklich die Welt, in der ich leben wollte? Der heilige Graf drehte sich bestimmt im Grabe herum, wenn er mitbekam, welche Zustände auf den Straßen des Ortes herrschten, den er zu einem neuen, himmlischen Jerusalem hatte machen wollen. Doch das behielt ich für mich, denn sonst hätte mich Angela sicher wieder ausgelacht. Meine Freundin hatte einen harten Zug um den Mund bekommen. Eine kleine Falte am Mundwinkel, die ihr Trauer und Wut eingeritzt hatten. Bitterkeit war auch dabei.

Der Tod von Rosario Livatino erschütterte ganz Italien, die katholische Kirche und sogar unser kleines Kloster, das sich sonst kaum mit weltlichen Dingen befasste. Doch der junge Richter war für seinen festen Glauben bekannt gewesen. Er war in der Kirche aktiv gewesen und hatte jeden Morgen vor der Arbeit in der Kapelle neben dem Justizpalast gebetet. Vielleicht hatte er auch deshalb auf Bodyguards verzichtet, weil er sich von Gott genug beschützt fühlte? Offensichtlich hatte das nicht ausgereicht, dachte ich zynisch.

Ein gutes Jahr später, ausgerechnet am Silvesterfest 1992, kam das Grauen dann mitten im Herzen unseres Dorfes an. Ich lag schon im Bett, als auf der Piazza Maschinengewehr-Salven knallten. Sie schienen endlos von den Klostermauern widerzuhallen. Das Feuer dauerte nur dreißig Sekunden lang, doch mir kam es vor wie eine Ewigkeit. Erst dachte ich, jemand hätte vorzeitig Böller gezündet, doch die Geräusche waren anders. Die schrillen Schreie, die nicht abebbten, fuhren mir durch Mark und Bein. Lange bevor die Sirenen durch die Gassen heulten, war mir klar, dass etwas Schreckliches geschehen war.

Ich rannte in den Flur hinaus und zum Fenster, das auf die Piazza ging. Auch die anderen Nonnen kamen mit wehenden Nachthemden aus ihren Zellen gelaufen. Wir drängten uns alle vor dem Fenster und lauschten.

»Das Böse ist los«, flüsterte die Äbtissin und bekreuzigte sich. »Der Teufel ist dort draußen am Werk. Lasst uns beten, Schwestern.« Die Nonnen knieten vor der Kapelle der Seufzer nieder und begannen, monoton vor sich hin zu murmeln.

Als ob das gegen die Stidda helfen würde, dachte ich bitter. Warum ließ Gott überhaupt zu, dass der Teufel so viel Macht über die Menschen hatte? Dass so viel Böses geschah? Wenn er doch derjenige war, der über allem stand, und dem Luzifer nicht das Wasser reichen konnte? Ich zog höhnisch den linken Mundwinkel nach unten. Oder war das etwa doch nicht so?

Ich konnte Angelas Besuch am nächsten Tag kaum abwarten, denn ich brannte darauf zu erfahren, was genau passiert war. So verstört wie heute hatte ich sie noch nie gesehen. Unter ihren Augen lagen tiefe Schatten und ihre Haare wirkten stumpf. Sicher hatte sie die ganze Nacht nicht geschlafen. Erschöpft ließ sie sich auf die Bank fallen. »Es gab eine Schießerei in der *Bar 2000*, mit drei Toten und sieben Verletzten«, sagte sie leise und verbarg ihr Gesicht in den Händen.

»Die Bar an der Piazza?«

Angela nickte matt. »Die Leute sagen, es war ein Racheakt zwischen zwei Familien, die sich seit Jahren bekämpfen.« Sie machte eine Pause, faltete die Hände in ihrem Schoß und blickte zu Boden. »Es reicht jetzt«, sagte sie dann bestimmt. »Weißt du, bisher sind die Mafiosi in den kommunalen Einrichtungen gesessen, haben Schutzgelder erpresst oder Bestechungsgelder kassiert. Aber jetzt ballern sie mitten im Dorf herum. Und am Abend versammeln sich die feinen Herren auf der Piazza und winken den Kindern zu.« Angela hob den Kopf und sah mich an. »Ich gehe weg, Filomena«, sagte sie. »Ich kann hier nicht mehr leben.«

»Was soll das heißen, du gehst weg?« Panik kroch meinen Nacken empor. Nein. Bitte nicht schon wieder ein Abschied für immer. Angela war der einzige Mensch, den ich noch hatte.

Sie sah mich traurig an. Traurig, aber unerschütterlich. »Ich werde in Palermo studieren.«

»Aber du kannst mich doch hier nicht alleine lassen!« Ich griff nach ihrem Arm.

»Du bist hier drinnen gut geschützt«, sagte Angela. »Du bist von all dem nicht betroffen. Aber ich muss dort draußen leben, jeden Tag. Und das wird immer härter. Es gibt in unserem Dorf kaum noch Arbeit. Keine Zukunft für uns jungen Leute. Nur fruchtbare Erde für die Mafia.« Ihre Stimme brach, und zwei Rinnsale liefen über ihre Wangen. »Sie zerstört unser Dorf, verstehst du? Sie macht uns kaputt.« Diesmal zeigte sie mir ihre Tränen. Dann umarmte sie mich und rannte hinaus.

Sie fehlte mir so sehr. Angelas Besuche hatten die klösterliche Monotonie wenigstens einmal in der Woche durchbrochen. Mit wem sollte ich jetzt über meine Gedanken und Gefühle reden? Mit wem konnte ich lachen?

Die Langeweile erreichte einen Grad, von dem ich selbst nicht gedacht hätte, dass er möglich wäre. Ich wurde mutlos, teilnahmslos, freudlos. Alleslos. Ich lebte unter einer Glasglocke, die das Wenige, was um mich herum geschah, auch noch abdämpfte. Das nächste Jahr verstrich, als hätte es gar nicht stattgefunden. Als hätte ich es überhaupt nicht erlebt. Als hätte ich nicht gelebt.

Erst als die Äbtissin an einem kalten Wintermorgen meine Zelle betrat, kam ich wieder zu mir. »Ich habe ein Geschenk für dich«, sagte die Mutter Oberin.

Ich sah sie teilnahmslos an.

»Heute ist dein achtzehnter Geburtstag.«

»Ach so, ja. Aber Geburtstage werden im Kloster doch gar nicht gefeiert.«

»Es ist ein ganz besonderes Geschenk. Von Suor Immacolata. Gott hab sie selig.«

Ich blinzelte. Ein Geschenk von Suor Immacolata? Die war doch schon tot.

Die Mutter Oberin griff in die Tasche ihres schwarzen Gewandes und zog einen Briefumschlag heraus. »Es ist ihr Testament.«

Sekundenlang hielt ich den Umschlag in der Hand und starrte ihn ungläubig an. »Ein Testament? Für mich?«

Als ich begriff, was das bedeutete, riss ich das Papier auf und zog ein gefaltetes, weißes Blatt heraus. Darauf stand: *Hiermit vermache ich, Rosa Santino, geboren am 1. September 1918, meinen gesamten Besitz Filomena Clerici, geboren am 26. November 1974. Es handelt sich um ein Haus in der Via Corso Odierna sowie um ein Sparbuch mit 23.500.000 Lire.* Darunter hatte sie in krakeliger Schrift ihren Namen gesetzt.

Ich ließ das Papier sinken. »Suor Immacolata besaß ein Haus und Geld?«

Die Äbtissin lächelte. »Sie nicht, aber ihre älteren Geschwister. Sie sind mittlerweile alle gestorben, und der letzte Bruder hatte selbst keine Kinder. Als er starb, ging sein Erbe an Suor Immacolata. Eigentlich vermachen die Nonnen ihr Vermögen dem Kloster. Aber Suor Immacolata wollte, dass du ihren Besitz bekommst.«

»Warum?« Ich sah die Mutter Oberin überrascht an.

Die Äbtissin griff erneut in die Tasche und überreichte mir ein gelbes Heftchen. Das Sparbuch. Und einen weiteren Umschlag. »Ich habe noch einen Brief für dich.«

Ich zog einen Bogen Papier heraus und las: *Meine liebe Filomena, ich habe nicht mehr lange zu leben. Es gibt etwas, das ich dir mitteilen muss, bevor es zu spät ist. Möglicherweise habe ich mich geirrt. Du bist wie eine Tochter für mich, und ich hätte mir so sehr gewünscht, dass du in meine Fußstapfen trittst. Dass du vielleicht sogar eine neue Madre Crocifissa wirst. Ich wollte, dass du für immer bei mir bleibst, dass eine junge Nonne zu uns ins Kloster kommt und sein Fortbestehen sichert. Das alles wollte ich so sehr, dass ich nicht mehr gesehen habe, wer du wirklich bist. Ich habe meine Wünsche vor dein Glück gestellt und damit große Schuld auf mich geladen. Nun, da du volljährig bist, möchte ich das wieder gutmachen. Ich vermache dir mein Vermögen, damit du frei entscheiden kannst, wie und wo du leben möchtest. Geh, mein Kind, und suche deine Mutter, damit du endlich Frieden findest. Bitte verzeih mir. In Liebe, Deine Matri Suor Immacolata.*

Mein Kopf war völlig leer. Ich stand einfach nur da, unfähig mich zu rühren oder irgendetwas zu tun. Dann begriff ich, was das bedeutete, und der bleischwere Stein, der mein Herz seit ihrem Tod beschwert hatte, fiel von mir ab. Suor Immacolata hatte mir auf dem Totenbett gar nicht das Versprechen abgenommen, Nonne zu werden. Sie wollte, dass ich meine Mutter suchen ging. Ich hatte sie nicht belogen. Ich trug gar keine Schuld.

»Du bist jetzt frei«, sagte die Mutter Oberin in meine Gedanken hinein. »Du kannst gehen.« Sie zeigte auf die Tür. Dann lächelte sie. »Aber du darfst auch jederzeit wiederkommen.«

Ein ungeheures Kribbeln breitete sich in meinem Bauch aus, als mir klar wurde, was das bedeutete. Ich konnte einfach aufstehen und gehen. Raus. In die Freiheit. Gegen alle Regeln des Klosters sprang ich auf die Mutter Oberin zu und umarmte sie fest. Die Nonne wehrte mich ab, doch sie lachte dabei und wischte sich verstohlen eine Träne aus dem Augenwinkel.

Am liebsten hätte ich getanzt, gejuchzt und laut gesungen, aber das war im Kloster verboten. Ich wusste nicht wohin mit meiner Euphorie. Wie gerne hätte ich Angela die Neuigkeit erzählt. Mit irgendwem musste ich einfach darüber reden. Also rannte ich in den Garten, zu meinem Altar. Dort setzte ich mich unter den Zitronenbaum, den Madre Crocifissa gepflanzt hatte, und atmete tief durch.

»Isabella«, sagte ich feierlich. »Heute ist mein achtzehnter Geburtstag. Niemand hat mehr das Recht, mich hier festzuhalten. Ich darf ab sofort selbst über mein Leben bestimmen. Und Suor Immacolata hat mir ihr Vermögen vererbt. Ich habe jetzt Geld. Was sagst du dazu?« Ich klatschte in die Hände und trippelte mit den Füßen auf dem Boden herum. Ich konnte einfach nicht stillhalten.

Wie lange hatte ich von diesem Moment geträumt. Elf Jahre, die ich zwischen düsteren Mauern verbracht hatte. Elf Jahre, die in meiner Biographie fehlten, und die ich nachholen wollte. Am besten sofort. Wohin sollte ich jetzt gehen?

Hier im Dorf hielt mich nichts. Ich kannte niemanden dort draußen, und in den letzten Jahren hatte es insgesamt achtundfünfzig Mafiamorde gegeben. Das war kein Ort zum Leben. Meine Familie war weg, Verwandte oder Freunde hatte ich auch keine – außer Angela.

Ja. Ich würde zu Angela fahren. Die einzige echte Freundin, die ich je gehabt hatte. Sie würde mich sicher bei sich aufnehmen und mir helfen, irgendwo Fuß zu fassen. Seit sie nach Palermo gezogen war, hatte ich sie nicht mehr gesehen, doch wir schrieben uns ab und zu Briefe. Auf den Umschlägen stand eine Absender-Adresse.

»Ich fahre zu Angela«, sagte ich zu Isabella. Dann fügte ich leise hinzu: »Wenn ich könnte, würde ich dich mitnehmen.« Ich schloss die Augen, fühlte in mich hinein, ob ich vielleicht Kopfschmerzen bekäme, wollte unbedingt das Ziehen hinter meinen Schläfen spüren, das Isabellas Besuche angekündigt hatte. Doch da war nichts.

Ich öffnete die Augen wieder und stand auf. Obwohl ich diesen Ort so gehasst und wie ein Gefängnis empfunden hatte, packte mich jetzt, da ich ihn für immer verlassen durfte, doch die Melancholie. Ich war hier aufgewachsen, hatte gelacht, gelitten, Abenteuer erlebt, Freundschaft und Liebe gefunden. Das Kloster war nicht nur ein Gefängnis, sondern auch meine Heimat. Das wurde mir erst jetzt bewusst, als ich im Begriff war, die düsteren Mauern für immer zu verlassen.

Ich drehte mich noch einmal zum Altar um und stutzte. Dort lag neben der Rose, die ich heute Morgen gepflückt hatte, und die schon angewelkt war, eine wunderschöne, dunkelrote Blüte. Ich nahm sie in die Hand und lächelte. »Ciao Isabella«, sagte ich. Ich küsste die Rose sachte, winkte damit zum Eingang des Geheimgangs hin und ging in mein Zimmer, um zu packen.

Meine persönlichen Dinge passten alle in eine Tasche. Ich nahm Bella aus dem Schrank und betrachtete die abgegriffene Puppe. Sie trug noch immer dasselbe Kleid, das meine Mutter ihr genäht hatte. Dann nahm ich mein Notizbuch, legte die Rosenblüte hinein und holte die *Bravo*-Starschnitte und sonstigen Papierfitzel unter der Matratze hervor, die sich dort in den letzten Jahren angesammelt hatten. Ich zog den Reißverschluss mit einem entschiedenen Ratsch zu. Dann ging ich, um mich von den Nonnen zu verabschieden.

Filomenas Weg

Zum Glück war ich schon öfter mit den Oblatinnen auf der Bank gewesen und wusste, wie man dort an Geld kam. Doch wie viel ein Busticket nach Palermo, eine Nacht in einer Pension und etwas zu essen im Restaurant kostete, davon hatte ich keine Ahnung. Wie viel sollte ich von Suor Immacolatas Sparbuch abheben?

Die Dame am Schalter kannte mich. »Na, heute ganz alleine unterwegs, Klosterkind?« Sie zwinkerte mir zu.

Ich hatte schon oft gehört, dass die Leute im Dorf mich so nannten. Klosterkind. Mir gefiel dieser Spitzname.

»Ich bin volljährig und habe ein Sparbuch geerbt.« Stolz reichte ich ihr das gelbe Heftchen, meinen Ausweis und die Kopie des Testaments.

Sie schaute sich die Dokumente an. »Ich weiß. Die Äbtissin hat mir schon eine Nachricht geschickt.« Sie reicht mir die Unterlagen wieder zurück. »Na dann, herzlichen Glückwunsch und viel Glück. Wie viel Geld möchtest du abheben?« Sie zwinkerte noch einmal. »Oh Verzeihung, wie viel Geld möchten Sie abheben, junge Dame?«

»Hm. Ich will eine Freundin in Palermo besuchen ...« Unsicher sah ich sie an.

»Nimm am besten nicht mehr als zweihunderttausend Lire mit«, riet sie mir. »Es ist nicht gut, in Palermo so viel Bargeld bei sich zu haben. Man weiß ja nie. Du kannst in jeder Bank in Italien Geld abheben, wenn du noch mehr brauchst.«

Ich nahm den Bus nach Palermo und starrte zwei Stunden lang aus dem Fenster auf die ausgedörrte Landschaft, die wie in Zeitlupe vorbeizog. Was sollte ich mit meinem Leben anfangen? Ich hatte mir die ganzen Jahre über so vieles erträumt, und jetzt, wo ich tun und lassen konnte, was ich wollte, fiel mir plötzlich nichts mehr ein. In diesem Moment fühlte ich mich gar nicht frei, sondern mutterseelenallein in dieser vertrockneten Draußenwelt.

Ich drückte meine Schulter gegen die Scheibe, um mich so weit wie möglich von der Frau neben mir zu entfernen, die ein Panino aß und dabei schmatzte. Der beißende Geruch nach rohem Schinken verursachte mir Übelkeit, und durch das Schaukeln des Busses wurde mir erst recht schwummerig. Endlich hielten wir vor dem Hauptbahnhof und ich sprang die hohen Stufen hinunter, mitten hinein in die heiße, staubige Luft.

Die Stadt erschlug mich. Menschen hasteten über den Platz und rempelten mich an. Das Knattern von Vespas mischte sich mit dem orientalischen Singsang der Marktschreier. Mein Gehirn war nicht an das Tempo gewöhnt, in dem all diese Eindrücke auf mich einprasselten. Am liebsten hätte ich mir die Ohren zugehalten und die Augen zugekniffen, um jedes einzelne Element in diesem wirren Puzzle in Ruhe zu betrachten. Wie sollte ich in diesem Chaos bloß Angelas Adresse finden?

Der Gestank nach fauligem Obst, Müll und Fisch, der schon zu lange unter der sengenden Sonne geschmort hatte, verstärkte die Übelkeit noch, die ich aus dem Bus mitgebracht hatte.

Das Kloster war mir in allem zu langweilig gewesen, zu monoton, zu still. Doch dieser Eimer voller Sinneseindrücke, den Siziliens Hauptstadt gerade über mir ausschüttete, konnte ich nur schwer ertragen.

Orientierungslos sah ich mich um. Ein Mann in speckigen Hosen und mit einer Haut, so braun wie Kalbsleder, schlenderte auf mich zu, schnippte eine halbgerauchte Kippe weg und fragte: »Wo soll´s denn hingehen? Brauchst du ein Taxi?«

Ja, dachte ich. Das war sicher die einfachste Lösung. »An diese Adresse«, sagte ich kurzentschlossen und hielt ihm den Zettel hin, den ich in den letzten Stunden in meiner Hosentasche schon mehrfach zusammengeknüllt und wieder aufgefaltet hatte.

Er nickte und bedeutete mir, ihm zu folgen. Dann öffnete er mir die Beifahrertür eines verdreckten Pandas.

»Das ist ein Taxi?«, fragte ich. Dank Angelas Manie, mir politische Zeitschriften und Tagespresse ins Kloster zu bringen, hatte ich Fotos von Taxis gesehen. Und das hier war definitiv keines.

Er grinste. »Das ist billiger als ein Taxi. Steig ein.«

Was hätte ich sonst tun sollen? Ich musste Angela so schnell wie möglich finden, bevor mich die Stadt verschluckte, verdaute und wieder ausspie. Ich war hier alleine verloren. Also schlug ich die Autotür hinter mir zu, hielt meine Tasche fest umklammert auf dem Schoß und fragte mich, ob ich eigentlich wahnsinnig war. Doch zum Aussteigen war es schon zu spät, der Taxifahrer hatte knirschend den ersten Gang eingelegt und trat aufs Gaspedal. Am Rückspiegel baumelte hektisch ein Rosenkranz hin und her.

Der Fiat fädelte sich in die wabernde Masse an Autos und Vespas ein, schlug Haken, wechselte die Spuren wie wild, überholte rechts, bremste scharf ab, wenn ihn jemand schnitt, und gab dann gleich wieder Gas. Mein Ellbogen stieß immer wieder schmerzhaft gegen die Autotür und die Stoßdämpfer quietschten. Das war meine erste Autofahrt, seit ich fünf Jahre alt gewesen war, und ich war entsetzt. So hatte ich mir das nicht vorgestellt. Überhaupt nicht. Und dann dieser Gestank nach Schweiß und kaltem Zigarettenrauch. So rochen Männer? Ich drehte mein Gesicht zum Fenster und versuchte, möglichst wenig zu atmen. Den Duft von Eros hatte ich mir jedenfalls ganz anders ausgemalt.

»Wo kommst du her?«, fragte mich der Taxifahrer. Aus seinem Hemdkragen krochen schwarze Haare den Nacken empor und die Glieder einer goldenen Kette klemmten in einer Speckfalte. »Bist du alleine?« Er betrachtete mich aus dem Augenwinkel heraus.

Wo brachte dieser Typ mich überhaupt hin? Er war jetzt von der Hauptstraße abgebogen und wir fuhren durch ein Viertel voller heruntergekommener Wohnblöcke. War Palermo nicht die Stadt der Monumente und Kirchen, der Sehenswürdigkeiten und goldenen Mosaike? Da lag ein Fehler vor. Denn hier türmte sich Müll an jeder Ecke, Jugendliche lungerten herum, das Auto ächzte durch tiefe Schlaglöcher. Meine Handflächen, die sich fest um den Henkel meiner Tasche krallten, waren nass vor Schweiß. Ich kannte diesen Mann überhaupt nicht und hatte keine Ahnung, ob er mich tatsächlich unversehrt zu Angela bringen würde. Eine Taxilizenz hatte er jedenfalls nicht.

»Ich besuche Verwandte«, schwindelte ich und starrte weiter aus dem Fenster.

Unauffällig sah ich zum Türöffner. Doch aus dem fahrenden Auto zu springen, wäre Irrsinn gewesen. Zähne zusammenbeißen, sagte ich mir, und keine Schwäche zeigen. Schließlich hatte ich es schon mit dem Teufel persönlich aufgenommen, da würde mir ein Taxifahrer schon nichts anhaben können.

Er bremste scharf. »Zehntausend Lire«, sagte er und hielt mir seine schwielige Hand hin.

»Hier?« Ich sah aus dem Autofenster.

Er zuckte die Schultern. »Das ist die Adresse, die auf dem Zettel stand. Zehntausend Lire.«

Die Hoffnung, dass wir dieses Viertel nur durchqueren und dann wieder in eine bessere Gegend kommen würden, erlosch. Ich kramte in meiner Tasche, gab ihm den Schein und stieg aus. Kaum hatte ich die Tür hinter mir zugeknallt, fuhr er mit quietschenden Reifen davon.

»Hallo, du Schönheit!« Ich drehte mich um. Eine Gruppe junger Leute saß auf den Stufen zu dem Wohnblock, der angeblich zu Angelas Adresse gehörte. Sie grinsten mich an. Auch das noch. Ich straffte die Schultern und stapfte wortlos an ihnen vorbei.

»Was hat die denn für Klamotten an?«, kicherte ein Mädchen hinter mir her.

Sie hatte recht. Aus dem Fundus der Oblatinnen hatte ich eine schwarze Bundfaltenhose und einen dunkelbraunen Pullover aus Polyester bekommen, die so scheußlich waren, dass nicht einmal die Bluthündinnen sie noch anziehen wollten. Meine Haare waren zu einem strengen Zopf gebunden. Ich sah aus wie eine Fünfzigjährige, nicht wie eine junge Frau. Ich atmete auf. Da war Angelas Name.

Ich drückte auf den Klingelknopf. Bitte mach schnell, hoffte ich inständig und starrte auf das Gitter vor mir, das die Sprechanlage schützte.

»Die Klingeln funktionieren nicht.«

Ich drehte mich um und sah den jungen Mann an, der noch immer auf der Treppe saß und an einer Cola-Flasche nippte. So bedrohlich sah er eigentlich gar nicht aus.

»Und wie komme ich dann rein?« Meine Stimme klang fester, als ich gedacht hätte.

»Mit dem Schlüssel.« Er grinste und schwenkte einen Schlüsselbund. Dann erhob er sich und sperrte mir die Tür auf. »Zu wem willst du denn?«

»Zu Angela.«

»Die wohnt im siebten Stock, Zimmer drei«, sagte er.

Ich nickte und ging Richtung Aufzug.

»Der geht auch nicht«, rief mir der Junge hinterher, dann fiel die Tür wieder ins Schloss.

Ein Grinsen machte sich auf meinem Gesicht breit. Ich hatte es geschafft. Angela wohnte tatsächlich hier und war nur ein paar Treppenstufen von mir entfernt. Den Aufzug brauchte ich gar nicht, denn wenn ich eines im Kloster gelernt hatte, dann war es Treppensteigen. Ich flog die Stufen nur so hinauf.

Als Angela mich mit offenem Mund anstarrte, prustete ich los. Die Anspannung der letzten Stunden entlud sich in einem regelrechten Lachkrampf. »Hat es dir die Sprache verschlagen?«, brachte ich mühsam heraus.

Meine Freundin stand in einer ausgeleierten Latzhose in der Tür und starrte mich nur an. Es roch nach Kaffee.

»Hey Angela! Ich bin´s!«, rief ich.

Endlich fand sie die Sprache wieder. »Filomena! Was machst du denn hier? Bist du abgehauen?« Sie umarmte mich so fest, dass sie mir dabei die Luft abdrückte.

Lachend wehrte ich sie ab. »Nein, ich bin achtzehn. Volljährig. Verstehst du? Heute ist mein Geburtstag.«

»Das müssen wir feiern! Komm, ich mach uns erstmal einen Espresso.«

Wir saßen uns gegenüber, schlürften den heißen Kaffee, und es war, als wären wir die ganze Zeit über zusammen gewesen. Die gleiche Vertrautheit, die gleiche Komplizenschaft wie vor zwei Jahren, als Angela unser Dorf verlassen hatte.

»Erzähl doch mal, was alles bei dir los war«, sagte sie. »Wie ist es dir in den letzten Jahren gegangen?«

Die ganze Geschichte sprudelte aus mir heraus und Angela hörte mir aufmerksam zu. »Und jetzt?«, fragte sie schließlich.

Ich atmete tief durch und sah sie fest an. »Jetzt werde ich meine Mutter suchen.«

Angela nickte. »Gute Idee. Soll ich mitkommen?«

Ein Lächeln huschte über mein Gesicht. Meine Freundin zögerte keine Sekunde lang, mich auf diesem schweren Weg zu begleiten. Ihr Angebot war verlockend. Ich überlegte kurz, doch dann schüttelte ich den Kopf. »Danke. Aber manche Dinge muss man alleine regeln. Das ist eine Sache zwischen meiner Mutter und mir.«

»Alles klar.« Angela grinste. »Aber vorher brauchst du etwas Vernünftiges zum Anziehen. Unbedingt.« Sie schüttelte den Kopf und lachte. »Du siehst schlimmer aus als die Oblatinnen.«

Sie lieh mir eine viel zu lange Jeans, aber besser als die Bundfaltenhose war sie allemal. Ich fühlte zufrieden den festen Stoff auf meiner Haut, krempelte sie hoch und zog mir ein türkises T-Shirt von ihr über. Stolz sah ich mich im Spiegel an. Es war merkwürdig, mich selbst zum ersten Mal in jugendlicher Kleidung zu sehen. Ich sah völlig anders aus. Fast wie eines der Mädchen aus der *Bravo*. Ich grinste breit und auch Angela nickte zufrieden. »Jetzt gehen wir zum Friseur, und dann Klamotten kaufen.«

Wie im Rausch ließ ich mich zwischen Kleiderständern und Umkleiden herumschieben, probierte enge Hosen, Turnschuhe, gewagte Tops und sogar eine Lederjacke an, bis mir vor Glück schwindelig war und mir die Füße weh taten. Ich erfand mich selbst neu. Und ich schwor mir selbst: Nie wieder Röcke, Polyester-Pullis oder blickdichte Strumpfhosen!

Zwischendurch holten wir nochmal Geld von der Bank, und schließlich schleppte ich meine neue Freiheit in sieben dicken Einkaufstüten nach Hause. Endlich sah ich aus wie eine normale Achtzehnjährige. Meine Locken trug ich jetzt offen. Ich fand, dass sie sehr wild um meinen Kopf standen. Geradezu ungezähmt. Entfesselt. Ich seufzte glücklich und betrachtete in jedem Schaufenster die neue Filomena. Sie gefiel mir.

Ich blieb drei Tage bei Angela. Mit ihr zusammen fühlte ich mich stark. Wie gingen ins Kino und aßen Pizza, genau wie ich es mir im Kloster immer ausgemalt hatte. Dazu tranken wir Cola, die auf meiner Zunge prickelte. Der Geschmack erinnerte mich an meine Kindheit. Auf einmal war mein Magen wie zugeschnürt. Ich hatte ja noch eine Aufgabe. Ich musste meine Mutter suchen.

Angela führte ein paar Telefonate mit Leuten aus unserem Dorf. »Ich finde schon jemanden, der jemanden kennt, der wiederum jemanden kennt ...« Sie zwinkerte mir zu. Schließlich hatte sie einen Cousin ihres Vaters am Apparat, der ein paar sizilianische Familien in Pforzheim kannte. Er versprach, sich umzuhören. Nach ein paar Stunden rief er zurück.

»Genau. Domenico. Und die Frau heißt Mariella«, sagte Angela in den Hörer. Ich versuchte, mein Ohr ebenfalls an die Muschel zu drücken, doch sie scheuchte mich weg. »Wie schreibt man diese Straße? ... Buchstabier mal bitte.« Sie kritzelte etwas auf ein Blatt Papier. »F R U E H L I N G S T R A S S E. Mamma mia, was für ein Name«, schnaubte sie. »Okay, danke dir. Ciao ciao.« Sie legte auf, wedelte mit dem Zettel vor meinem Gesicht herum und grinste mich triumphierend an. »Wir haben sie.«

Ein Stromstoß schoss durch meinen Körper. Ich atmete tief durch. Es war soweit.

Der Nachtzug Richtung Deutschland fuhr um zweiundzwanzig Uhr fünfundvierzig ab. Angela brachte mich zum Bahnhof, half mir ein Zugticket zu lösen und Lire in Deutsche Mark umzuwechseln.

»Was?«, fragte ich empört. »Tausend Lire sind nur eine Mark? Das kann doch nicht stimmen.«

Angela lachte. »Doch, doch. Dafür kosten die Sachen in Deutschland auch viel weniger.« Sie umarmte mich. »Viel Glück, Filomena. Und komm bald zurück.«

Der Zug ruckte an, um mich mit gleichmäßigem Räderrattern in meine Zukunft zu bringen. Als ich mich in das Polster meines Sitzes kuschelte, griff die Angst mit eisiger Klaue zu. Hätte ich Angela doch mitnehmen sollen? Zu spät. Es gab kein Zurück mehr. Ich war auf dem Weg nach Deutschland, zu meiner Mutter. Allein.

Wie würde es sich anfühlen, ihr nach so vielen Jahren gegenüberzutreten? Würde sie mich umarmen? Würde ich endlich erfahren, warum sie mich im Kloster zurückgelassen hatte? Die Fragen ratterten genauso penetrant in meinem Kopf wie die Räder des Zuges.

Ich nahm die Rosenblüte aus meinem Notizbuch und strich über die gepressten Blätter. Wäre Isabella jetzt da gewesen, hätte mir das noch mehr geholfen, als wenn Angela neben mir gesessen wäre. Meine beste Freundin war unschlagbar, wenn es um lebenspraktische Dinge ging. Aber in Gefühlsangelegenheiten stand mir Isabella näher. Sie allein konnte verstehen, was ich durchgemacht hatte. Sie allein wusste, wie es mir ging und welche Angst ich vor dem Treffen mit meiner Mutter hatte. Würde ich die Wahrheit ertragen?

Die Begegnung

Was für ein Glück. Eine italienische Eisdiele. Hier konnte ich mich wenigstens verständigen. Vor allem aber konnte ich von hier aus den Eingang des Wohnblocks beobachten, in dem meine Familie lebte.

Ich fühlte mich wie in einem Traum. So, als würde mich das monotone Rattern des Zuges immer noch in einem unruhigen Schlaf festhalten. Ich kippte schon den dritten Espresso hinunter und beobachtete die Leute, die durch die Glastür ein und aus gingen. War ich wirklich hier? Vor dem Haus, in dem meine Familie lebte? Mein Magen begann zu brennen. So viel Koffein war mein Körper nicht gewohnt. Ich hatte weder richtig geschlafen noch etwas gefrühstückt.

Grau war es hier. Hunderte von gleichförmigen Fenstern starrten aus der Betonfassade zu mir herüber. Die Häuser waren nicht so heruntergekommen wie in Palermo, und Müll lag auch keiner herum. Aber ich hatte mir die Draußenwelt schöner vorgestellt.

Ich schreckte aus meinen Gedanken auf. Der Wohnblock hatte zwei jugendliche Mädchen freigegeben, ein paar Jahre jünger als ich, mit schwarzen, toupierten Haaren. Sie waren stark geschminkt, aber trotzdem erkannte ich sie sofort: Nunzia und Graziella. Meine kleinen Schwestern. Jetzt hätte ich aufspringen und zu ihnen laufen sollen. Doch ich saß wie festgenagelt auf meinem

Stuhl und konnte mich nicht rühren. Die beiden waren mir völlig fremd.

»Kennst du die?«, fragte mich die Besitzerin der Eisdiele. Sie hatte mich schon die ganze Zeit verstohlen beobachtet und kam nun zu mir herüber.

»Ich weiß nicht«, murmelte ich. »Wer ist das?«

»Das sind die beiden Töchter einer sizilianischen Familie, die schon länger hier lebt.« Sie sah mich prüfend an. »Und wer bist du?«

»Ich bin die dritte Tochter.« Ich wusste nicht, warum ich dieser Fremden das einfach so erzählte. Andererseits: Warum auch nicht? Ich hatte ja nichts zu verlieren.

Ein Lächeln huschte über ihr Gesicht. »Das dachte ich mir schon. Du siehst ihr ähnlich.«

»Wem?«

»Marinella.«

Der Name meiner Mutter traf mich mitten ins Herz. »Kennen Sie sie?«

Die Frau wischte sich die Hände an ihrer Schürze ab. »Natürlich. Wir Italiener kennen uns hier alle.«

»Und was macht sie so?« Ich versuchte, möglichst unbeteiligt zu wirken.

»Sie ist Hausfrau. Geht nur selten raus. Sie hat nie richtig Deutsch gelernt. Manchmal kommt sie auf einen Espresso rüber und wir unterhalten uns ein wenig. Am Wochenende putzt sie das Restaurant deines Vaters.«

»Restaurant?« Ich pulte mit dem Fingernagel meines rechten Zeigefingers unter dem linken Daumennagel herum.

»Ja. Er hat eine kleine Pizzeria, gleich um die Ecke. *Il Gattopardo*. Läuft ganz gut.«

»Und was machen meine Schwestern?«

»Nunzia geht noch zur Schule und Graziella hat gerade eine Lehre als Friseurin begonnen.«

Ich nickte und sah durch die kalte Glasfront. Meine Familie hatte es also geschafft. Wenn ich mir diese Betonblöcke anschaute, war das sicher nicht die beste Gegend, und sie waren bestimmt auch nicht reich. Aber das Geld reichte offensichtlich zum Leben. Meine Schwestern hatten eine Zukunft vor sich.

»Mein Bruder ist auch noch in der Schule, oder?«

Die Frau sah mich überrascht an. »Bruder? Nein. Sie haben nur die beiden Töchter.«

»Aber meine Mutter war schwanger, als sie nach Deutschland gegangen sind. Er müsste jetzt zehn oder elf Jahre alt sein.«

Sie zuckte bedauernd die Schultern. »Ich bin erst nach ihnen hergekommen.«

Ich räusperte mich. Diese Frage musste ich jetzt einfach stellen. »Hat meine Mutter je von mir gesprochen?«

Die Frau zögerte. Dann sagte sie: »Nein.«

Ich presste die Lippen zusammen. So war das also. Ich existierte nicht mehr für meine Mutter. Sie hatte mich nicht nur zurückgelassen, ausgesetzt wie einen räudigen Hund, sie hatte mich auch aus ihrem Gedächtnis gelöscht. Sie verschwieg mich.

»Aber Graziella«, sagte sie schnell, als sie meinen Gesichtsausdruck sah. »Sie hat meiner Tochter erzählt, dass es in Sizilien noch eine dritte Schwester gibt.«

»Hat Graziella auch erzählt, warum sie mich dort zurückgelassen haben?« Mein Ton klang barsch, so als wäre das, was passiert war, die Schuld der Frau.

Sie trat einen Schritt zurück. »Ich glaube, es wäre besser, wenn du selbst mit deiner Mutter sprichst. Sie ist jetzt sicher zuhause.« Dann ging sie zur Bar und spülte Cappuccino-Tassen.

Ich klopfte mit der Schuhspitze auf den Boden, immer wieder, bis auch mein Vater das Haus verlassen hatte. Er sah älter aus als er war und hatte Tränensäcke unter den Augen. Als er um die nächste Straßenecke gehinkt war, atmete ich tief durch. Der Moment war gekommen. Mein Moment.

Ich reichte der Frau mit zitternden Fingern einen Zehnmark-Schein und winkte ab, als sie mir das Wechselgeld geben wollte.

»Viel Glück«, sagte sie. Ich glaubte, Mitleid in ihrem Blick zu erkennen.

Wie ferngesteuert ging ich über die Straße, suchte mit den Augen das riesige Klingelschild ab, fand in der dritten Reihe von oben schließlich unseren Namen: Clerici. Mein Finger drückte auf das kalte Metall.

Als der Türsummer anging, lief ich davon.

Ich rannte nach links, weil mein Vater nach rechts gegangen war, verschwand zwischen zwei Hochhäusern und ließ mich auf eine Bank fallen.

Ich konnte den Schmerz nicht mehr zurückhalten, den ich so viele Jahre lang hinuntergeschluckt und in mir begraben hatte. Mein Körper wurde von Schluchzern geschüttelt, und aus meinem Mund drang ein klägliches Wimmern. Ich rollte mich ein, zog die Knie an, verbarg mein Gesicht in den Armen. Der Moment der Wahrheit war endlich gekommen – und ich hatte nicht den Mut, ihr ins Gesicht zu sehen.

Jemand berührte meine Schulter und durch einen Tränenschleier hindurch sah ich sie. Ergraut, etwas runder als früher. Aber immer noch derselbe sichelförmig gekrümmte Rücken. Meine Mutter. Sie stand einfach vor mir und starrte mich an. Die Frau aus der Eisdiele nahm die Hand von meiner Schulter, nickte mir aufmunternd zu und ließ uns allein.

All die Verzweiflung, die Wut, die unendliche Einsamkeit verdichteten sich zu der ersten bitteren Frage, die ich meiner Mutter nach elf Jahren vor die Füße spuckte: »Warum hast du mir das angetan?«

Sie sah mich erschrocken an. Verständnislos. Bestimmt hätte sie sich eine andere Begrüßung gewünscht. »Was meinst du damit – angetan?«

»Du hast mich verlassen, ins Kloster gesteckt, bist einfach verschwunden«, weinte ich. »Warum? Was habe ich dir bloß getan?« Ich kreischte die Wörter beinahe, so übermächtig war das Unwetter, das in mir tobte.

»Getan? Du mir?« Sie blickte mich verstört an. »Garnichts. Wie kommst du denn darauf.«

Verstand sie mich wirklich nicht? Ich hatte die Knie immer noch wie ein Schutzschild vor die Brust gezogen. »Welchen Grund gibt es sonst, sein Kind wegzugeben?«

Meine Mutter schluckte. Sie setzte sich in einigem Abstand neben mich und faltete die Hände in ihrem Schoß. »Ich wollte dich schützen, Filomena.«

»Schützen? Wovor denn?« Ich richtete den Oberkörper auf. Meine Tränen waren vor Empörung versiegt. »Warum hast *du* mich nicht beschützt?«

Ihre Stimme war so leise, dass ich sie kaum hörte. »Dein Vater. Er wurde immer brutaler. Vor allem, wenn er betrunken war. Und seit er sich mit der Stidda eingelassen hat ...« Sie winkte ab. »Erinnerst du dich noch an diesen einen Tag? Als er völlig außer sich nach Hause kam und mich verprügelt hat?«

Ich nickte. Wie könnte ich das jemals vergessen.

»Seit diesem Tag war er wie verändert. Irgendetwas muss damals passiert sein. Aber er hat nie mit mir darüber gesprochen.« Sie zuckte die Schultern.

War mein Vater also doch an einer Straftat beteiligt gewesen? An einer Erpressung, einer Entführung, vielleicht sogar an einem Mord? Wenn er es nicht einmal meiner Mutter gesagt hatte, musste es etwas Schlimmes gewesen sein. Vielleicht war es besser, wenn ich nichts davon wusste.

»Bald hätte er seinen Zorn nicht nur an mir, sondern auch an dir ausgelassen. Als ich wieder schwanger war, wollte er uns nach Deutschland holen. Das war die letzte Möglichkeit, dich vor ihm in Sicherheit zu bringen.«

»Du lügst«, zischte ich. »Ich weiß, dass du gar kein viertes Kind bekommen hast. Und als ihr weggezogen seid, hast du dich nicht einmal von mir verabschiedet.«

Sie blinzelte. »Die Nonnen haben mich nicht mehr ins Kloster gelassen, sobald man den Bauch gesehen hat. Eine schwangere Frau zu sehen, ist Sünde.«

»Und wo ist mein Bruder?«

»Ich habe das Baby verloren, Filomena. Er hat mich in den Bauch getreten.« Sie wirkte völlig leer, erzählte mir das ohne jede Gefühlsregung. Absolut gleichgültig.

Ich schluckte. Das tat mir leid, und für einen Augenblick nahm sie mir damit den Wind aus den Segeln. Aber ich konnte schließlich nichts dafür. Außerdem war das passiert, nachdem ich schon im Kloster war. Etwas ruhiger fragte ich: »Hattest du um meine Schwestern keine Angst?«

Sie deutete ein Kopfschütteln an. »Nein. Dein Vater hatte es bloß mit dir. Du warst ihm zu wild, zu rebellisch.« Sie sah auf den Boden. »Du hast dich nicht angepasst. Deine Schwestern waren ganz anders als du ...«

Ich lachte bitter auf. Das war es also. Ich war nicht süß und lieb und unterwürfig genug für ihn gewesen. Aber das wollte ich auch gar nicht sein. Dieser Kuli-Killer konnte mir gestohlen bleiben. »Also war es meine eigene Schuld, oder was?«

Sie ging nicht darauf ein, sondern sagte noch einmal: »Das Kloster war der einzige Ort, an dem ich dich vor ihm in Sicherheit bringen konnte. Dort wusste ich dich in guten Händen.«

Sie wollte mich beschwichtigen, aber ihre schlaffe, blutleere Art provozierte mich erst recht. Ich wurde wieder laut. »In Sicherheit!«, höhnte ich. »Ich scheiße auf deine Sicherheit. Weißt du überhaupt, was das für ein Leben ist, im Kloster?«

»Ja natürlich«, sagte sie. »Ich habe im Kloster die glücklichsten Jahre meiner Kindheit verbracht.«

Jetzt war es an mir, verständnislos zu schauen.

»Es war herrlich, dort mit den anderen Kindern zu spielen, die Treppen hinauf und hinunter zu rennen, in die Schule gehen zu dürfen.« In ihren Augen begann ein schwaches Feuer zu glimmen, fast wirkte sie lebendig. »Ich wäre so gerne dortgeblieben und hätte einen Schulabschluss gemacht. Aber mein Vater ließ mich nicht.« Sie redete nun schnell und abgehackt, so als hätte sie keine

Übung darin, etwas zu formulieren, das Emotionen in ihr auslöste. »Ich habe so viel geweint. Doch er blieb eisern. Deshalb musste ich mit den Nonnen nähen und sticken, während die anderen Kinder in die Schule gehen durften.« Sie ballte die Fäuste. »Ich erinnere mich noch, dass sich einmal ein anderes Mädchen krank stellte, um nicht in den Unterricht zu müssen. Ich war so wütend. Wie gerne hätte ich an ihrer Stelle lesen, schreiben und rechnen gelernt. Und sie, die es durfte, wollte es nicht.«

Sie hob die Hände, ließ sie resigniert in den Schoß zurückfallen. Ihr Blick erlosch wieder. »Als ich 14 Jahre alt war, musste ich heim, um meiner Mutter im Haushalt zu helfen und auf meine kleinen Brüder aufzupassen.« Jetzt bekam sie wieder diesen wehleidigen Gesichtsausdruck, der mich so wütend machte. »Ich durfte das Haus nicht verlassen, hatte keine Freundinnen. Wie oft habe ich geweint, weil ich wieder zurück ins Kloster wollte. Aber mein Vater ließ sich nicht erweichen.«

Zum ersten Mal sah sie mir direkt in die Augen. »Ich wollte dir das ermöglichen, was ich selbst nicht hatte. Ich wollte, dass du glücklich bist, dass du einen Schulabschluss machst, dass dir niemand etwas antun kann.«

Ich spürte, dass sie es ehrlich meinte. Trotzdem brodelte immer noch der Zorn in mir, der sich in den letzten elf Jahren angesammelt hatte. Ich fühlte mich wie ein Vulkan, dessen Kappe jeden Augenblick abgesprengt wird. »Warum hast du dich nie gewehrt?« Das war keine Frage, das war ein Vorwurf. »Warum sind wir nicht von Papa weggegangen?«

Sie faltete ihre Hände ordentlich im Schoß. »Wohin hätten wir schon gehen sollen?«

Am liebsten hätte ich sie gepackt und geschüttelt. »Ist doch egal. Weg eben!« Ihre passive Art machte mich wahnsinnig. Ich hatte es schließlich auch geschafft, ganz allein in die Welt hinaus zu gehen. Warum konnte sie dann nicht vor meinem Vater fliehen? Warum konnte sie ihre Opferrolle nicht verlassen? Sie wäre nicht einmal alleine gewesen. Sie hätte ja mich gehabt.

»Als er mich zum ersten Mal geschlagen hat, waren deine Schwestern noch nicht auf der Welt.« Sie sah zur Seite und rieb die Handflächen aneinander. »Du warst erst ein paar Monate alt. Ich bin mit dir zu meinen Eltern geflohen, doch mein Vater hat mich wieder zu ihm zurückgebracht. Er sagte: *Du wolltest ihn unbedingt haben, jetzt hast du ihn. Nun sieh selbst, wie du mit ihm zurecht-kommst.*« Sie stockte. »Du weißt ja, dass ich von zuhause weggelaufen bin, um deinen Vater gegen den Willen meiner Eltern zu heiraten. Das haben sie mir nie verziehen. Damals hat er mich windelweich geschlagen. Eine Woche lang konnte ich das Haus nicht verlassen. Danach hatte ich nicht mehr den Mut, noch einmal davonzulaufen. Ich hatte kein Geld. Keine Familie. Keine Freunde. Ich hätte nirgends hingehen können. Und schon gar nicht mit einem Baby.«

Dann war unsere Situation ja ganz ähnlich gewesen, dachte ich zynisch. Beide zu einem Schicksal verdammt, mit dem wir unglücklich waren, dem wir hilflos ausgeliefert waren, in das uns andere gedrängt hatten. Nur, dass ich kein Baby hatte. Das Gedankenkarussell in meinem Kopf blieb mit einem Ruck stehen. Es war plötzlich still. Totenstill. Ganz ruhig fragte ich: »Er hat also angefangen dich zu schlagen, als ich auf die Welt gekommen bin?

Und gleichzeitig konntest du Papa wegen mir nicht verlassen?«

Meine Mutter blinzelte mich an.

»Du konntest nicht von ihm weggehen, weil ich zu klein war?«, wiederholte ich, um ganz sicher zu sein. Dann klickerte die Erkenntnis durch meinen Kopf. Jetzt wurde mir alles klar. »Als ich älter war, habe ich deine Lage noch schlimmer gemacht, stimmts? Weil ich mich nicht so verhalten habe, wie er es gerne gehabt hätte? Weil ich ihn damit zornig gemacht habe, und er seine Wut dann an dir ausgelassen hat?«

Ihre Augen gingen unruhig hin und her. Sie konnte sich nicht verstellen. Das hatte sie noch nie gekonnt. »So habe ich das nicht gesagt.«

»Aber du hast es so gemeint. Ich habe dein jämmerliches Leben noch schwieriger gemacht. Sag es doch so, wie es ist. Ich war eine kleine Zeitbombe für dich. Weil ich kein Junge war. Weil ich wild war. Weil ich nicht hinnehmen wollte, dass er dich schlägt. Weil ich Hilfe holen wollte und den Nachbarn erzählt habe, was bei uns zuhause los ist. Das hat ihn sicher zur Weißglut getrieben. Wer weiß, was ich noch alles angestellt hätte.«

Ihr Gesicht war herabgerutscht. Die Augenwinkel, die Mundwinkel, die Wangen, die im Alter weich geworden waren. Alles hing nach unten. Sie schwieg. Versuchte nicht einmal, sich zu rechtfertigen. Vielleicht war ihr das selbst noch nie bewusst geworden und sie hatte sich an dem Gedanken festgehalten, dass sie mich ja nur beschützen wollte. Dass sie mir etwas Gutes getan hatte.

Doch ich war noch nicht fertig, nahm erneut Anlauf. »Und warum bist du nie zu Besuch gekommen?«

Jetzt kam wieder Leben in ihre Züge. »Wie denn!« Ihre Augen füllten sich mit Tränen. »Ich habe jeden Tag an dich gedacht. Jeden einzelnen Tag. Aber wie sollte ich von Deutschland nach Sizilien reisen, ohne Geld? Die Kinder alleine bei ihm lassen? Ich kann nicht mal Deutsch.«

»Ich bin auch ganz alleine von Sizilien nach Deutschland gereist, um dich zu sehen«, heulte ich auf. »Du hättest mir wenigstens schreiben können.«

»Ich kann nicht schreiben«, flüsterte meine Mutter.

»Du hättest mir *irgendwie* eine Nachricht zukommen lassen können!«

Jetzt weiteten sich ihre Augen. »Das habe ich doch!«

Ihre Stimme klang verzweifelt. »Aber Suor Immacolata meinte, es wäre das Beste für dich, wenn du dein altes Leben vergisst. Sie sagte, du bekommst nur wieder Heimweh, wenn ich mit dir spreche.«

Was sagte sie da? Ich begann zu frieren. »Suor Immacolata? Du hattest mit ihr Kontakt?«

Die Tränen, die sich am Kinn meiner Mutter sammelten, tropften auf ihre gefalteten Hände. »Ja«, flüsterte sie. »Ich habe jeden Monat mit ihr telefoniert. Sie hat mir erzählt, dass du dich gut im Kloster eingelebt hast, dass du eine Freundin gefunden hast, Angela. Dass du sehr religiös geworden bist und dir sogar die Gabe der Visionen geschenkt wurde. Sie sagte, deine Berufung sei es, Nonne zu werden. Wie Madre Crocifissa.«

Es stimmte. Sie wusste alles über mein Leben. Ich schloss die Arme wieder fest um meine Knie. Suor Immacolata hatte meine Mutter davon abgehalten, Kontakt zu mir aufzunehmen? Warum?

Die Zacken des Zahnrades, das sich unaufhörlich in meinem Kopf drehte, griffen nicht mehr ineinander. Das eine Teil passte nicht zum nächsten und meine Gedanken befanden sich im Leerlauf. Sie drehten einfach durch.

»Ich habe dir jedes Mal Grüße ausrichten lassen, und sie hat mich von Dir zurückgegrüßt.«

Suor Immacolata hatte mich geliebt, das stand außer Frage. Wollte sie verhindern, dass ich das Kloster verließ? Hatte sie mich so sehr geliebt, dass sie mich ganz für sich alleine haben wollte? Klack. Das fehlende Teil war eingerastet. Sie hatte mich meiner Mutter vorenthalten.

»Stimmt das etwa nicht? Warst du nicht glücklich im Kloster?« Nun schwang Angst in der Stimme meiner Mutter mit. Angst davor, dass sie einen schrecklichen Fehler begangen hatte. Sie sah mich bittend an und streckte die Hand nach mir aus, doch ich wich zurück.

Hatte ich ihr Unrecht getan? Hatte sie sich wirklich Gedanken um mich gemacht? Hatte sie mich tatsächlich vermisst? Trotzdem. Diese Last würde ich ihr jetzt nicht abnehmen. Ich konnte es nicht, denn ich trug selbst zu schwer an ihr. Ich schüttelte den Kopf. »War ich nicht. Und Suor Immacolata hat mir nichts von deinen Anrufen gesagt. Nie.«

Betroffen blickte sie mich an. Ihre Augen waren schwarze Teiche, und meine Wut ging langsam darin unter. Sie machte einem neuen Gefühl Platz. Mitleid. »Und du? Bist du in Deutschland glücklich geworden?«

Auch meine Mutter schüttelte den Kopf. Dann saßen wir eine Zeit lang still nebeneinander. Keine Berührung. Keine weiteren Worte. Jede von uns musste erst einmal mit dem zurechtkommen, was sie gerade erfahren hatte.

»Kommst du mit hoch?«, fragte sie schließlich.

Ich schüttelte den Kopf.

»Aber du musst doch etwas essen.«

Fast musste ich lächeln. Das war typisch. Alle Probleme wurden mit Essen gelöst. »Danke, aber ich brauche etwas Zeit für mich«, sagte ich.

Die Wahrheit war, dass ich meinem Vater nicht begegnen wollte. Und meinen Schwestern auch nicht. Sie waren zwei Fremde für mich. Wahrscheinlich hatten sie kaum Erinnerungen an mich, sie waren ja erst drei und fünf Jahre alt gewesen, als ich im Kloster verschwunden war. Auch meine Mutter fühlte sich so fern an wie die Wolken am Himmel. Es war zu viel passiert. Zu viel Zeit vergangen.

Sie versuchte nicht, mich zu überreden. Fragte nur: »Wohin gehst du? Was machst du jetzt?« Wahrscheinlich hatte sie Angst davor, wie Papa reagieren würde, wenn er nach Hause käme und ich an seinem Küchentisch sitzen würde.

»Ich fahre mit dem Nachtzug zurück nach Palermo, zu Angela. Mehr weiß ich selbst noch nicht.« Eines musste ich noch wissen. »Was ist eigentlich aus Romina und Emma geworden?«

Meine Mutter sah mich verständnislos an. »Aus wem?«

»Aus meinem Hund. Und der Ziege.«

Sie schüttelte den Kopf. »Keine Ahnung. Warum interessiert dich das? Das waren doch nur Tiere.«

Ich biss die Zähne zusammen. Sie hatte nie verstanden, wie sehr ich Romina und Emma geliebt hatte. Sie hatte keine Ahnung davon, wer ich war, und was mir etwas bedeutete.

Sie überlegte. Dann sagte sie: »Ich glaube, wir haben die Ziege Lillo geschenkt. Und der Hund ... ach, der ist bestimmt auch alleine gut zurechtgekommen.«

»Ihr habt sie genauso zurückgelassen wie mich.«

»Ach, Filomena«, sagt meine Mutter und rückte ein Stück zu mir her.

Ich konnte das nicht. Ich konnte nicht so tun, als wäre nichts gewesen. Als wäre das alles nicht passiert.

Ich stand auf. »Ciao, Mama«, sagte ich, hob die Hand zum Gruß und ging. Ich schaffte es nicht, mich noch einmal umzudrehen und sie dort alleine sitzen zu sehen, mit ihren krummen Schultern. Genauso, wie sie es damals auf der steinernen Treppe des Klosters nicht geschafft hatte, sich zu mir umzublicken.

Nein. Ich hasse meine Mutter nicht für das, was sie mir angetan hat. Aber verzeihen kann ich ihr auch nicht.

Epilog

September 2017

Ich saß auf einer Bank an der Strandpromenade und sah über das Meer, als mein Handy klingelte. Es war Angela.

»Sie haben den Brief entziffert«, rief sie mir ohne Begrüßung ins Ohr.

»Wer? Was? Welchen Brief?«

»Den Brief des Teufels«, sagte sie atemlos. »Von Madre Crocifissa. Steht heute in der Zeitung.«

»Was? Das kann nicht sein.«

Ich schnellte von der Bank hoch, sodass auch mein Hund aufsprang und sich an meine Beine drückte. Ich tätschelte ihm beruhigend den Kopf.

»Doch, ehrlich. Ein Forscherteam aus Catania hat es versucht und im Darknet ein Dekodierungs-Programm gefunden.«

»Im Darknet?« Kleine Stromstöße kribbelten durch meinen Körper. Wissenschaftler gingen wirklich davon aus, dass der Brief eine Botschaft enthielt, die es wert war, entziffert zu werden? Das war neu.

Mittlerweile hatte ich mich mit allen Interpretationen beschäftigt, die es in den letzten dreihundert Jahren zum Brief des Teufels gegeben hatte. Im Neunzehnten Jahrhundert war Madre Crocifissa in einigen Reisebeschreibungen über Sizilien als Kuriosum aufgetaucht. Anfang des Zwanzigsten Jahrhunderts war sie im Zuge von Freuds Lehre des Unbewussten als sexuell frustrierte Nonne abgetan worden, für die alle Männer der Teufel waren. Als die Gehirnforschung aufkam, vermutete man, sie hätte an einem Tumor oder einer Epilepsie des Temporallappens gelitten. Dass nun Wissenschaftler ernsthaft versuchten, eine Botschaft in dem Brief zu finden, versetzte mich innerhalb von Sekunden in höchste Aufregung. Sie hatten tatsächlich die Möglichkeit in Betracht gezogen, dass Madre Crocifissa ein Medium gewesen war. Dass der Teufel sie benutzt hatte, um eine Botschaft zu übermitteln.

»Und?«, fragte ich atemlos.

»Sie haben alle Alphabete, die Madre Crocifissa hätte kennen können, eingegeben. Das griechische, das lateinische, das kyrillische, Runen und das Alphabet der Yeziden ... warte, hier steht es ... das ist ein Volk, das den Teufel anbetet«, las Angela vor.

»Ich weiß, wer die Yeziden sind«, sagte ich.

»Schon klar, Süße, aber ich nicht.«

»Sie beten den Teufel überhaupt nicht an. Das wird ihnen nur unterstellt, und sie werden deswegen seit Jahrhunderten verfolgt.«

»Ja, ja. Ist schon gut«. Angela schnaufte genervt. »Jedenfalls konnte das Programm daraufhin ein paar Sätze entziffern.«

Ich stand auf und trat an die Ufermauer. Madre Crocifissa hatte das Geheimnis über die Botschaft, die der Teufel Gott übermitteln wollte, mit ins Grab genommen. Würde ich jetzt endlich erfahren, warum?

»Und was steht da?«

Ich hörte wieder Papier rascheln. »Hör zu. *Die Zeichen, die ich, hier eingeschlossen, sehe, sind Quell von Unrecht. Sicher ist Styx XY< tliyi will dass Gott, Christus, Zooastrus, den alten Wegen folgt, von Menschen gemacht. Ojemine, errette mich. Es ist die Regel, nicht zu glauben. Alles andere nur eine Bürde. Ich sehe, dass Gott die Sterblichen befreit, und ich bin für immer hier.*«

»Hä? Und was soll das bedeuten?« Ich schob meine Sonnenbrille in die Haare, als könnte es mehr Klarheit in diese wirren Satzfetzen bringen, wenn ich besser sehen würde.

»Das fragst du mich?« Angela lachte meckernd. »Du hast doch Religionswissenschaften studiert, nicht ich. Außerdem kennst du dich besser mit Madre Crocifissa aus als irgendjemand sonst.«

»Ja, dank Suor Immacolata. Gott hab sie selig.« Ich bekreuzigte mich.

»Der Leiter der Forschergruppe behauptet jedenfalls, dass Madre Crocifissa sich die Zeichen selbst aus verschiedenen Alphabeten herausgesucht und sie zusammengesetzt hat – bewusst oder unbewusst.«

»Kann schon sein.« Ich rieb meine Nase. »Sie war tatsächlich außergewöhnlich gebildet.«

»Genau. Das sagt der Direktor auch. Er interpretiert den Text so.« Wieder raschelte Zeitungspapier durch den Hörer. »Madre Crocifissa ist sich darüber klar geworden, wie nutzlos es ist, im Kloster eingesperrt zu sein und den althergebrachten Wegen zu folgen. Sie ist überzeugt davon, dass in Wirklichkeit der Teufel über die Menschen regiert und der Glaube an Gott nichts anderes ist, als eine Bürde für die Menschheit.«

»Was?« Das war ja mal wieder typisch für diese Wissenschaftler. Ich begann, an der Ufermauer hin und her zu laufen. Romeo sprang fröhlich an meinen Beinen hoch. »Das kann nicht sein. Sie hat den Brief ja gar nicht selbst geschrieben, sondern der Teufel.«

»Na ja ... Die Forscher gehen davon aus, dass Madre Crocifissa an einer bipolaren Störung gelitten hat. Also dass sie ihn selbst geschrieben hat.«

»Bipolare Störung? Quatsch!« Ich schnaubte empört.

»Komm schon.« Jetzt verdrehte Angela am anderen Ende der Leitung bestimmt die Augen. »Zu ihrer Zeit galt ein Gewitter noch als Zorn Gottes, und ein paar Jahre vor ihrer Geburt wurde Galileo Galilei der Prozess gemacht. Es gab weder psychiatrische Diagnosen noch Medikamente. Und was sie angeblich alles erlebt hat, ist schon reichlich merkwürdig.«

»Trotzdem Blödsinn«, knurrte ich.

»Außerdem fühlte sie sich vom Teufel verfolgt. In Madre Crocifissas Kopf hat Satan vielleicht wirklich existiert. Weißt du, dass eine Form der bipolaren Störung auch Verfolgungswahn sein kann? Und ist dir aufgefallen, dass sie den Teufel nie gesehen, sondern immer nur seine Anwesenheit gespürt hat?«

»Ja ja«, unterbracht ich sie unwirsch. Ich hatte keine Lust, Angela zum hundertsten Mal zu erklären, wie oft ich selbst im Kloster dem Teufel begegnet war. Und ich litt sicherlich nicht an einer bipolaren Störung. Ja, es stimmte. Isabella hatte sich im Kloster eingesperrt gefühlt und mit ihrem Leben in Klausur gehadert. Aber sie hätte niemals behauptet, dass der Teufel die Welt regiert. Das musste aus Satans Feder stammen.

Angela redete weiter. »Und du hast mir selbst erzählt, dass sie immer allein war, als sie Kontakt mit dem Bösen hatte. Angeblich.«

»Nicht immer«, korrigierte ich. »Den Stein des Satans hat auch die Äbtissin fliegen sehen. Außerdem: Wenn die Zeichen einfach nur aus damals gängigen Alphabeten stammen würden, wäre der Brief doch schon lange entziffert worden, oder? Die sind doch bekannt. Da wäre doch schon mal jemand draufgekommen.«

Jetzt zögerte Angela. »Stimmt.«

»Oder glaubst du, dass Madre Crocifissa derart intelligent war, dass sie im Siebzehnten Jahrhundert einen Code erfinden konnte, den über dreihundert Jahre niemand knacken konnte? Für dessen Entzifferung man technische Geräte aus dem Einundzwanzigsten Jahrhundert braucht?«

»Nein. Du hast recht. Das ist Quatsch.«

»Dann muss es wohl doch eine höhere Macht gewesen sein, die Crocifissas Hand geführt hat ...«

»Hör auf!« Angela lachte. »Das ist mir zu gruselig. Also, was bedeutet das Geschreibsel?«

Ich dachte nach. »Styx ist einer der fünf Höllenflüsse. Lies nochmal vor.«

Angela wiederholte den Text Wort für Wort.

Ich überlegte hin und her. Nein. Das waren nicht nur wirre Satzfetzen, die eine Verrückte niedergeschrieben hatte, die an Wahnvorstellungen litt. Hinter diesen Sätzen steckte ein tieferer Sinn. »Der Fluss Styx fließt nach der griechischen und römischen Mythologie am Übergang von der Welt der Lebenden zur Welt der Toten. Ein Fährmann schifft die Seelen der Verstorbenen hinüber.

Das ist der Moment, in dem sich entscheidet, wer in den Himmel kommt, und wer in die Hölle. Zooastrus könnte Zoroastrismus bedeuten.«

»Und was ist das?«

»Eine Religion, die im siebten bis vierten Jahrhundert vor Christus im iranischen Kulturkreis gegründet wurde. Sagt dir Zarathustra etwas?«

»Ja, schonmal gehört.«

»Das war ihr Begründer. Jedenfalls besagt ihre Lehre, dass Gott gleichzeitig Ursache des Guten wie des Bösen ist. Lies nochmal vor.«

Als ich die Wörter zum dritten Mal gehört hatte, sie aus der Sicht des Teufels interpretierte und sie mit der Bedeutung dieser beiden Hinweise verband, erschloss sich mir ein ganz anderer Sinn des Textes.

»Ich versuche mal, dir den Brief in eine moderne Sprache zu übersetzen«, sagte ich zu Angela. »Und denk dran, dass es der Teufel ist, der an Gott schreibt. Er ist eingeschlossen, nicht Madre Crocifissa. Also: *Ich sehe, wie die Menschen Unrecht tun. Gott verzeiht ihnen trotzdem und holt sie ins Himmelreich. Ich jedoch bleibe hier in der Hölle eingeschlossen. Gott, der Herr des Guten, aber auch des Bösen, bringt die Seelen der Toten durch den Fluss Styx ins Jenseits. Er sollte dabei den althergebrachten Wegen folgen, doch sein Weg scheint von Menschen gemacht.*

Verstehst du? Luzifer wirft Gott vor, dass er bei der Entscheidung, welche Seelen in den Himmel, und welche in die Hölle kommen, nicht gerecht entscheidet, sondern immer zugunsten der Menschen. Bis hierhin hat also der Teufel zu Gott gesprochen. Nun kommt Madre Crocifissa, die anstelle der Unterschrift, zu der sie Satan zwingen wollte, schreibt: *Ojemine, errette mich.* Dann kommt wieder der Teufel: *Selbst, wenn sie nicht gläubig sind, und die Bürde schwerer Sünden mit sich herumtragen, befreit Gott die Sterblichen. Mich hat er hingegen für immer verbannt.«*

»Oh«, machte Angela.

»Genau«, sagte ich triumphierend. Das ergibt einen Sinn. »Gott vergibt zwar die Sünden der Menschen, egal was sie Schändliches getan haben, aber die Sünden des Teufels vergibt er nie. Luzifer sagt in seinem Brief, dass Gott alle gleich behandeln müsste. Dass er, wenn er wirklich gerecht wäre, auch dem Teufel vergeben und ihn erlösen müsste, anstatt ihn für immer in die Hölle zu verbannen«.

»Das ist ja ein Ding.« Angela gluckste. »Der Teufel fordert Gerechtigkeit von Gott?« Kurz blieb es still in der Leitung. Dann sagte sie: »Aber ganz ehrlich: Wo er recht hat, hat er recht.« Sie kicherte.

Ich schüttelte den Kopf. Angela war einfach unverbesserlich. »Weißt du, was ich am Verrücktesten an dieser ganzen Sache finde?«, sagte ich. »Dass der Brief des Teufels ausgerechnet mithilfe des Darknet entziffert wurde. Dort wimmelt es nur so von menschlichem Abschaum. Dort haben Waffenhandel, Prostitution und Pädophilie ihr dreckiges Versteck gefunden.« Ich senkte die Stimme: »Dort regiert Satan heutzutage.«

»Ach, Filomena.«

»Verstehst du denn nicht? Luzifer hat am Ende doch noch einen Weg gefunden, seine Botschaft an Gott öffentlich zu machen. Gleichzeitig hat er es geschafft, sich an Madre Crocifissa zu rächen, die wiedermal als psychisch krank dasteht.« Ich trat gegen die Mauer.

»Weißt du, was ich mich frage?«, sagte Angela. »Hat sie über den Inhalt des Briefes geschwiegen, weil sie Gottes Zorn über eine solche Anmaßung fürchtete? Oder weil sie vielleicht im tiefsten Inneren ihrer Seele fand, dass er recht hatte?«

»Angela!«, schalt ich sie. »Jetzt reicht es aber.«

»Ja, ja, schon gut.« Ich hörte sie durch den Hörer hindurch grinsen. Sie liebte es immer noch, mich zu provozieren. »Ich muss jetzt Schluss machen. Du kommst am Sonntag zum Essen, ja? Bis bald. Ciao ciao.«

»Ja, bis Sonntag.« Ich legte auf.

Ich liebte Angelas Familie. Meine Freundin hatte vor ungefähr zehn Jahren geheiratet und lebte mit ihrem Mann und ihren beiden Töchtern in einer Anti-Mafia-Kooperative im Hinterland von Palermo. Dort verwalteten sie Ländereien, die Mafiosis gehört hatten, und die der Staat nach deren Verurteilung enteignet hatte. Im Winter war ich fast jeden Sonntag bei ihnen zu Besuch, und im Sommer kamen sie oft zu mir an den Strand. Sie waren meine Familie geworden.

Ich steckte mein Handy zurück in die Jackentasche und setzte mich wieder. Chapeau, dachte ich bitter. Der Teufel hatte also doch noch gewonnen.

Mein Blick wanderte über die milchig-grünen Wellen, die der Wind aufpeitschte, und ich rückte die Sonnenbrille in meinen Haaren zurecht. Diese Bank hier war mein Lieblingsplatz. Seit ich das Kloster verlassen hatte, war ich am liebsten draußen, unter freiem Himmel. Ich war nun dreiundvierzig Jahre alt und konnte es noch immer nicht in engen, dunklen Räumen aushalten. Manchmal ging ich sogar bei strömendem Regen eine

Runde mit Romeo spazieren, nur um mir selbst zu beweisen, dass ich es konnte: hinausgehen.

Das Haus von Suor Immacolata hatte ich verkauft und mir davon eine kleine Wohnung in Mondello angeschafft. In diesem Vorort von Palermo, der direkt am Strand lag, war es ruhiger als in der Innenstadt, und ich konnte salzige Meerluft atmen. Außerdem hatte ich einen Garten.

An der Abendschule hatte ich das Abitur nachgeholt und dann Religionswissenschaften studiert. Jetzt war ich Religionslehrerin an einer Grundschule. Die Empfehlung der Mutter Oberin hatte mir Tür und Tor zu diesem Beruf geöffnet. Ich mochte die Arbeit mit den Kindern, nannte sie zärtlich *meine Mädchen*.

Meine Mutter hatte ich nie wiedergesehen. Sie fehlte mir auch nicht mehr. Es war gut gewesen, dass ich sie getroffen hatte, um mir den Stachel der Schuld zu ziehen. Nicht *ich* hatte etwas Schreckliches getan, weswegen sie mich weggegeben hatte. *Sie* war diejenige, die der Situation nicht gewachsen gewesen war. Die sich bewusst dafür entschieden hatte, ihr Leben ohne mich, ihr Kind, weiterzuführen, damit sie es selbst ein wenig einfacher hatte. Es wäre ihre Aufgabe gewesen, mich zu beschützen, nicht mich wegzugeben. Sie hatte sich in ihrer Opferrolle versteckt, die ich so verachtete.

In gewisser Weise verstand ich ihre Beweggründe, und tief im Inneren tat sie mir leid. Auch sie war ein Opfer gewesen, genau wie ich. Doch es war nicht meine Aufgabe, ihre Probleme zu lösen.

Wahrscheinlich war sie wirklich davon überzeugt gewesen, das Richtige zu tun. Das Beste für ihr Kind. Dass sie sich die ganzen Jahre über nach mir erkundigt hatte, war mir ein Trost. Doch es war zu viel Zeit vergangen, zu viel passiert. Oder zu wenig?

Wie dem auch sei. Es war eine Befreiung gewesen, als ich im Nachtzug zurück nach Italien einen Schlussstrich gezogen hatte. Ich hatte endlich meinen eigenen Weg eingeschlagen. Ich lebte endlich mein eigenes Leben. Filomenas Leben.

Auch in unser Dorf war ich nur ein einziges Mal zurückgekehrt. Im Jahr 1999 hatte ich in der Zeitung davon gelesen, dass das dreihundertjährige Jubiläum von Madre Crocifissa begangen wurde. An ihrem Todestag sollte das Kloster zum ersten Mal für die Öffentlichkeit zugänglich gemacht werden. Ich hatte in den letzten Jahren oft an Isabella gedacht, und nun wollte ich sie an ihrem Ehrentag besuchen.

Also saß ich am 16. Oktober 1999 in der Klosterkirche und sah zum Gitter des Chors hinauf, hinter dem wahrscheinlich gerade Suor Rosaria stand. Ob sie mich erkannte? Es lebte nur noch eine Handvoll Nonnen hier. Vermutlich würde das Kloster bald dem italienischen Staat zufallen und zum Museum werden.

Viel hatte sich in der Klosterkirche nicht verändert. Hier war es noch immer so düster und gruselig wie früher. Ich betrachtete den Sarg mit den Gebeinen des kleinen San Felice, über den die dicken Engel mit ihren Lochaugen wachten. Auch die Totenköpfe im Reliquienschrein starrten mich genauso unheimlich aus ihren schwarzen Augenlöchern an wie damals. Eines fiel mir jedoch auf: Das Bild der Madonna, die San Domenico von den Dämonen befreite, hatte keine Kurbel mehr, sondern funktionierte jetzt elektrisch. Man musste nur einen

Schalter drücken, damit sich die beiden Flügel in Bewegung setzten.

Ich lächelte bei der Erinnerung daran, mit welcher Inbrunst wir Kinder die schwergängige Kurbel gedreht hatten. Nein, es war nicht alles schlecht gewesen im Kloster. Hätte ich nicht dort gelebt, hätte ich Angela nicht kennengelernt. Und auch nicht Suor Immacolata.

Ich hatte eine Zeit lang gebraucht, um zu akzeptieren, dass sie den Kontakt zu meiner Mutter unterbunden hatte. Aber je öfter ich darüber nachdachte, desto sicherer war ich, dass sie es nicht aus böser Absicht getan hatte. Sie war wirklich davon überzeugt gewesen, dass es so das Beste für mich wäre. Ihre Schuld war ein Akt der Liebe gewesen. Sie hatte ihren Fehler eingesehen und wiedergutgemacht.

Ich horchte auf. Der Pfarrer betete dafür, dass Madre Crocifissa seliggesprochen würde. Offensichtlich hatte die Kirche noch immer keines ihrer Wunder anerkannt. »Wenn unsere Stadt sich in diesem Jahr, das Suor Maria Crocifissa gewidmet ist, zum Guten ändert, wäre dies das allergrößte Wunder. Unser Dorf wurde einst von Heiligen gegründet. Warum kennt uns die Welt dann in einem ganz anderen Licht? Wir müssen uns selbst auf die Brust klopfen und sagen: mea culpa, mea culpa, mea culpa! Denn auch wenn dieser Ort als heilige Stadt gegründet wurde, so heißt das nicht, dass die Mauern heilig sind. Wir Bürger müssen anständige Menschen werden.«

Die Situation hatte sich wohl nicht wesentlich verbessert, seit ich fortgegangen war. Doch dass ein Pfarrer so deutliche Worte für die Missstände fand, war ungewöhnlich. Er gefiel mir.

Nach der Messe durften alle Frauen und Mädchen, die den Namen Crocifissa trugen, zum Altar kommen und eine Verdiensturkunde entgegennehmen. Ich war überrascht, wie viele es waren. Dann drängten die Kirchenbesucher nach draußen, um dabei zu sein, als eine fast zwei Meter große Bronzestatue von Madre Crocifissa vor dem Kloster eingeweiht wurde. Sie war durch Spenden finanziert worden. Rund fünftausend Gläubige versammelten sich auf der Piazza, hielten sich Zeitungen über die Köpfe oder schlugen ihre Kapuzen hoch, denn es regnete. Als der Bischof von Agrigent den Stoff herunterzog, brach donnernder Applaus los.

Das ist nun achtzehn Jahre her. Dass ich alleine lebe, macht mir nichts aus. Allein zu sein, hat schließlich nichts mit Einsamkeit zu tun. Ich bin nicht einsam. Ich habe Angela. Und Romeo. Und Isabella.

An ihrem dreihundertsten Todestag habe ich sie einfach mitgenommen. Als ich mit dem Touristenstrom durch das Erdgeschoss des Klosters schwamm, durch die Erinnerungen meiner Kindheit, fühlte ich mich schrecklich. Die Menschen standen um Isabellas Sarg herum, tatschten ihn an, ließen sich damit fotografieren. Es gab jetzt einen Klostershop, in dem man Bücher über Madre Crocifissa und Rosenkränze aus getrockneten Orangen kaufen konnte. Sie war ein Museumsstück geworden, das respektlos begafft wurde.

Ich war wütend. Das hatte sie nicht verdient. Was für eine dumme Idee von mir, hierher zu kommen. Was hatte ich mir bloß davon erwartet? Enttäuscht verließ ich die Gruppe und huschte durch den Korridor der lebendigen

Augen, um das Kloster unbemerkt zu verlassen. Ich kannte mich ja aus.

Als ich die Tür mit den drei Riegeln fast erreicht hatte, sah ich sie. Isabella saß auf dem Mauervorsprung direkt neben dem Ausgang. Sie trug wie immer ihr weißes Nachthemd. Wärme durchflutete meinen Körper. Als sie mich sah, lächelte sie und hob die Hand. »Ich habe auf dich gewartet«, wisperte sie.

»Schön, dich zu sehen«, flüsterte ich zurück. Ich sah mich um. Es war niemand da. Wir waren allein.

»Gehen wir?«

Ich nickte. Schließlich konnte ich sie unmöglich dort zurücklassen. Also öffnete ich die Tür mit den drei Riegeln. Klack. Klack. Klack. Dann traten wir Hand in Hand hinaus in die Freiheit.

Post aus Sizilien

Hast Du Fernweh? Dann komm mit mir nach Sizilien. Ich schreibe Dir alle 2-4 Wochen eine Mail und bringe ein bisschen Italien zu Dir nach Hause.

Du erfährst als Erste/r alle wichtigen Neuigkeiten zu meinen Büchern, z.B. Gewinnspiele, Preisaktionen und Termine.

Du bekommst Insider-Infos über Sizilien und Küchentipps meiner sizilianischen Schwiegermutter.

Du kannst sogar beim nächsten Roman mitentscheiden.

Unter www.anna-castronovo.de/postaussizilien.html kannst Du meinen Newsletter bestellen.

Selbstverständlich kannst Du Dich jederzeit wieder austragen und Deine Daten werden nur für die Infomails verwendet!

Das Kloster

Das Benediktinerkloster *Monastero del SS. Rosario delle Benedettine* in Palma di Montechiaro, Provinz Agrigent, ist eines der letzten Kloster in Sizilien, in dem auch heute noch Nonnen in Klausur leben.

Das Gebäude wurde von Graf Giulio Tomasi erst als Familiensitz errichtet und dann auf Wunsch seiner Töchter in ein Kloster umgewandelt. 1659 zogen die drei Schwestern Antonia, Isabella und Francesca im Alter von elf, vierzehn und sechzehn Jahren in die Klausur. Vor allem um Isabella, die sich als Nonne Maria Crocifissa della Concezione nannte, ranken sich viele Legenden.

Der Schriftsteller Giuseppe Tomasi di Lampedusa erwähnt das Kloster und den Brief des Teufels in seinem 1958 erschienenen Roman *Il Gattopardo*, der von Luchino Visconti verfilmt wurde (*Der Leopard*, 1963).

Bis zum Jahr 1987 beherbergte das Kloster ein Internat für Mädchen. Erst 1993 wurde die päpstliche Klausur in eine bischöfliche Klausur umgewandelt. Seitdem ist es möglich, im Rahmen einer Führung das Erdgeschoss zu besichtigen. Die oberen Stockwerke, in denen heute nur noch wenige Nonnen leben, sind der Öffentlichkeit allerdings nach wie vor nicht zugänglich.

Das Kloster ist auf dem Cover abgebildet.

Was ist wahr?

Die Personen in diesem Buch sind frei erfunden. Ich habe allerdings während des Schreibprozesses mit vielen Frauen gesprochen, die als junge Mädchen im Kloster von Palma di Montechiaro aufgewachsen sind – allen voran meine Schwiegermutter, die dort in den 60er-Jahren gelebt hat, und meine Schwägerin, die in den 80er-Jahren im Klosterinternat war. Der Alltag, den ich in diesem Roman beschreibe, ist also aus erster Hand recherchiert.

Die historische Figur der Isabella Tomasi alias Maria Crocifissa della Concezione beruht auf wahren historischen Begebenheiten. Die Informationen in diesem Roman basieren auf ihrer Biographie und auf die Legenden, die über sie berichtet werden. So liegt der Stein des Satans noch heute neben ihrem Sarg im Kloster und kann besichtigt werden.

Der Brief des Teufels gibt der Wissenschaft bis heute Rätsel auf. Am 11. August 1676 fanden die Nonnen des Klosters Madre Crocifissa am Boden ihrer Zelle liegend, das Gesicht mit schwarzer Tinte verschmiert. Sie hatte ein Stück Papier bei sich, das mit rätselhaften Zeichen beschrieben war. Madre Crocifissa berichtete, der Teufel sei in ihrer Zelle erschienen und hätte sie dazu zwingen wollen, in seinem Namen einen Brief an Gott zu schreiben. Die Botschaft, die in diesem Brief enthalten war, hat sie jedoch nie verraten – sie nahm ihr Geheimnis mit ins Grab.

Das Dokument, das sich heute in der Kathedrale von Agrigent befindet, wurde im Laufe der Jahrhunderte immer wieder von Wissenschaftlern untersucht, doch über dreihundert Jahre lang konnte niemand die mysteriösen Schriftzeichen entziffern. Erst im September 2017 gelang es dem Science Center in Catania, den Brief des Teufels mithilfe eines Dekodierungs-Programmes aus dem Darknet zu entschlüsseln. Das Science Center hat mir freundlicherweise sowohl den Originaltext, den es entschlüsselt hat, als auch dessen Interpretation zur Verfügung gestellt, die ich beide für den Roman übersetzt habe. Die Interpretation wird jedoch kontrovers diskutiert. Auch über den Geisteszustand von Isabella Tomasi gibt es unterschiedliche Ansichten.

An manchen Stellen habe ich der Dramaturgie zuliebe kleine Änderungen vorgenommen. So sind Madre Crocifissas Zweifel in Wirklichkeit nicht in einem Tagebuch enthalten, sondern in verschiedenen Briefen und Schriftstücken. Der Gesteinsbrocken, der dazu geführt hat, dass die Klausur gelockert wurde, ist bereits 1975 von der Decke gestürzt (nicht erst 1982, wie in meinem Buch).

Und der unterirdische Geheimgang? Existiert er tatsächlich? Ich selbst habe ihn nicht gesehen, aber mehrere Dorfbewohner haben mir hoch und heilig geschworen, dass sie den Tunnel als Kinder mit eigenen Füßen betreten haben. Eine Frau, die als junges Mädchen im Kloster gelebt hat, wusste auch noch ganz genau, wo sich der Eingang befindet ...

Ⓑiographie

Isabella Tomasi - Madre Crocifissa
(29.5.1645 - 16.10.1699)

29. Mai 1645: Isabella Tomasi wird als Tochter des „heiligen Grafen" Giulio Tomasi di Lampedusa und Gräfin Rosalia Traina in Agrigento geboren.

12. Juni 1659: Zusammen mit zwei Schwestern zieht sie im Alter von vierzehn Jahren in das Kloster ein, das ihr Vater für seine Töchter errichten ließ.

28. Mai 1662: Die Grafentochter legt ihre Gelübde ab und nennt sich fortan Maria Crocifissa della Concezione.

1668: Crocifissa fällt für mehrere Tage in eine Art Wachkoma und berichtet danach von intensiven, göttlichen Visionen. Sie sagt, Gott hätte sie zu sich geholt und ihr die Sinne geraubt, damit sie ganz eins mit ihm werden konnte.

7. November 1673: Die Madonna erscheint Crocifissa und beauftragt sie damit, den Teufel aus dem Klostergarten zu vertreiben. Der Legende nach wirft sie sich ins Feuer und geht unversehrt daraus hervor. Seitdem hat sie zahlreiche Begegnungen mit dem Satan.

11. August 1676: Der Teufel will Crocifissa dazu zwingen, einen Brief an Gott zu schreiben. Da sie sich weigert, verfasst er seine Anschuldigungen selbst. Über 300 Jahre lang konnte niemand das mysteriöse Dokument entziffern, das sich auch heute noch im Kloster befindet. Erst im **September 2017** gelang es dem Science Center in Catania, den Brief des Teufels mithilfe eines Dekodierungs-Programmes aus dem Darknet zu entschlüsseln.

Dezember 1676: Satan wirft im Beisein der Äbtissin einen Stein nach Crocifissa, um sich an ihr zu rächen. Daraufhin schickt der Bischof von Agrigent eine Jesuiten-Kommission ins Kloster, um die Vorgänge zu überprüfen. Laut der Heiligen Inquisition sind Crocifissas Visionen göttlichen Ursprungs. Der Stein wird noch heute im Kloster aufbewahrt und man sagt, dass er vibriert, wenn man ihn anfasst.

Ostern 1678: Am Gründonnerstag fällt Madre Crocifissa für vier Tage in eine Art Koma und durchlebt die Passion Christi. Als sie erwacht, ist ein Kreuz über ihrem Herzen eingebrannt. Die Narben werden nach ihrem Tod durch den Bischof von Agrigent bestätigt.

16. Oktober 1699: Madre Crocifissa stirbt im Kloster, wo ihre Überreste heute noch aufbewahrt werden.

1770 beginnt in Agrigent der Prozess zur Seligsprechung. Am **15. August 1797** erklärt Papst Pius VI Crocifissa zur *Venerabile* (»Anbetungswürdig«). Seliggesprochen wurde sie bis heute jedoch nicht.

Biscotti Ricci

Das Originalrezept der Nonnen

1 kg Mandeln
500 g Zucker
1 Zitrone
3 Eier
2 Päckchen Vanillezucker

Die Mandeln mahlen, die Schale der Zitrone abreiben
und ihren Saft auspressen. Alle Zutaten zu einem festen
Teig verkneten und etwa 1 Stunde ruhen lassen. Um die
traditionelle Form zu erreichen, wird der Teig durch eine
Gebäckpresse gedreht. Die Kekse auf dem Backblech aus-
legen und mit Zucker bestreuen. Bei ca. 220 Grad etwa
10-12 Minuten lang backen.

Buon appetito!

Danke

Mein Dank gilt all den lieben Menschen, die mich beim Schreiben und Überarbeiten dieses Romans unterstützt haben. Giusy Amè von Magicalcover Design hat das fantastische Cover gemacht. Als Testleser haben mir Stefanie Carpintero, Frank Hornscheidt, Stefanie Bentner, Sabine Müller, Irina Gruber, Thomas Spyra, Anja Keck und Kinderpsychologin Brigitte Kissinger wertvolle Hinweise und unglaublich viel Motivation gegeben. Mein bewährter Lektor Christian Strzoda (»Konflikt! Konflikt! Konflikt!«) hat der Geschichte schließlich den letzten Schliff verpasst.

Vielen Dank!
Ohne euch wäre dieses Buch nicht
das geworden, was es jetzt ist.

Ich freue mich über Nachrichten und Feedback!
Mail: info@anna-castronovo.de
Website: www.anna-castronovo.de
Facebook: Anna Castronovo Autorin
Instagram: anna.castronovo.autorin

Autorin

Anna Castronovo ist Autorin, Journalistin und Übersetzerin. Sie liebt Italien seit ihrer Kindheit. Jede Osterferien verbrachte sie im Ferienhaus ihrer Oma in Terracina, und nach der Schule wurde ihr großer Traum wahr: Sie zog ganz in ihr Lieblingsland und studierte in Perugia Italienisch. Wieder zurück in München, legte sie am Sprachen- und Dolmetscherinstitut die staatliche Übersetzer-Prüfung ab. Anschließend arbeitete sie sechs Jahre lang als Redakteurin, Korrektorin und Ressortleiterin im DLV Verlag. Seit 2013 schreibt sie als freie Journalistin für verschiedene Zeitschriften und hat mittlerweile sieben Romane veröffentlicht.

Ihr Mann stammt aus Sizilien und sie verbringt mit ihm und ihren beiden Töchtern jedes Jahr mehrere Wochen auf der Insel. Dabei stößt sie immer wieder auf spannende Geschichten und bewegende Schicksale abseits der Touristenpfade, die sie in ihren Büchern verarbeitet. Für ihren ersten Sizilienroman „Klosterkind" gewann sie 2019 den Skoutz Award in der Kategorie History. „Fluch der Saline" und „Kaktusfeigen" haben es auf die Shortlist für den Tolino Newcomerpreis 2020 und 2021 geschafft.

FLUCH DER SALINE

**Würdest du deinen eigenen
Vater verraten, um frei zu sein?**

Sizilien 1968: Totò ist erst vierzehn Jahre alt und muss schon hart arbeiten. Sein Vater hat eine Saline gekauft, die nur schmutziges Salz erzeugt, und die Familie lebt in Armut. Als ausgerechnet Don Luigi, der mächtigste Mann im Dorf, die Saline kaufen will, wittert Totò seine Chance, dem Elend zu entfliehen. Doch sein Vater hält verbissen am Familienbesitz fest.

Eine Seherin behauptet, dass ein Fluch auf dem alten Gemäuer liegt – und der Vater glaubt auch schon zu wissen, wer dahintersteckt. Als er mit seinem Gewehr loszieht, muss Totò sich entscheiden, auf wessen Seite er steht. Dabei stößt er auf ein dunkles Familiengeheimnis.

„Spannung pur. Ich hatte Kopfkino und konnte nicht mehr aufhören zu lesen – tolle Story, beste Unterhaltung und Suchtgefahr." *(Irina Gruber)*

**Shortlist Tolino Newcomerpreis 2020
und LovelyBooks Leserpreis 2020.**

ISBN 978-375-193-823-5
Preis: Taschenbuch 10,99 €; E-Book 4,99 €

KAKTUSFEIGEN

Die eine glaubt ans Universum, die andere an Tomatensoße

Eigentlich sind die bodenständige Linda und ihre exzentrische Mutter ein gutes Team. Nur wenn es um Lindas sizilianische Wurzeln geht, fliegen die Fetzen. Um endlich Antworten auf ihre Fragen zu bekommen, fliegt Linda mit ihrer kleinen Tochter kurzerhand nach Sizilien. Dort lernt sie nicht nur den schönen Bademeister Silvo kennen, sondern auch ihre sizilianische Großfamilie. Doch Lindas Vater aufzuspüren, erweist sich als schwierig. Und auch um Lindas Zwillingsschwester, die angeblich bei der Geburt gestorben ist, ranken sich gruselige Geheimnisse. Linda ist überzeugt: Ihre Schwester lebt. Doch was ist damals mit ihr passiert? Auf einer sizilianischen Hochzeit geraten die Dinge endlich ins Rollen.

„Anna Castronovo schafft es, Mystery, Spannung und jede Menge Witz in einer fesselnden Geschichte zu vereinen – und das mit einer solchen Leichtigkeit, dass man trotz der ernsten Themen immer wieder schmunzeln muss." (Sabine Müller)

Shortlist Tolino Newcomerpreis 2021.

ISBN 978-375- 349-011-3
Preis: Taschenbuch 11,99 €; E-Book 4,99 €

Anna Castronovo

DER PUPPENSPIELER VON PALERMO

Die Fortsetzung von Kaktusfeigen: Zwischen Mafia und Leberkäs

Endlich hat Linda ihren Vater gefunden. Sie reist nach Palermo, um ihn kennenzulernen und ihre Eltern nach sechsundzwanzig Jahren zu einer Aussprache zu bewegen. Doch als ihre Mutter – die exzentrische Bayerin Mitzi – auf den sizilianischen Puppenspieler Gaetano trifft, erweist sich das als ziemlich kompliziert. Und dann sind da auch noch Silvo und Mario, die Lindas Gefühle gehörig durcheinanderwirbeln.

Auf der Suche nach ihrer verschwundenen Zwillingsschwester gerät Linda ins Visier eines Mafia-Bosses und bringt damit nicht nur sich selbst, sondern auch ihre Familie in Gefahr – ein riskantes Spiel beginnt. Kann Linda ihre Schwester finden und die Familie vereinen?

»Dieser Roman nimmt die Leser mit auf eine authentische, spannende und witzige Reise von Bayern nach Sizilien. Wenn die Kulturen aufeinanderprallen, wird es turbulent – und aus Versehen habe ich meinen Horizont erweitert. Eine wunderbare Geschichte.« (Alexandra Demaria)

ISBN: 978-375-578-124-0
Taschenbuch: 11,99 €, E-Book: 4,99 €

DARK WAY

Die Geschichte eines Suizids.
Erschütternd. Berührend. Echt.

Der 6. Oktober 2016 beginnt wie ein ganz normaler Tag, bis Pam Metzeler gegen 13 Uhr eine WhatsApp-Nachricht erhält: Wie geht´s dir? Sie wundert sich, schreibt zurück: Alles wie immer, warum? Dann erfährt sie, dass im Dorf das Gerücht umgeht, ihr Sohn Timo hätte sich vor den Zug gelegt. Zwei Stunden später wird dieser Verdacht zur schrecklichen Gewissheit. Pams Welt bricht zusammen.

Wie schafft es eine Mutter, damit zurechtzukommen, dass ihr Kind sich das Leben genommen hat? Was geht in ihr vor? Wie kann sie weiterleben? Pam erzählt ihre Geschichte mit schonungsloser Ehrlichkeit und nimmt den Leser mit auf die dunkelste Reise ihres Lebens.

„Diese Geschichte geht ganz tief unter die Haut. Ich habe noch nie ein Suizid-Buch gelesen, das alle Facetten dieses Tabu-Themas so mitreißend und ehrlich darstellt, ohne etwas zu beschönigen."
(Gela Kudela, Leiterin der AGUS-Selbsthilfegruppe)

ISBN: 978-3-748-12848-9
Taschenbuch: 7,99 €, E-Book: 2,99 €